KiWi
1959

Das Buch

Eigentlich wollte Commissario Grauner in Frührente gehen. Mit seiner Frau Alba die Ruhe auf dem Hof genießen, Mahler hören, die Kühe füttern. Doch durch ein folgenreiches Missverständnis wurde daraus nichts. Im Gegenteil: Inmitten der Urlaubszeit, während Ispettore Saltapepe und Grauners Assistentin Silvia Tappeiner frisch verliebt durch die USA reisen, wird der Commissario in einen Marmorbruch im Vinschgau gerufen. In den frühen Morgenstunden wurde dort die Leiche einer Frau gefunden. Sie war Bildhauerin in dem kleinen Ort Laas, in dem das wertvolle Gestein seit Jahrhunderten abgebaut wird. In der Mordnacht wurden im Tal Marmorblöcke mit dem Fruchtfleisch von Marillen beschmiert, die als regionale Delikatesse gelten. Wie hängen die Vorfälle zusammen? Als es Hinweise gibt, dass ein New Yorker Stararchitekt in den Fall verwickelt ist, findet auch der Urlaub von Ispettore Saltapepe und Silvia Tappeiner ein jähes Ende.

Im Innern der Berge Südtirols und in den Straßen New Yorks ermitteln Commissario Grauner und sein neapolitanischer Kollege Saltapepe auf den Spuren des weißen Goldes.

Der Autor

Lenz Koppelstätter, Jahrgang 1982, ist in Südtirol geboren und aufgewachsen. Er arbeitet als Medienentwickler und als Reporter für die *Frankfurter Allgemeine Sonntagszeitung* und *Salon*. Seit 2015 erscheint die Krimireihe um den Südtiroler Commissario Grauner, die ein großer Erfolg bei Leser:innen und Presse ist. 2024 startete mit »Was der See birgt. Ein Fall für Gianna Pitti« eine weitere Krimireihe bei Kiepenheuer & Witsch, die am Gardasee spielt.

LENZ KOPPELSTÄTTER

EIN SCHIMMERN AM BERG

Ein Fall für
Commissario Grauner

Kiepenheuer & Witsch

Personen und Handlungen dieses Romans sind frei erfunden.
In Bezug auf Ortsbeschreibungen nimmt das Buch sich Freiheiten heraus.

MIX
Papier | Fördert gute Waldnutzung
FSC® C083411
FSC www.fsc.org

1. Auflage 2025

Covergestaltung Barbara Thoben, Köln
Covermotiv © Stefan Rotter/iStockimages; © Jafarxt/Depositphotos
Gesetzt aus der Minion
Satz Buch-Werkstatt GmbH, Bad Aibling
Druck und Bindung CPI books GmbH, Leck
ISBN 978-3-462-00477-9

Kontaktadresse nach EU-Produktsicherheitsverordnung:
produktsicherheit@kiwi-verlag.de

Ist Gier gut? Die nach Wissen ist es.
Die nach Materiellem ist es nicht.
Sie frisst uns auf. Und mit uns die schöne Welt,
die wir erschaffen haben.

Prolog

In so einen Berg hineinzugehen ist wie neu geboren werden. Oder sterben. Sebastian Hofer hatte das Dorf hinter sich gelassen und lenkte seine rote Vespa die kurvige Straße zum Bruch entlang. Den Jackenkragen hochgeklappt, fröstelnd. Nun fuhr er in den Schlund, stoppte vor der Felswand. Geboren werden? Sterben? Beides fühlte sich vermutlich ähnlich an, dachte sich Hofer. Wissen konnte er es nicht, an seine Geburt vor vierundvierzig Jahren konnte er sich nicht erinnern, an seinen Tod mochte er noch nicht denken, auch wenn er in seinem Leben allgegenwärtig war.

Im Marmorbruch von Laas, hoch oben am Hang, im Wald, war der Tod Tag für Tag sein Begleiter. Weil die Brucharbeiter, wie sein Vater einer gewesen war, wie auch er einer war, früher starben als die Männer und Frauen, die unten im Dorf lebten.

Weil, wie es hieß, und der Herr Doktor hatte es einmal bei einem Glas Weißwein nach dem sonntäglichen Kirchgang bestätigt, jeder Tag im Berg das Leben um einen halben Tag verkürzte.

Dreißig Jahre arbeitete der Hofer nun hier. Und wenn man die paar Samstage und Sonntage abzog, in denen er unten im Dorf geblieben war, dann musste ihn diese Arbeit rund ein Dutzend Jahre seines Lebens gekostet haben. Doch er war nicht sicher, ob es nicht mehr waren. Es hatte bei ihm mit einem Husten begonnen, so ein kehliger, der nicht mehr aufhörte.

Dann war das Kotzen dazugekommen. Zuerst nur morgens. Im Bad. Über dem Waschbecken. Blut, schnell weggewischt, runtergespült. Verdrängt.

Dann bei der Arbeit. Vor allen anderen. Rote Spritzer auf den schimmernden weißen Steinen.

Die anderen hatten schnell weggeschaut, mancher hatte sich bekreuzigt, einer hatte ihm, dem Blutkotzenden, als sie beide allein waren, auf die Schulter geklopft.

Schließlich hatte es ihn nachts ereilt. Im Schlaf. Rotes Leintuch.

Dann, aber wirklich erst dann, ging ein Brucharbeiter zum Arzt.

Die Marmorarbeiter von Laas waren stolze Männer. Was waren schon die paar verlorenen Jahre gegen das gute Geld, das sie bekamen. Der Doktor? War für die Weiber da. Wenn sie Magenschmerzen hatten. Oder Schnupfen.

Stolz, doch, stolz war der Hofer auch. Und wie.

Als er elf war, starb sein Vater am Husten und am Blut in der Lunge. Mit zwölf trieb er sich bereits hier oben herum. Weil er dort sein wollte, wo sein Vater sein Leben verbracht hatte. Im Dunkeln. Erst verscheuchten ihn die Arbeiter, dann ließen sie ihn machen. Mit dreizehn entdeckte die Frau Lehrerin in der Schule unten im Dorf das Weiß unter seinen Fingernägeln. Da wusste sie Bescheid.

Die anderen Kinder hatten schwarzen Dreck unter den Nägeln. Vom Spielen im Wald, von der Arbeit in den Gärten, in denen Marillen, Zucchini, Kürbisse und Tomaten sprossen. Der Hofer-Bub trug den Staub des weißen Goldes aus dem Berg mit sich herum. Das weiße Gold, das Laas so reich gemacht hatte. Das sich die Marmorarbeiter nie abwuschen, wenn sie nach Feierabend ins Gasthaus gingen. *Zum goldenen Lamm.*

Müllmänner wuschen sich, Metzger wuschen sich. Die Marmormänner nicht. Weil sie sich nicht schämten, weil es zu ihnen gehörte, das weiße Gold, das Reichtum, aber auch Zank in das Dorf gebracht hatte. Ist der Zank einmal da, in so einem Dorf, geht er nie wieder weg. Das wissen alle. Schlimmes wird passieren. Früher oder später. Das ist unvermeidlich.

Sebastian Hofer drehte sich nach rechts, zur dunklen, vom Ruß der Abgase beinahe schwarzen Steinwand, an der hier und da weißer Staub klebte. Er wusste blind, wo der Stromkasten stand. Er liebte diese Momente am frühen Morgen. Stets war er der Erste, der in den Stollen kam. Die anderen kamen erst gegen acht.

Die Neonröhren blinzelten, leuchteten grell auf. Hofer stieg wieder auf seine Vespa und fuhr tiefer in den Berg hinein. Vorbei an gestapelten und weiß glänzenden Marmorquadern, hinter denen seine Maschine stand. Sein *Monster*, wie viele sie nannten. Er selbst nannte sie *Baby*. Schon immer. Baby wirkte, als wäre sie einer Weltraumfantasie entsprungen. Halb Alien, halb Roboter stand sie auf schweren Panzerketten, an ihrem Stahlarm war eine große, runde Diamantsäge befestigt.

Mit vierzehn saß Sebastian Hofer zum ersten Mal auf dieser Maschine. Mit fünfzehn ließ ihn sein Vorgänger damit ein Stückchen fahren. Im Jahr darauf versammelten sich alle zu dessen Begräbnis unten im Dorf auf dem Friedhof. Staublunge.

Drei Tage später händigte der Hinterpichler Hans, der damals blutjunge Chef, dem Hofer den Schlüssel des Monsters aus. Der Hansi, wie der Chef von allen genannt wurde, war für ihn wie ein großer Bruder.

»Erzähl's nicht groß rum, unten im Dorf«, hatte der Hansi gesagt und ihm die roten Backen getätschelt.

Hofer stoppte die Vespa, stieg ab. Er blickte zu Boden, entdeckte ein zerbrochenes Champagnerglas. Wie lange das Konzert gestern Abend wohl gegangen war? Diese Konzerte im Berg waren ein Irrsinn, dachte er, mit Klassik konnte er nichts anfangen. Ziehorgel und Gitarre, Tiroler Purismus, das gefiel ihm. Als er sich auf die Maschine hieven wollte, sah er weiter vorne etwas auf dem Boden liegen. Was war das? Ein Würstchen? Vom Bankett? Nein, er konnte dieses Event nicht leiden.

Der Brucharbeiter ging ein paar Schritte, bückte sich und hielt die Luft an. Das, was da auf dem Boden lag, war kein Grillwürstchen. Es war der Finger eines Menschen. Zart. Der Nagel blutrot lackiert.

Hofer rieb sich das Gesicht. Er hob den Finger hoch, die tote Haut fühlte sich kalt an. Ihm wurde übel, kurz schloss er die Augen, dann richtete er sich auf. Etwa fünfzig Meter weiter lag noch etwas auf dem Boden. Etwas Größeres. Ein Karton? Ein Müllsack? Ein Tier? Ein Hund? Er lief hin, auf halber Strecke erkannte er: Das war ein Stück eines Körpers, ein Torso. Hofer wankte, das Fleisch war zerfetzt.

Der Mann schluchzte und sah sich hastig um. Sein Blick fiel auf ein buschiges Bündel. Ein Kopf, das Gesicht nach unten. Er hustete, kehlig, er spuckte Blut. Schon wieder. Dann packte er die schwarzen, nassen Haare, hob den Kopf hoch und schrie.

»Annabel«, flüsterte Sebastian Hofer schließlich. »Was mache ich jetzt bloß?«

4. August

1

Der schimmernde weiße Streifen im dunklen Wald sah aus wie eine Skipiste, die sich im Zickzackkurs durch die Tannen und Fichten zog.

Soweit Grauner bekannt war, gab es im Vinschgau keine Piste, die bis ins Tal führte. Und überhaupt: Schnee? Jetzt, Anfang August? Der letzte Schnee war im März über Südtirol gefallen. Da hatte der Winter dem beginnenden Frühling noch einmal die Stirn geboten.

Als der Commissario den Waldrand erreicht hatte und mit dem Fiat Panda die Straße entlangfuhr, die nach oben führte, verstand er. Marmorstaub hatte sich auf die Erde, das Moos, die Steine und die Fichtenstämme gelegt. Wie Puderzucker sah er aus. Ein besseres Navigationssystem gab es nicht. Er musste nur den weißen Spuren folgen.

Zwischen den Bäumen blinkte ein blaues Licht, Grauner bremste. Die Kollegen waren bereits vor Ort.

Weiter vorne entdeckte er ein geöffnetes Tor im Maschendrahtzaun, dahinter parkten die Polizeiwagen, auch die Limousine von Staatsanwalt Belli sah er. Um eine Holzhütte stapelten sich Dutzende weiße Steinquader. Grauner schaltete den Motor aus. Klopfte seinem Panda – Automatik, Vierradantrieb – aufs Armaturenbrett.

»Brav, Panda, brav«, flüsterte er ihm zu, liebevoll, so wie er sonst nur mit seinen Kühen sprach.

Der Panda stöhnte noch ein bisschen. Dieses Stöhnen, ach, es klang so schön, es erinnerte ihn an das leise Muhen der Mitzi, der Josefina, der Mara, wenn er ihnen die Bäuche massierte.

Grauner stieg aus. Ein lauter Fluch mischte sich in das Rauschen des Waldes.

»Was ist los?«

Bellis Fahrer schimpfte mit hochrotem Kopf: »Oschtia, oschtia, oschtiamadonniga! Ich habe dem Herrn Staatsanwalt hundertmal gesagt, dass sich diese Lancia-Limousinen nicht dafür eignen, so steil bergauf zu fahren. In jeder Kurve komme ich ins Rutschen. Ab zwanzig Prozent Steigung muss ich in den ersten Gang zurückschalten. Mit einer Limousine im ersten Gang fahren! Das ist unwürdig.«

Grauner nickte.

»Hundertmal habe ich Belli gebeten, den Fuhrpark der Staatsanwaltschaft doch um so einen schönen, kleinen, kräftigen Panda zu erweitern …«, er zeigte auf Grauners Auto.

»Aber?«, fragte der Commissario.

»Dieser eingebildete Esel will nichts davon wissen. Er sagt, das könne er nicht riskieren. Wenn die Presse davon Wind bekäme! Man stelle sich das einmal vor: die Schlagzeilen! Die Staatsanwaltschaft von Südtirol fährt Panda! Im *Kurier*. Oder gar im *Corriere*. Die ganze Kollegenschaft würde sich über ihn lustig machen, von Mailand bis Palermo, sagt er.«

Grauner lehnte sich neben dem Chauffeur an die Hintertür des Lancia.

Der Mann fluchte leise weiter. Grauner stimmte mit ein. »Porcoschtrigga, zittinziga, zoschzoschtrigga!«

Vor ihm in der Felswand klaffte ein riesiges schwarzes Loch. Polizisten und Spurensicherer in Schutzanzügen standen davor und steckten die Köpfe zusammen. Da drin lag sie wohl, die Tote, von der der Kollege am Telefon gesprochen hatte. Da drin wartete er wohl, der nächste Fall, von dem Grauner geglaubt hatte, ihn nicht mehr erleben zu müssen. Es war doch alles anders gekommen.

Grauner ließ den Chauffeur zurück, trat an den schwarzen Schlund heran. Ein Ziehen in seinem Magen ließ ihn innehalten. Er schluckte und ging schnellen Schrittes weiter, es blieb ihm nichts anderes übrig. Mit voller Kraft meldete sie sich erneut zurück, die alte Angst, wie vor zwei Jahren, nachdem er im hintersten Ridnauntal in einem Bergwerkstollen einen ersten Rückfall gehabt hatte. Es war töricht zu denken, er hätte sie für immer besiegt.

Er spürte, wie ihm die Luft wegblieb, beachtete die weißen Quader nicht, die sich links und rechts von ihm auftürmten, hastete voran, hatte bereits zweihundert Meter hinter sich gebracht. Er dachte an Alba, seine Frau, verfluchte sich selbst. Er hatte ihr nicht sagen wollen, dass diese verdammte Platzangst der Grund dafür gewesen war, dass er sie gestern Abend nicht hatte begleiten wollen. Zum alljährlichen *Stollenklang,* einem Konzert im Marmorbruch von Laas. Das berühmte Linzer Johannes-

Brahms-Quartett war aufgetreten. Nun war sie sauer. So sauer wie noch nie.

Sie hatte bereits vor Wochen die Karten besorgt. Er hatte sich erst gefreut, dann war die Panik gekommen. Schließlich hatte er ihr gesagt, dass er nicht mitkommen wolle. Sie hatten gestritten. Das erste Mal seit … Nein, sie hatten sich auch vorgestern schon gestritten. Und am Tag davor auch. Und auch am Montag. Seit einigen Wochen stritten sie sich ständig. Dabei hatten sie sonst nie gestritten. Ihr ganzes gemeinsames schönes Leben lang nicht. Was war bloß los mit ihr? Mit ihm?

Einer der Polizisten trat an ihn heran. »Commissario?«

Grauner atmete langsam ein und aus. »Bringen Sie mich zum Fundort der Leiche.«

»Der ist gleich da vorne.« Der Mann zeigte im Schein der Neonröhren auf eine große Maschine mit einem runden Schneideblatt an einem Metallarm; das Ungetüm versperrte den Blick ins Innere des Bruchs. Neben ihr gingen ein paar der Spurensicherer eilig umher, einige knieten auf dem Boden, einer fotografierte.

Der Commissario entdeckte den Chef der Scientifica, Max Weiherer, dieser winkte ihn zu sich heran. Als Grauner ihn erreichte, zeigte der Mann auf die schwarze Plane, die neben ihm lag. Weiherer bückte sich, hob einen der Zipfel an. Der abgetrennte Kopf einer Frau kam zum Vorschein. Der Spurensicherer zog die Plane nun vollends beiseite. Da lagen der Torso der Frau, zwei abgetrennte Arme und zwei Beine.

»Was ist hier bloß geschehen?«, murmelte Grauner entgeistert.

»Das ist einfach zu beantworten«, antwortete der Spurensicherer unterkühlt. »Über die ist einer mit der Säge des Marmorschneidegeräts drübergefahren.«

Er zeigte auf die Maschine hinter ihnen.

Grauner lief ein Schauer über den Rücken, so kalt, dass er beinahe seine Platzangst vergaß. »Wo ist Belli?«, fragte er.

»Wer bin ich?«, fragte Weiherer zurück.

Der Commissario hob die Augenbrauen.

»Bin ich dein Assistent?«

»Du …« Nun verstand er.

Es kam einfach alles zusammen in diesen Wochen. Belli? Der Staatsanwalt war nach wie vor beleidigt. Alba? Sprach nicht mehr mit ihm. Und Ispettore Saltapepe? War mit Grauners Assistentin Tappeiner im Urlaub. Der Commissario hielt die Stellung. Was in Ordnung gewesen wäre, wenn es keinen Mord gegeben hätte. Aber so? Das war alles viel zu viel.

»Er ist irgendwo dahinten im Schlund«, sagte Weiherer nun doch.

»Danke«, hörte Grauner sich flüstern und bereute es sogleich. Er hatte sich doch nicht zu bedanken. Wofür denn? Für eine selbstverständliche Auskunft?

Der Commissario ließ Weiherer stehen, stampfte weiter. Vorbei an den Polizisten, vorbei an einer Vielzahl kleiner Maschinen und weißer Klötze, die vor der schwarzen Gesteinswand standen. Schon spürte er wieder, wie es ihm die Kehle zuschnürte, wie die Panik in ihm hochkroch.

Ein Schritt nach dem anderen. Schneller, noch schneller, als könnte er die Panik abhängen. Einatmen, ausatmen. Grauner biss sich auf die Lippen. Schmerz. Manchmal half das. Doch heute half es nicht. Ihm wurde schwindelig.

Der Tunnel beschrieb eine Kurve, dahinter standen Polizisten und Männer in dunkler Arbeitskleidung in einem Grüppchen zusammen. Auf dem Boden waren Holzplatten ausgelegt, hier hatte das Konzert stattgefunden. Die Stühle hatte jemand an der Seite aufeinandergestapelt. Vor einer der Wände standen Vespas. Grün, gelb, blau, orangefarben, schwarz. Fünf Stück.

Belli hatte dem Commissario den Rücken zugedreht. Der Staatsanwalt sprach mit erhobener Stimme, auf die weißen Klötze schauend, beinahe wie ein Priester in der Kirche.

»Das Schöne. Und das Hässliche. So nah beieinander. Das Böse, der Tod. Die Reinheit dieses Gesteins.«

Er drehte sich nun um, ging mit ernster Miene auf den Commissario zu. »Grauner. Gut, dass Sie da sind.«

Es war das erste Mal seit einer Ewigkeit, dass er etwas Nettes zu ihm sagte. Seit jenem verfluchten Missverständnis vor einem Jahr hatte der Staatsanwalt ihn, so gut es ging, ignoriert. Grauner hatte ihm damals beizubringen versucht, dass er in Frühpension gehen wolle. Belli hatte alles falsch verstanden, er hatte gedacht, der Commissario wolle sich nur beruflich verändern, aufsteigen, den nächsten Karriereschritt machen. So war eines zum anderen gekommen, und Grauner hatte an einem Nachmittag im letzten Herbst einem gewissen Manfredo Panebianco in Verona gegenübergesessen, dem scheidenden Leiter der Abteilung *Polizia dell'immigrazione e delle frontiere, IV zona, Friuli Venezia Giulia, Veneto, Trentino-Alto Adige*. Und noch ein paar weiteren hohen Viechern, deren Namen ihm Belli eingetrichtert hatte, die er sich aber nicht hatte merken können. Sie hatten ihn gefragt, warum er denn glaube, der Richtige für diesen höchst verantwortungsvollen Job zu sein.

Das Bewerbungsgespräch hatte der Staatsanwalt ihm vermittelt, Grauner hatte nicht gewusst, wie er aus der Sache rauskommen sollte. Absagen war keine Option gewesen, also hatte er beschlossen, einen möglichst schlechten Eindruck zu hinterlassen.

Er hatte sich morgens nach der Stallarbeit nicht geduscht. Er holte während des Gesprächs einen holzigen Tiroler Akzent hervor, der ihn selbst überraschte. Eigentlich sprach er beinahe akzentfrei Italienisch, wenn er wollte. Er wollte jedoch nicht. Er wollte so hinterwäldlerisch wie möglich wirken. So hinterwäldlerisch, dass er selbst die Vorstellungen von einem Klischeesüdtiroler dieser Polizeischnösel in den Palazzi von Verona übertraf.

Er mischte ab und an ein Muhen in seine Argumentation, die mehr oder weniger darauf hinauslief, dass er Grenzen für überflüssig halte. Man stelle sich einmal vor, die Italiener hätten damals nicht nach Amerika gedurft. Enrico Fermi hätte nach dem Erhalt des Nobelpreises für Physik wohl dem faschistischen Regime in seiner Heimat dienen müssen, Rocky Marciano wäre wohl nie Schwergewichtsweltmeister im Boxen geworden, Francis Ford Coppola hätte wohl nie den *Paten* gedreht.

Und der Grenzschmuggel? Der internationale Drogenverkehr? Der interessiere ihn schon mal gar nicht. Das bisschen Haschisch, das er rauche, baue er selbst an. Zu Hause, auf dem Hof, hinter der Scheune, neben dem Misthaufen. Ob er denn so ein würziges Misthaufenmarihuana schon einmal probiert habe, fragte er den Mann, der in der Mitte der Kommission saß, diesen Manfredo Panebianco, der ihn daraufhin mit hochrotem Kopf hinausbat.

Aus seiner Versetzung und Beförderung nach Verona, zur *Polizia dell'immigrazione e delle frontiere,* wurde nichts, und Belli war beleidigt, auch weil er sich vor Panebianco – dessen Schwiegervater zudem einst Oberstaatsanwalt in

Mailand war, worauf der Mann bei jeder Gelegenheit hinwies – mit Grauners Auftreten blamiert hatte.

»Das ist jetzt doch ein guter Moment, unseren Zwist zu begraben, Commissario, nicht? Auch wenn ich Ihnen das, was Sie mir in Verona angetan haben, wohl nie vollends verzeihen werde können. Diese Blamage! Diese brutta Figura! Mein Freund Panebianco, Sie hätten ihn hören sollen. Was der sich wohl dachte, mit was für, na ja, Höhlenmenschen, Steinzeitkommissaren ich es in Südtirol zu tun habe. Beinahe Mitleid hatte er mit mir. Che vergogna.«

Grauner setzte ein gequältes Lächeln auf. Er war froh, dass Belli Frieden schließen wollte. Aber ihm war auch klar, warum. Er brauchte ihn. Jetzt, da es einen Mord aufzuklären galt, ausgerechnet in der Urlaubszeit, blieb ihm nichts anderes übrig, als sich mit ihm zu versöhnen.

»Wer ist die Tote?«, fragte er.

Bellis Miene verfinsterte sich. Der Staatsanwalt trat näher an den Commissario heran. »Was soll das, Grauner? Spinnen Sie?«

»W… was?«

»Bin ich etwa Ihre Assistentin?«

Grauner schluckte. Verdammt, er musste an seinem Ton arbeiten. Saltapepe und Tappeiner hatten sich daran gewöhnt, er war ihr Vorgesetzter, die störte es nicht. Mit Belli, klar, durfte er nicht so sprechen. »Ich, äh, nein, natürlich …«

»Tappeiner, wo ist die überhaupt?«

»Urlaub.«

»Und der Ispettore?«

»Auch.«

»Wie?« Der Staatsanwalt grunzte zornig. »Sie lassen beide gleichzeitig Urlaub nehmen?«

»Sie sind *gemeinsam* weggeflogen. In die USA, wenn ich das richtig …«

»Wie? Sind die jetzt richtig zusammen oder was?«

Grauner hob die Schultern, nickte dann leicht.

»Das geht nicht, keine Beziehungen am Arbeitsplatz. Das ist verboten, strengstens!«

Grauner schaute dem Staatsanwalt tief in die Augen. »Ich fürchte, die Liebe kann man nicht verbieten, Dottore.«

»Die Tote, das ist die Frau vom Lehrer unten im Dorf, vom Weissensteiner Norbert.«

Grauner zuckte zusammen, er hatte gar nicht bemerkt, dass zwei der Arbeiter an sie herangetreten waren. Einer mit einem roten Lockenschopf und ebenso roten Backen. Der zweite mit einem Spitzbärtchen und gletscherblauen Augen. Die anderen Männer und die Polizisten hatten mit etwas Abstand einen Halbkreis um den Commissario und den Staatsanwalt gebildet.

Grauner wiederholte murmelnd die Information. Die Tote kam wohl nicht aus dem Dorf. Ihr Mann, dieser Weissensteiner, der Lehrer, schon. In Südtirol wurde bei Personen, die zugezogen waren, zuerst der Name des Partners genannt. Man musste schließlich wissen, wem diese Person zuzuordnen war. Welcher Familie, welchem Clan. Auch wenn sie selbst schon seit Jahrzehnten im Ort wohnte.

»Das ist die Reiterer Annabel«, sprach der Mann mit den roten Locken weiter, »die kommt eigentlich aus dem hintersten Pustertal. Eine Künstlerin ist, äh, war die, eine recht bekannte. Die machte so Skulpturen aus Marmor. Engel, Heiligenfiguren, aber auch Auftragswerke. Büsten, Köpfe von Persönlichkeiten. Von Politikern, Wirtschaftsbossen, auch von unserem Chef hat sie schon eine gemacht, er schenkt ihr ab und an ein paar Marmorstücke …«

Grauner nahm den Rothaarigen und den Mann mit dem Spitzbart beiseite, ging ein paar Schritte mit ihnen, fragte sie nach ihren Namen.

»Ich bin der Sulzenbacher Josef«, sagte der Mann mit den Locken.

Der andere schwieg.

»Und das ist Olaf. Seinen Nachnamen vergesse ich immer wieder«, Sulzenbacher grinste. »Olaf ist erst seit einigen Monaten bei uns. Er kommt aus Tschechien. Oder war's Polen? Vorher hat er jedenfalls bei den Marillenbauern als Erntehelfer gearbeitet, jetzt ist er einer von uns. Nicht wahr, Olaf?«

Olaf nickte. »Olaf Nowak«, sagte er dann mit einer tiefen, brummenden Stimme. »Vater Pole, Mutter Tschechin.«

»Gut«, sagte Grauner, dann stellte er all die Fragen, die er seit Jahren nicht mehr gestellt hatte. Weil er dafür Tappeiner hatte. Und wenn die mal nicht dabei war, dann hatte Saltapepe das übernommen.

Zehn Minuten später war der Commissario auf dem aktuellen Stand. Die Tote, Annabel Reiterer, war dreiundvierzig Jahre alt. Kinderlos. Sie und ihr Partner lebten in einem Häuschen am Dorfrand. Dort war auch ihr kleines Atelier untergebracht.

»Seit wann sind die beiden verheiratet?«

»Seit sieben Jahren, acht vielleicht. Zusammen sind sie schon etwas länger«, sagte Sulzenbacher, »bestimmt zehn. Soweit ich weiß, haben sie sich beim Wiesenfest in Schlanders kennengelernt. Kennen Sie das Schlanderser Wiesenfest, Kommissar?«

Grauner schüttelte den Kopf.

»Da wird ordentlich gebechert, wissen Sie! Da kann man sich gut kennenlernen. Weil, dass sich ein Mann und eine Frau jemals nüchtern kennengelernt hätten, das halte ich für ein Gerücht. Außer Adam und Eva vielleicht.«

Grauner antwortete nicht. Aber ja, vielleicht hatte der Mann recht. Auch er hatte sich einst ordentlich einen angetrunken vor seinem ersten missglückten Versuch, Alba zu erobern. Das war eine Geschichte, auf die er nicht besonders stolz war. Aber was soll's. Die Alternative wäre gewesen, sie nie anzusprechen. Jemand anderem das Feld zu überlassen. Das wäre auch keine Lösung gewesen.

»War die Tote gestern Abend anwesend?«, fragte Grauner weiter, »beim Konzert?«

Sulzenbacher zuckte mit den Schultern, Nowak ebenso. »Wissen Sie, Herr Kommissar, wir verbringen fünf Tage die Woche im Berg, jeweils acht Stunden, das sind rund zweitausend Stunden im Jahr. Glauben Sie wirklich, wir Arbeiter kommen wegen so einem Geklimper abends auch noch mal hoch?«

Grauner verstand. Er überlegte kurz, ob er nach Feierabend ein klassisches Konzert im Hinterhof der Questura besuchen würde. Eher nicht. Nur wenn Mahler gespielt wurde, dann vielleicht schon.

»Wer hat die Tote gefunden? Und wann?«

»Der Hofer war's«, sagte nun Nowak, »der Sebastian. Der ist immer als Erster im Bruch. Dem gefällt's hier, dem Spinner! Der hat sie da liegen sehen. Also ihre Einzelteile zumindest.«

»Wer bedient normalerweise die große Schneidemaschine am Eingang vorne?«

»Auch der Hofer«, antwortete Sulzenbacher, »das ist sein

Monsterbaby. Seit Ewigkeiten schneidet er damit den Marmor aus dem Felsen. Selten sitzt ein anderer darauf. Keiner kann das so gut wie er.«

Eine Weile schwiegen sie.

»Sebastian Hofer«, murmelte Grauner schließlich.

»War er's, der Sebastian? Er war es also, oder? Er ist der Einzige, der den Schlüssel hat ...« Nowak sah ihn abwartend an.

»Welchen Schlüssel?«

»Na, den für sein Monsterbaby.«

Grauner dachte an die große, alte Maschine, die bei der Leiche stand. Er fand es beinahe amüsant, dass man bei einem solchen Ungetüm einen kleinen Schlüssel brauchte, um es zum Leben zu erwecken.

»Der Schlüssel ...«, begann Grauner.

»War er es also, der Sebastian?«, unterbrach ihn Nowak.

»Ich weiß es nicht«, antwortete der Commissario knapp.

»Ich kann mir nicht vorstellen, dass der Sebastian ...«, ging Sulzenbacher dazwischen. »Der ist harmlos, so einer wie der Sebastian, der tut doch keinem was. Und der Annabel schon gar nicht ...«

»Warum *ihr schon gar nicht?*« Grauner zog die Augenbrauen hoch.

»Weil ... weil der ... weil der ja auch ein bisschen verliebt war in die Annabel. Wissen Sie ... wer liebt, der tötet doch nicht, oder?«

Grauner schwieg.

»Oder ...?«

»Ich danke Ihnen für die Informationen«, sagte der Commissario schließlich. Nein, er wollte diesem Mann diesen naiven, schönen Glauben nicht nehmen.

Im Hintergrund heulte eine der Vespas auf. Die orangefarbene. Ein Arbeiter hatte sich auf sie gesetzt, ohne Helm, er wendete, dann fuhr er in Richtung Ausgang. Grauner verstand nicht viel von Motoren, aber so wie die krachte, war sie auffrisiert, hundertprozentig.

»Tausend Meter«, sagte Sulzenbacher, der Grauners fragenden Blick richtig gedeutet hatte.

»Tausend Meter?«

»Tausend Meter sind es bis zum Ende des Stollens. Da hast du keine Lust, das jeden Tag zu Fuß zu gehen.«

»Dann lieber mit mehr PS als erlaubt fahren und ohne Helm obendrein.« Grauner bereute seinen oberlehrerhaften Ton sogleich. Er lächelte schief.

»Die Verkehrsregeln, die gelten hier drin nur so halb, oder?«, fragte Nowak.

Grauner winkte ab. »Ich bin kein Verkehrspolizist.«

Nun grinsten auch die beiden Männer.

Der Commissario sah sich um, Belli war nirgends zu entdecken. Er verabschiedete sich von den Arbeitern und lief eilig zum Ausgang. Als er an den Polizisten vorbeikam, fragte er sie nach Hofer und erfuhr, dass der einem Nervenzusammenbruch nahe gewesen sei und man ihn zum Dorfarzt gebracht habe. Nun sei er zu Hause. Grauner ging weiter, an den Spurensicherern vorbei. Die Neonröhren am Stolleneingang blinzelten immer noch, von draußen schien das Tageslicht herein. Er sah Bellis Fahrer vor seinem Lancia stehen.

Bald hatte er es geschafft. Ohne Anfall. Ohne Zusammenbruch. Dann hörte er Schritte hinter sich, ein rasselndes Atmen. Noch nichts war gelöst in diesem Fall, sie standen noch ganz, ganz am Anfang, aber zumindest redete der Staatsanwalt wieder mit ihm. Auch wenn er die Zeit der Funkstille zwischen ihm und Belli zu Anfang genossen hatte, war er froh, dass sie vorbei war.

Belli erreichte ihn, wischte sich den Schweiß von der Stirn.

»Ich habe Sie gestern vermisst, Commissario, Sie können Ihre schöne Gattin doch nicht alleine zu so einem unvergesslichen Abend gehen lassen! Wo waren Sie? So etwas lassen Sie sich doch normalerweise nicht entgehen.«

Grauner biss sich auf die Lippen. »Es ist wegen …«

»Ist es wegen damals, in Ridnaun?« Bellis Stimme klang ungewöhnlich sanft, beinahe kumpelhaft.

Der Commissario runzelte die Stirn. Die Stimmungsschwankungen des Staatsanwalts wurden mit den Jahren zunehmend schlimmer. Von einem Moment auf den anderen schien er seinen Groll vergessen zu haben.

Er nickte zögernd. Er hatte noch mit niemandem darüber gesprochen. Wie so oft, wenn er Probleme hatte, hatte er versucht, allein damit fertig zu werden. Da tickte er nicht anders als die meisten Polizisten. Über das, was wehtat, sprach man nicht. Das, was einen nachts in den Träumen heimsuchte, verdrängte man im Arbeitsalltag. Ein fester Handschlag am letzten Ermittlungstag, wenn der Fall abgeschlossen war, ein Blick, eine schnelle Berührung der Schulter. Diese Gesten sagten mehr als tausend Worte. Eigentlich. Und doch merkte er, dass es guttat, nun zu sprechen.

»Es ist … es lässt mich … Ich hatte das früher schon. Diese Angst in geschlossenen Räumen. Ich dachte vor Jahren, ich hätte sie überwunden.«

Die Hand des Staatsanwalts legte sich schwer auf seine Schulter. »Das mit dem Blut, Grauner, Sie wissen, dass ich …«

Natürlich wusste Grauner sofort, was er meinte. Alle wussten, dass Belli kein Blut sehen konnte.

»Falls Sie mal Hilfe brauchen, Commissario, es gibt da eine Psychologin in Haslach, Frau Dr. Dr. Frick, sie … ich … sie hat mir wirklich sehr geholfen. Sie hilft vielen. Blut, Platzangst, Drogen, Eheprobleme …«

»Eheprobleme!« Grauner trat einen Schritt zurück.

Belli schaute überrascht. »Nur als Beispiel, Commissario, nicht, dass ich dachte, dass … Ich meine, Sie und Ihre wunderbare Gattin …«

Der Commissario winkte ab. Sie gingen weiter.

»Was nun?«, wechselte Belli zu seiner Erleichterung das Thema.

»Nun sprechen wir mit dem Mann, der diese Monstermaschine bedienen kann. Der die Leiche gefunden hat. Mit Hofer.«

»Wir? Also, äh, ich, ich muss …«

Der Commissario ahnte schon, was jetzt kam. Der Staatsanwalt hatte keine Lust, sich mit dem Kleinklein der Ermittlungsarbeit zu befassen. Er suchte stets nach irgendeiner Ausrede, nach Bozen zurückzukehren, um sich erst wieder am Abend mit Grauner, Weiherer und der Gerichtsmedizinerin zu treffen, in der Hoffnung, dass sie bis dahin ein gutes Stück weiter waren.

»Ich, äh …«

»Ich weiß, Dottore, Sie müssen sicher zu einem ganz wichtigen Treffen in Bozen, aber ich bitte Sie, verschieben Sie es.« Er könnte sich durchaus Schöneres vorstellen, als den Staatsanwalt den ganzen Tag um sich zu haben. Aber er brauchte Unterstützung von oben, er konnte nicht alles alleine koordinieren, organisieren, in Auftrag geben.

»Bleiben Sie mit mir in Laas. Waren Sie schon einmal in Laas?«

Der Staatsanwalt schüttelte mit überraschtem Gesichtsausdruck den Kopf. »Nur hier oben am Bruch. Gestern Abend. Unten im Dorf noch nie, nein. Südtirol hat über hundert Gemeinden, da kann ich doch nicht in jeder …«

»Laas ist besonders.«

Belli runzelte die Stirn.

»Laas ist nach Ihrem Geschmack.«

Sie hatten die Autos erreicht, blieben stehen. Der Chauffeur öffnete die hintere Tür der Limousine.

»Fahren Sie mich …« Belli sprach den Satz nicht zu Ende. Sein Magen brummte vernehmlich. »Eigentlich bin ich in Bozen zum Mittagess…«

»Sie werden staunen. Sie werden begeistert sein. Sie werden Ihren Kollegen in Verona und Mailand davon erzählen, was für prunkvolle Dörfer wir in den Bergen haben. Sie werden es nicht bereuen. Ich verspreche es Ihnen.«

»Fahren Sie mich hinunter ins Dorf. Und rufen Sie mein Büro an. Die sollen den Termin mit dem Präsidenten der Stadtpolizei verschieben. Auf nächste …, nein, übernächste Woch…, ach, auf nach dem Sommer. Der soll sich einen neuen Termin im September geben lassen, wenn ich aus Sardinien zurück bin.«

Der Chauffeur nickte.

»Stadtpolizei, braucht kein Mensch«, murmelte Belli und kletterte in den Fond des Wagens.

Grauner stieg in den Panda. Er drückte auf den Anlassknopf, folgte Bellis Limousine den weißen Zickzackweg hinab. Langsam, die Bremslichter des Lancia leuchteten unaufhörlich, der Motor jaulte.

»Auch«, flüsterte Grauner, »*auch*.« Er schaltete die Musikanlage an. Mahlers Zweite. Die Geigen wimmerten, die Bässe brummten. Die Auferstehungssinfonie. »Sulzenbacher, dieser rothaarige Brucharbeiter, er hat gesagt, dass Hofer *auch* ein bisschen verliebt war in die Annabel …«

Wer noch?

2

Nein, Claudio Saltapepe konnte sich nicht sattsehen an dem Lichtermeer von Las Vegas. Der Blick aus seinem Hotelzimmerfenster war fast so schön wie der von den Hängen des Vesuvs auf das nächtliche Neapel. Auf die Häuser, auf die gelben Lampen, die sich im schwarzen Hafenwasser spiegelten. Nur war hier alles viel bunter. Blau, rot, gelb, orangefarben. Und lauter, obwohl er nicht gedacht hätte, dass das möglich sei. Reifenquietschen, Polizeisirenen, Menschengeschrei.

Er war glücklich. Noch glücklicher als im Frühjahr 2023, als der SSC Neapel zum dritten Mal Meister geworden war. Ging das überhaupt?

Es ging. Er liebte seinen Verein, aber ja, das musste er zugeben, er liebte Silvia fast noch mehr, ihre gemeinsame wunderschöne Verrücktheit. Hatten sie es wirklich getan? Er befühlte den billigen Plastikring an seinem linken Ringfinger, sah Elvis Presleys lächelndes Gesicht wieder vor sich. In seinen Ohren hallten die Worte nach, die er beinahe gesungen hatte, mit dem typischen Elvis-Timbre: *And now, Claudio, buddy, you can kiss your beautiful bride!*

Die schönen gemeinsamen Tage, die sie verbracht hatten,

nie würde er sie vergessen. San Francisco, Santa Barbara, Hollywood. Dann die Fahrt in die Wüste. Las Vegas, die Stadt, die wie aus dem Nichts vor ihnen aufgetaucht war. Sie waren stundenlang den Strip entlangspaziert. Sie hatten die fünfhundert Dollar, die sich noch in der Reisekasse befunden hatten, auf Rot gesetzt. Viertausend Dollar gewonnen. Noch einmal alles auf Rot. Alles verloren. Wenn du glücklich bist, ist so etwas egal. Völlig wurscht.

Sie teilten sich ein Porterhouse-Steak, vierhundert Gramm, tranken eine Flasche teuren Champagner dazu. Dann kam ihr die Idee, und er lachte nur, lauthals, nahm sie dann in den Arm, sie küssten sich und fragten den Kellner, wo man schnell heiraten könne.

Der Kellner erklärte ihnen alles, in einem Ton, der deutlich machte, dass nach dieser Auskunft täglich mehrmals verlangt wurde.

»Wollt ihr Elvis, den Papst, Batman, Spiderman oder George Bush?«

Saltapepe fragte vorsichtig, ob es denn auch ein Maradona-Double gebe, das sie trauen könne. Maradona, diesen Namen habe der Kellner noch nie gehört, ob das ein italienischer Basketballspieler sei.

Sie entschieden sich schließlich für Elvis und tranken den Champagner aus. Nun gab es kein Zurück mehr. Raus auf den Strip, etwa hundert Meter runter, dann links, neben dem Starbucks, da musste es sein. Dort, so hatte der Kellner gesagt, gebe es drei Elvis-Doubles zur Auswahl. Und einen Laden, der günstige Ringe im Angebot habe.

Silvia fragte, ob er wirklich ohne seine Mutter heiraten wolle. Es war unerträglich, an Mamma zu denken. An das, was ihr passiert war. Er hatte Silvia noch nichts erzählt. Für

Mamma müssten sie eh noch einmal heiraten, sagte er ihr. In Neapel. In einer Kirche. Mit einem großen Fest.

»Wenn ich schon heirate«, sagte Silvia und blieb vor einer Drogerie stehen, »dann will ich mich vorher auch hübsch machen.«

Silvia machte sich sonst nie hübsch. Hübscher, als sie eh schon war, ging's gar nicht, fand Saltapepe. Doch sie bestand darauf. Sie legte schwarzen Lidschatten auf, lackierte die Fingernägel pink – wenn schon, denn schon!

»Wir haben es tatsächlich getan«, flüsterte Claudio Saltapepe, Ispettore der Polizia di Stato, und schaute zu seiner Kollegin Silvia Tappeiner, die im Bett lag und schlief. Hinter den bodentiefen Fenstern schossen die Fontänen des Springbrunnens vor dem *Bellagio* in Regenbogenfarben in den Himmel. Sie hatten bei einem Onlineangebot zugeschlagen. Es war dann zwar nur ein kleines Zimmer im dritten Stock geworden, nicht die Suite unter dem Dach, wie sie es sich gewünscht hätten, aber hey, das *Bellagio!* Der Ispettore schaute auf die Uhr. Es war kurz nach halb zwei.

Eine Stretchlimousine hielt vor dem Hotel, ein Mann in Flipflops und Bademantel stieg aus, auf dem Arm trug er einen Chihuahua, und schlurfte zum Eingang. Saltapepe fragte sich, wie reich man wohl sein musste, um sich derart zum Affen zu machen. Er kniff die Augen zusammen und hielt den Atem an. Der Mann, ganz in Schwarz gekleidet, mit Halbglatze, der da neben dem Eingang rauchte, an einem goldenen Standaschenbecher, er erkannte ihn wieder. Verdammt, nein, das konnte kein Zufall sein.

Der Ispettore hatte den Typen bereits am Flughafen in San Francisco gesehen, er hatte am selben Gepäckband auf seinen Koffer gewartet, war demnach wohl in ihrem Flieger gewesen. Er war ihm aufgefallen, weil er eine große Narbe hatte, die sich über seine linke Wange zog. Der Mann hatte drei Tage später am Strand von Santa Barbara auf einer Bank gesessen, an der Saltapepe und Silvia vorbeigelaufen waren. Wieder hatte er das schwarze Outfit an, schwarze Jeans, schwarzes T-Shirt, schwarze Lederstiefel, Handy am Ohr. Die Narbe.

Als sie zwei Tage später den Hollywood-Boulevard entlanggeschlendert waren, hatte er ihn in der Menge entdeckt, die um Chewbacca herumgestanden hatte; Silvia hatte unbedingt mit dem Zottelviech ein Foto machen wollen.

»Cazzo!«, zischte der Ispettore nun.

Wer war das? Natürlich war ihre Urlaubsroute nicht besonders ausgefallen, natürlich gab es Tausende Menschen, die genau diese Stationen der Westküste der USA abfuhren. Aber dieser Mann sah nicht aus wie ein gewöhnlicher Tourist. Der Mann blies den Rauch in die Luft, drückte die Kippe im Aschenbecher aus, verschwand durch die Drehtür ins Innere des Hotels.

Nein, mit dem stimmte etwas nicht, das spürte Saltapepe. Folgte er ihnen? Wie konnte es anders sein. Der Ispettore biss sich auf die Lippen. Was sollte er tun? Saltapepe drehte sich noch einmal zu Silvia. Sie rührte sich nicht. Schlief fest. Nur leicht hob und senkte sich die Bettdecke.

Er ging zum Stuhl neben dem Bett, zog sich Hose und Hemd über, schlüpfte in die Loafers, sah zu seinem Jackett, ließ es liegen. Zum ersten Mal in diesem Urlaub dachte er an seine Dienstpistole. Zum ersten Mal vermisste er sie.

Er griff zur Zimmerkarte, öffnete leise die Tür, trat auf den Flur.

3

Sie gingen vom Parkplatz in Richtung Dorfzentrum. Grauner schritt schnell voran, Belli hechelte hinterher. Der Commissario kannte niemanden, der sich so langsam bewegte, wenn er sich beeilte. Alle zehn, zwanzig Schritte musste er stehen bleiben, um auf seinen Chef zu warten.

Belli bemühte sich redlich, gestresst auszusehen, mehr als einmal erwischte Grauner ihn jedoch dabei, wie er kurz stoppte, um sich die Auslagen im Schaufenster eines Ladens oder ein hübsches Gebäude genauer anzusehen. Wenn er seinen Blick bemerkte, beschleunigte er seinen Schritt wieder und murmelte etwas Unverständliches.

Grauner hatte zwei Polizisten den Auftrag erteilt, sich im Umfeld der Toten umzuhören und den Witwer, Norbert Weissensteiner, ausfindig zu machen. Er wollte ihn möglichst schnell sprechen. Am besten in seinem Haus. So konnte er sich auch gleich ein Bild davon machen, wie Annabel Reiterer gelebt hatte.

Weissensteiner stammte aus dem Dorf, war in Meran zur Schule gegangen, hatte dann in Innsbruck Literatur und Philosophie studiert, ein Auslandsjahr in Oslo verbracht, sich danach zwei Jahre als Straßenmusiker in verschiedenen Städten Europas durchgeschlagen, war dann zurückgekehrt, hatte eine Weile als Erntehelfer auf einer Marillenplantage gearbeitet und zwei Sommer lang als Kranfahrer in der Marmorfabrik am Rande des Dorfes, bis er schließlich in den Schuldienst eingetreten war. So viel hatten sie bereits herausgefunden.

Der Commissario kontrollierte das Handy, nein, noch hatten sich die beiden Kollegen nicht zurückgemeldet.

Das war nicht weiter schlimm. Zuerst stand das Gespräch mit dem Mann an, der das Opfer entdeckt hatte. Sebastian Hofer. Noch immer hatte er die Worte des Stollenarbeiters im Kopf. Josef Sulzenbacher. »Weil der ja auch ein bisschen verliebt war in die Annabel.«

»Das haben Sie nun davon, Grauner«, keuchte Belli hinter dem Commissario, »jetzt müssen Sie in Ihrem Alter immer noch in solchen Dörfern herumlungern, Dorfbauern ausquetschen, in Dorfgasthäusern schlechten Espresso trinken. Sie könnten jetzt auf der Piazza Bra sitzen und bei einem wohlschmeckenden Cappuccino und einem Cornetto alla Crema darauf warten, dass hinter der Arena die Sonne hervorkriecht, dann in Ihrem schönen Büro im edlen Palazzo Sant'Angelo die Füße hochlegen, in aller Ruhe die *Gazzetta dello Sport* studieren, dann in einem der Ristoranti am Lungadige zum Lunch einkehren, nachmittags ein, zwei Telefonate führen, um vier Feierabend machen, einen Aperitif auf der Piazza dei Signori einnehmen. Einen Gingerino mit Weißwein oder einen Franciacorta …«

Genau so stellte sich Grauner die Hölle vor. Ihm war nach Feierabend nichts lieber, als in den Stall zu gehen, Mahler zu hören, ein frisch gemolkenes Glas Milch zu trinken. Er hatte sicher das eine oder andere falsch gemacht in seinem Leben. Er hätte Sara gegenüber, als ihre Pubertät Purzelbäume schlug, gelassener sein müssen. Er hätte Alba viel öfter sagen müssen, wie glücklich er war, sie zu haben. Dass er sich beim Vorstellungsgespräch für die Stelle in Verona benommen hatte wie das letzte Rindviech, um ganz sicher abgelehnt zu werden, das hatte er gut gemacht. Daran zweifelte er keine Sekunde.

»Sie wissen schon, Grauner, dass ich mich bei meinem Freund Panebianco so schnell nicht mehr sehen lassen kann? Da hilft auch der Karton mit feinstem Lagrein nichts, den ich ihm zu Weihnachten geschickt habe. Falls ich mich irgendwann mal nach Mailand versetzen lassen möchte, wird er sicher kein gutes Wort für mich einlegen. Stellen Sie sich vor: Mailand, Piazza Duomo, die Navigli, Brera! Vielleicht könnte ich Sie sogar mitnehmen. In mein Team dort holen. Puccini, Verdi, in der Scala! Ihre Frau, die würde Augen machen …«

Grauner ging wieder etwas schneller, Belli fiel erneut zurück. Er würde es wohl nie verstehen. Der Dorfplatz tauchte vor ihnen auf, sie stoppten. Mit großen, staunenden Augen sah der Staatsanwalt sich um. Der Commissario schmunzelte.

Die Kirche. Marmorweiß. Der Dorfbrunnen. Marmorweiß. Die Sitzbänke unter den Nussbäumen, der gepflasterte Zebrastreifen, die Treppen, die zu den Haustüren führten, die Tischplatten vor dem Dorfgasthaus *Zum goldenen Lamm*, an denen einige Männer vor Espressotassen beisammensaßen, die Aschenbecher: Alles strahlte in Marmorweiß. Sogar die Fahrradständer bestanden aus weißen Steinblöcken, in die Schlitze für die Vorderreifen eingefräst waren.

Noch immer drehte sich Belli mit offenem Mund um sich selbst. Er verließ Bozen nur, wenn es draußen in den Tälern ein bedeutendes Kulturereignis gab. Oder einen Mord. Sonst nicht. Und es hatte in Laas noch keinen Mord gegeben. Zumindest in den vergangenen dreißig Jahren nicht. Zumindest keinen, von dem die Polizei erfahren hätte.

Belli war ein Stadtmensch. Wenn er nicht in Bozen weilte, weilte er in Mailand, Rom, Venedig oder Neapel. Mit zwei

Ausnahmen. Einmal im Jahr, zu Ferragosto, im Hochsommer, wenn im Talkessel der Südtiroler Hauptstadt die Luft in der Hitze flimmerte, fuhr er mit der Seilbahn auf den Ritten hoch und spazierte über den Sigmund-Freud-Weg ein wenig durch den Wald. Nach seiner Rückkehr berichtete er en détail von seinen Spaziergängen, so, als ob es Gipfelerstbesteigungen gewesen wären. Dann flog er für eine Woche nach Sardinien. Costa Smeralda. Da nahm er dann wohl auch das Jackett ab, so stellte Grauner es sich zumindest vor, streifte die Anzughosenbeine hoch, steckte die nackten Füße ins glasklare Wasser.

Sie liefen über den Marmorzebrastreifen.

»Was ist das bloß für ein Ort, Grauner?«

Der Commissario schmunzelte. »Das ist Laas. Das Marmordorf.«

»Das reichste Dorf der Welt?« Der Staatsanwalt jauchzte. »Reicher als Portocervo?«

»Das weiß ich nicht.« Grauner war noch nie in Portocervo gewesen. Zum Glück.

»Bahnhofstraße elf«, sagte Grauner und zeigte auf das Haus, an dem sie gerade vorbeiliefen. »Wir müssen da runter. Dieser Hofer, er wohnt in der siebzehn.«

Belli schien ihm nicht zuzuhören. »Was für ein verzauberter Ort, was für ein …«

Der Rest ging im Glockengeläut unter. Es war nun zwölf Uhr mittags.

Der Commissario ging die drei Marmorstufen des Hauses mit der Nummer siebzehn hinauf, klingelte. Vom Holzzaun, vor dem eine zerbeulte rote Vespa stand, bröckelte die tannengrüne Farbe, die Wiese dahinter war wohl schon länger nicht mehr gemäht worden, der Apfelbaum wuchs wild vor sich hin. Grauner tippte darauf, dass Sebastian Hofer alleine lebte.

Er schaute durch eine milchige Glasscheibe in der Tür ins Innere, nahm einen Schatten wahr, ein Brummeln, dann quietschte die Klinke. Dem Mann, der ihm nun gegenüberstand, fielen die Haare struppig ins Gesicht, er schob sie zur Seite, blinzelte, die Augen waren blutunterlaufen. Hofer zog die Nase hoch, er musste geweint haben.

»Polizei?«, fragte er, ohne die ihm entgegengestreckte Hand zu beachten. Er trat zur Seite, die beiden Ermittler gingen hinein, der Parkettboden knarzte.

»Mein Name ist Grauner, ich leite die Ermittlungen, das ist Dr. Belli, der Staatsanwalt. Wenn Sie erlauben, Herr Hofer, würden später auch die Kollegen von der Spurensicherung vorbeikommen. Sie möchten sich gerne bei Ihnen umsehen.«

Der Mann schlurfte in die Küche. Eine Kochzeile, ein Herd, Tomatensoßenkleckse. Ein Spülbecken, schmutziges Geschirr darin. Ein Kalender an der Wand. Das Bild eines überdimensionalen Traktors darauf, der über drei verbeulte Kleinwagen fuhr. Ein kleiner Tisch, zwei Stühle. Wer nur zwei Stühle hatte, hatte selten Besuch. Vielleicht nie. Verwelkte Geranien in zwei Blumentöpfen.

»Dass Sie mit mir sprechen wollen, verstehe ich. Aber was wollen Sie bei mir denn finden?«, fragte der Mann.

»Das wissen wir nicht. Das wissen wir sehr oft noch nicht, so kurz nachdem jemand ermordet wurde.«

Grauner zog die beiden Stühle nach hinten, bedeutete dem Mann mit einer Handbewegung, Platz zu nehmen. Hofer setzte sich, der Commissario ebenso, Belli lehnte sich gegen die Küchenzeile.

»Ich habe nur Wasser anzubieten. Oder Bier, aber Bier in einem Verhör, ich weiß nicht …« Der Mann wollte schon wieder aufstehen.

»Bleiben Sie sitzen«, sagte Grauner. »Wir brauchen nichts. Wir verhören Sie auch nicht. Wir wollen uns nur mit Ihnen unterhalten. Sie, so sagte man uns, haben die Tote heute früh gefunden.«

Der Mann nickte. Jetzt erst bemerkte der Commissario den Marmorstaub unter seinen Fingernägeln. Es sah beinahe so aus, als wären die Spitzen der Nägel weiß lackiert.

»Sie kannten sie?«

Wieder das Nicken.

»Gut?«

»Im Dorf kennt jeder jeden.«

Grauner legte den Kopf schief. »Sie, so sagte man uns, sind der Fahrer dieser Monstermaschine im Berg, Ihr … Baby.«

Hofer brummte zustimmend.

»Es sieht alles danach aus, als sei die Frau von diesem Ungetüm zersägt worden. Die gerichtsmedizinischen Untersuchungen stehen zwar noch aus, aber …«

Hofers Blick war klar. Obwohl er eben noch geschluchzt hatte, klang seine Stimme ruhig, beinahe sachlich. »Da brauchen Sie nichts untersuchen, Herr Kommissar, natürlich war das mein Baby.«

Er schaute den Commissario finster an. Der Ermittler hielt dem Blick stand. Zählte in Gedanken die Sekunden. Sieben, acht, neun. Hofer senkte die Lider.

»Maschinen töten nicht. Menschen, die sie bedienen, töten.«

Hofer kratzte mit den Fingernägeln über die Holzplatte

des Tisches. »Ja, das Baby ist mein Arbeitsgerät. Es gibt keinen, der diese Maschine so gut beherrscht wie ich. Das heißt aber nichts. Andere können sie auch benutzen ...«

»Aber Sie sind der Einzige, der den Schlüssel hat.«

Hofer legte die Hände flach auf den Tisch, eine über die andere. Wie ein Schüler, der beschlossen hatte, nun artig zu sein. Der Mann atmete ein, schaute zu Belli, dann wieder zu Grauner.

»Ich weiß, dass Sie mir nicht glauben werden, was ich Ihnen jetzt sage. Aber was soll ich tun? Es ist die Wahrheit.«

»Sprechen Sie!«, sagte der Commissario. Vielleicht etwas strenger, als er es beabsichtigt hatte.

Hofers gelbe Zähne kamen zum Vorschein, er fasste sich an die Brust, beugte sich nach vorne, ein kehliges Husten brach aus ihm heraus. Er hielt sich die Hand vor den Mund, ließ sie dann geschwind unter dem Tisch verschwinden.

Grauner hatte es gesehen. Der Mann hatte Blut gespuckt. Nun wischte er es am Hosenbein ab, räusperte sich. Seine Fingernägel waren nicht mehr weiß. In den Marmorstaub hatte sich Blut gemischt.

»Sind Sie krank?«, fragte der Commissario leise.

Hofer schüttelte hastig und heftig den Kopf. »Nein, nein«, sagte er, »es ist nichts. Nur eine Erkältung.« Es schien, als wollte er schnell das Thema wechseln. »Es stimmt. Ich bin der Einzige, der einen Schlüssel für Babys Zündschloss hat. Er liegt normalerweise da vorne bei der Tür. In einem Schüsselchen, in dem auch all meine anderen Schlüssel liegen. Der Haustürschlüssel, der Kellerschlüssel, der Schlüssel für die Hintertür zum Garten. Der Autoschlüssel, der Vespaschlüssel, der fürs Fahrradschloss. Heute früh aber war Babys Schlüssel nicht da.«

»Ah!« Grauner tat übertrieben überrascht.

»Ja.« Hofer blieb ernst. »Ich habe mir nicht viel dabei gedacht. Ich habe ihn schon öfter aus Versehen in der Maschine stecken lassen. Den ganzen Tag da drin im Berg, da dröhnt dir bei Feierabend der Schädel, da vergisst du schon mal was.«

»Und?«, fragte der Commissario.

»Was *und?*«

»Steckte er heute Morgen im Schloss?«

Der Mann schüttelte den Kopf. »Das war mir aber dann auch nicht mehr so wichtig, weil ... sie ... ihr Finger, ihr ... Kopf!«

»Der Schlüssel ist also verschwunden?«

Der Mann hob die Schultern.

Grauner dachte an seine eigenen Schlüssel. Es waren definitiv zu viele. Zwei Dutzend mindestens. Im Leben sollte man keine zwei Dutzend Schlüssel brauchen. Der Panda-Schlüssel, der nur ein Plastikkästchen war, lag auch in einem Schüsselchen neben der Tür. Meistens zumindest. Manchmal lag er auch bei den Zahnbürsten im Bad. Oder in der Tasche der Jacke, die er vor dem Schlafengehen auf den Stuhl neben dem Bett geworfen hatte. Oder im Stall bei den Milchkanistern. Der Reserveschlüssel lag, ja, wo lag der denn eigentlich?

»Sie haben doch sicher auch einen zweiten Schlüssel für Ihr Baby, oder?«, fragte er schnell.

Hofer duckte sich ein wenig. »Sagen Sie es niemandem, aber der, von dem wir reden, *ist* der Zweitschlüssel. Den ersten Schlüssel habe ich verloren. Vor zwei Jahren. Da bin ich gleich nach Dienstschluss auf das Wiesenfest in Schlanders. Kennen Sie das Wiesenfest? Das ist ... da kann man ...

nach zehn Bier, zwei Flaschen Weißburgunder kann man da schon mal einen Schlüssel verlieren, nicht?«

Grauner schaute zu Belli. Der Staatsanwalt nickte. Die Miene des Commissarios verfinsterte sich.

»Das, was Sie mir da gerade erzählen, Herr Hofer, ist entweder wahr«, er atmete hörbar aus, »oder die blödeste Lüge, die mir in meinem langen Ermittlerleben je untergekommen ist.«

Hofer saß bewegungslos da. Es dauerte einige Sekunden, bis er langsam den Mund öffnete. »Es ist die Wahrheit«, sagte er dann, »ich muss den Schlüssel stecken gelassen haben. Sie müssen mir glauben, Herr Kommissar.«

»Wo waren Sie in der vergangenen Nacht?«, fragte Grauner weiter.

Der Mann machte große Augen. Er schien zu verstehen, dass das nun die Frage war, auf die es ankam.

»Wann?«, fragte er zurück.

»Wie, *wann?*«

»Wann gestern Nacht?«

»Die ganze Nacht über.«

Hofer runzelte die Stirn. »Ich, äh, zuerst, nach Feierabend, war ich im Gasthaus. Im *Goldenen Lamm*. Danach …«

»Wann war danach?«, unterbrach ihn Grauner.

»Äh, ich denke, so gegen Mitternacht …«

»Denken Sie? Wissen Sie das nicht?«

Der Mann schien zu überlegen, was er nun sagen sollte. »Schauen Sie immer auf die Uhr, Herr Kommissar? Nach sieben, acht Bier und einer halben Flasche Vernatsch?«

Grauner ertappte sich dabei, wie er den Kopf schüttelte.

»Jedenfalls, es muss so gegen Mitternacht gewesen sein, da ging ich nach Hause.«

»Sie waren also nicht auf dem Konzert im Bruch?«

Der Mann schüttelte heftig den Kopf.

»Warum nicht?«

»Ich bin lieber im Berg, wenn da keine Konzerte stattfinden.«

Grauner brummte.

Belli trat an den Tisch heran. »Wie gesagt, unsere Spurensicherer würden Ihre Wohnung gerne inspizieren. Wenn Sie uns die Erlaubnis erteilen, dann sind sie in zwanzig Minuten vor Ort, sie werden behutsam mit Ihrem Hab und Gut umgehen, das verspreche ich Ihnen. Und dann brauchen wir Sie erst mal nicht mehr. Wenn Sie sich weigern, muss ich Sie bitten, mit uns nach Bozen zu kommen. In die Questura, dann müssen wir dieses Gespräch noch einmal führen. Oder zweimal. Oder dreimal. Bis morgen werde ich einen Untersuchungsbeschluss aufgesetzt haben, dann werden die so oder so kommen. Nur wenn die erst mit einem Tag Verspätung mit ihrer Arbeit beginnen können, sind die meistens wütend. Da sind die ganz empfindlich. Da hilft es auch nichts, wenn ich sie bitte, vorsichtig zu sein. Da verwüsten die meist alles. Ich möchte das nicht, Herr Hofer!«

Manchmal bewunderte Grauner den Staatsanwalt. Wie der jemandem, ohne mit der Wimper zu zucken, ins Gesicht lügen konnte. Grauner kannte den Chef der Scientifica seit vielen Jahren. Ja, er nervte manchmal. Eigentlich sehr oft. So wie heute Morgen. Aber der Commissario hätte seinen Hof mitsamt der Kühe darauf verwettet, dass Weiherer niemals, unter keinen Umständen, eine Wohnung verwüsten würde. Er hinterließ sie exakt so, wie er sie vorgefunden hatte. Dieses etwas pedantische Berufsethos hatte er auch all seinen Mitarbeitern eingebläut.

»Also?«, fragte Belli ruhig.

»Rufen Sie Ihre Männer«, antwortete Hofer resigniert. »Sie können machen, was sie wollen.«

Der Staatsanwalt warf einen triumphierenden Blick in Grauners Richtung. Der beachtete ihn nicht und drehte sich ein letztes Mal zu Hofer um.

»Eine Frage noch«, sagte er, »Sie waren in Annabel verliebt, nicht wahr?«

Er dachte, dieser Satz würde den Mann aus dem Konzept bringen. Doch Hofer sagte nur leise und kühl: »Ja, Herr Kommissar. Wer war das nicht? Annabel, die Schöne, sie hat allen ein bisschen den Kopf verdreht. In Laas. Und auch in all den anderen Orten, an denen sie war.«

Grauner und Belli hatten das Haus verlassen und waren zurück zum Parkplatz gelaufen. Die dort wartenden Polizisten hatten sie auf den neuesten Stand gebracht. Die Kollegen hatten den Mann der Toten, Weissensteiner, den Lehrer, immer noch nicht finden können. Der Witwer sei am späten Vormittag nicht in der Schule erschienen, wo er in den unterrichtsfreien Wochen Proben für ein Sommermusical leite.

Grauner wies die Männer an, die Suche nach dem Mann auszuweiten. Mehr Personal dafür bereitzustellen. Verwandte und Bekannte zu befragen.

Er und Belli, so beschloss er nun, würden derweil die zum Marmorbruch gehörige Fabrik ein paar Kilometer westlich des Dorfes inspizieren. Die Polizisten hatten erfahren, dass der Stollen zu einem Konzern namens *Whitegold SRL* gehörte. Der Besitzer war ein gewisser Hans Hinterpichler.

4

Die gestapelten weißen Blöcke strahlten eine eigenartige Ruhe aus, obwohl um sie herum ein hektisches Durcheinander herrschte. Arbeiter liefen umher, Staplerfahrer umkurvten die Felsbrocken, ein Lkw-Fahrer entkoppelte seinen Anhänger, ein zweiter parkte sein Gefährt neben einer der Lagerhallen. Sägemaschinen kreischten, Männerstimmen brüllten.

Sie hatten sich an der Pforte angemeldet, der Pförtner hatte ihnen zwei gelbe Plastikhelme gereicht. Grauner hatte seinen pflichtbewusst aufgesetzt, Belli hatte seinen etwas angewidert gemustert, ihn dann unter den Arm geklemmt.

Während Grauner auf den Staatsanwalt wartete, der schon wieder zurückgeblieben war, begutachtete er sorgenvoll den Himmel. Zwei schwere Kräne bewegten sich über ihnen, je einen Marmorblock an einem Stahlseil transportierend. Der Commissario überlegte, wie es wohl wäre, so einen Brocken auf den Kopf zu bekommen. Wahrscheinlich gar nicht mal so schlimm, vermutete er. Zack, bumm – vorbei. Kein langes Leiden. Es gab schlimmere Tode.

Belli erreichte ihn laut schnaufend, sah ebenso zu den schwebenden Blöcken hoch, dann zum Helm in seiner Hand, setzte ihn sich, einen Fluch murmelnd, nun doch auf den Kopf. Schließlich kämpften sich die beiden weiter durch das Getümmel vor der Fertigungshalle. Der Commissario fragte sich, was so ein Marmorblock wohl kosten mochte. Er hatte nicht die geringste Ahnung. Ein Arbeiter lief nah an ihnen vorbei, Grauner packte ihn beim Ärmel, der Mann fuhr herum.

»Was?«

»Entschuldigen Sie bitte, wo finden wir denn den Chef?«

»Den Hansi?«

»Äh, ja. Hans Hinterpichler.«

»Ich weiß gar nicht, ob der schon da ist, ich habe ihn noch nicht gehört«, sagte der Mann, »aber gehen Sie da entlang, am Ende der Halle rechts zur Tür rein, erster Stock, dort ist das Sekretariat und auch sein Büro.«

Grauner fragte sich, was der Mann, der eilig weitergegangen war, damit gemeint hatte, Hinterpichler noch nicht *gehört* zu haben. Er vermutete, der Chef war einer, der gerne herumschrie. Das musste es sein. Der Mann hatte Hinterpichler heute wohl noch nicht schreien hören, also war der noch nicht da. Logisch.

Einige Meter entfernt, neben einem guten Dutzend gestapelter Marmorblöcke, entdeckte Grauner die Tür, die zu den Büroräumen führen musste. Zwei Männer mit Kübeln putzten die Wand daneben und einen der Blöcke.

Als die beiden Ermittler die Männer erreichten, erkannte Grauner, dass das Gestein verfärbt war. Die Glasscheibe in der Tür war eingeschlagen. Jemand hatte etwas an die Wand geschmiert.

»G… Gie… Gieriges … S… Sch… Gieriges Schwein«, las er.

»Was ist das?«, fragte der Staatsanwalt die Männer.

Sie drehten sich um.

»Ist das … Blut? Kot?«, fragte er weiter.

Die beiden schüttelten den Kopf. Noch ehe sie antworten konnten, war Belli bereits an die beschmierten Blöcke herangetreten. Grauner nahm einen süßlichen Geruch wahr. Der Staatsanwalt berührte die Masse mit dem Zeigefinger. Roch daran. Schleckte dann den Finger ab. Schloss die Augen.

»Hmmm«, sagte er genüsslich.

»Hmmm?«, fragte Grauner verwirrt.

»Marille.«

»Was?«

»Das sind ganz vorzügliche Marillen.«

Auch der Commissario bemerkte nun die Früchte, die vor ihnen auf dem Boden lagen, viele waren aufgeplatzt. Belli schnappte sich eine Marille, die unversehrt aussah, und biss hinein. Grauner seufzte.

»Das ist bereits der dritte Marillenanschlag auf die Fabrik«, sagte einer der Männer.

Grauner wusste nicht, ob er gerade veräppelt wurde. »Marillen? Warum Marillen?«

Die beiden Arbeiter schauten sich verunsichert an.

»Keine Ahnung«, sagte schließlich der Kleinere von ihnen, »aber eine Sauerei ist es auf jeden Fall. Die ersten Male sind Laster damit beschmiert worden, jetzt die Wand und die Marmorblöcke.«

Belli kaute und spuckte den Kern aus.

»Wissen Sie, ob …« Der Rest seines Satzes ging im Motorenlärm unter.

Erst dachte der Commissario, jemand in der Halle hätte eine besonders laute Maschine angeschmissen, dann verstand er, dass der Lärm von oben kam. Alle blickten in den wolkenlos blauen Himmel. Die Kräne hielten inne, die Marmorblöcke hingen bedrohlich schwankend an den Stahlseilen.

Der Lärm wurde lauter, ein Hubschrauber kam von Osten her näher, verlangsamte, begann mit dem Sinkflug. Grauner drehte sich einmal im Kreis. Etwa fünfzig Meter entfernt entdeckte er auf einer kleinen Wiese, von neongelben blinkenden Lichtern umkreist, einen Landeplatz. Weißer Staub wurde aufgewirbelt.

Die Kufen des Hubschraubers hatten den Boden noch nicht berührt, da öffnete sich die Schiebetür, ein Mann mit Fliegerbrille, weißer Lederjacke, weißer Schnürlsamthose, weißem Siebentagebart und zu einem Pferdezopf zusammengebundenem Haar sprang heraus. Kleines Wohlstandsbäuchlein. Er lief gebückt durch die Marmorstaubwolken hindurch in Richtung des Büroeingangs.

»Ich habe ihn heute noch nicht *gehört*«, flüsterte Grauner. Nun verstand er.

Der Motor des Hubschraubers verstummte, die Propeller schwappten langsamer, kamen zum Stillstand. Auch aus den Hallen war kein Mucks mehr zu hören. Der Commissario kannte das. Es gab Typen, die tauchten nicht einfach so auf, die inszenierten ihren Auftritt wie die Erscheinung eines Propheten.

Der weiße Mann erreichte sie und blieb stehen, musterte die Ermittler kurz, klopfte erst Grauner, dann Belli beinahe kumpelhaft auf den Rücken, schließlich begann er so laut zu schreien, dass ihm die Ohren pfiffen.

»Kein Stillstand, Freunde! Stillstand ist schlecht. Alles muss im Fluss sein. Wer still steht, verliert. Wer still steht, ist satt. Wir wollen nicht satt sein, Laaser, oder?« Der Mann schien keine Antwort zu erwarten. Mit gerunzelter Stirn betrachtete er die beschmierte Wand, dann schrie er weiter.

»Wir wollen gierig bleiben! Gier ist gut. Gier ist richtig. Gier funktioniert. Sie ist die Rettung. Ich will, dass ihr das wisst, Freunde. Gier ist gesund. Sie ist der Antrieb des Fortschritts.« Er hatte die Faust gehoben, nun senkte er sie wieder. Es schien, als hätte er vergessen, was er sagen wollte.

»Weitermachen!«, brüllte er schließlich. Alle lösten sich aus ihrer Starre und setzten sich in Bewegung. In den Hallen nahmen die Maschinen lautstark ihre Arbeit auf.

»Schon wieder?«, fragte Hinterpichler und zeigte auf das Fruchtfleisch.

Die beiden Arbeiter mit den Putzeimern nickten artig.

»Marillen?«

Wieder das Nicken.

»Ich hasse Marillen.«

Der Marmorfabrikbesitzer drehte sich zu den Ermittlern, der Commissario wollte sich gerade vorstellen, da ging er schnellen Schrittes an ihnen vorbei zur Tür, begutachtete kurz die eingeschlagene Scheibe, warf einen Blick über die Schulter.

»Wer sind Sie? Was wollen Sie? Kommen Sie mit! Sie haben exakt zwei Minuten und siebenunddreißig Sekunden für Ihren Pitch. So lange brauche ich, um hier reinzugehen, die Treppen hochzulaufen, das Vorzimmer zu betreten, dafür, den Mantel abzulegen, für die Begrüßung meiner Sekretärin, dafür, ihr ein Kompliment zu machen und mich hinter den Schreibtisch zu setzen. Später muss ich hoch zum Bruch. Sie haben doch sicher mitbekommen, was da passiert ist. Also, schießen Sie los!«

5

Das gab es doch nicht. Die dicken Samtvorhänge ließen sich tatsächlich nicht von Hand zuziehen. Nun stand Saltapepe vor der unerklärlich großen Armatur neben der Zimmertür und verstand einfach nicht, was das sollte. Er drückte willkürlich auf einen der Knöpfe. Grelles Licht ging an. Tappeiner stöhnte, er drückte auf einen anderen. Gedämmtes Licht ging an, dazu leise Elvis-Schnulzenmusik.

Love me tender, love me sweet …

Tappeiner drehte sich um. Saltapepe drückte wieder den Knopf. Die Musik verstummte. Er fluchte leise. Die Lichter der Stadt, die ihn vorhin so begeistert hatten, nervten nun, um halb fünf Uhr morgens, gewaltig. Er war sich nicht sicher, ob er es überhaupt schaffen würde, einzuschlafen. Zumindest versuchen wollte er es. Und dafür brauchte er Dunkelheit.

Der Ispettore drückte auf zwei Knöpfe gleichzeitig, die Minibar öffnete sich automatisch, im Bad begann Wasser in die Wanne zu plätschern. Er konnte sich nicht daran erinnern, jemals ein Bad genommen zu haben. Aber warum nicht, dachte er sich, vielleicht beruhigte ihn das. Vielleicht besänftigte es seine Paranoia.

Er legte den Kopf nach hinten, spürte das heiße Wasser auf seiner nackten Haut. Er schloss die Augen. Das Plätschern verdrängte das Geklimper, das Klingeln, das Geschrei aus dem *Bellagio*-Casino, das ihm immer noch in den Ohren dröhnte. Doch das Gesicht des Mannes sah er noch immer vor sich.

Der Ispettore war aus dem Zimmer und die Treppen hinab ins Erdgeschoss geeilt, hatte sich durch die Menschenmassen an den Slotmaschinen und den Poker- und Roulettetischen gekämpft. Als er das Foyer erreichte, entdeckte er den Fremden tatsächlich sofort im Gewusel. Dieses Gesicht! Die Narbe an der linken Wange.

Der Mann stand am Empfang, sprach mit einem der Concierges. Saltapepe versteckte sich hinter einer Säule, lugte vorsichtig hervor. Der Hotelmitarbeiter schüttelte den Kopf. Er sprach weiter, lehnte sich über den Tresen, der Concierge wich zurück. Schüttelte den Kopf noch einmal. Der Mann haute auf die schwarze Steinplatte, drehte sich mit grimmigem Gesicht um, dann eilte er in Richtung Ausgang und warf im Vorbeigehen etwas in einen Mülleimer.

Saltapepe schlich ihm hinterher. Der eigenartige Fremde erreichte die Drehtür, lief nach draußen. Der Portier verbeugte sich, hielt ihm eine Taxitür auf. Kurz zögerte der Ispettore, dann folgte er ihm nach draußen. Die Taxitür schloss sich. Er stellte sich vor das verdunkelte Fenster und starrte es an. Er war sich sicher, dass der Passagier im Inneren ihn ebenso anstarrte. Er wollte es so.

Das Taxi rollte an, fuhr um die synchron tanzenden Wasserfontänen des Springbrunnens herum und bog auf den Strip. Bald war es im Dunst der Morgendämmerung nicht mehr zu sehen.

Saltapepe ging wieder in die Lobby, als er den Mülleimer erreichte, zögerte er kurz und griff dann hinein. Die Fingerspitzen berührten Papier. Er zog daran, holte es heraus. Es war die abgerissene Seite eines Taschenkalenders. Das Jahr und die Wochentage standen auf Italienisch darauf. Und zwei mit Kugelschreiber notierte Namen.

»Was wollte der Mann eben von Ihnen?« Der Ispettore stand nun selbst am Empfangstresen.

»Eine Information über einen Gast«, antwortete der

Concierge, »aber ich musste ihn leider enttäuschen. Wir geben keine Informationen über Gäste preis.«

Saltapepe lehnte sich nach vorne. »Über welchen Gast?«, fragte er fordernd.

Der Mann formte die dünnen Lippen zu einem freudlosen Lächeln. »Mister, wie gesagt, wir geben keine Informationen zu Gästen preis. Ich wünsche Ihnen noch einen ganz wunderbaren Tag in Las Vegas, der Stadt des Glücks.«

Der Ispettore legte das Stück Papier auf den Tresen, tippte auf die beiden Namen. »Diese beiden Gäste«, knurrte er, »hat der Mann nach diesen beiden gefragt?«

Der Concierge hob eine Augenbraue. »Es tut mir leid, Mister.«

6

»Warum haben Sie nicht gleich gesagt, wer Sie sind?« Der Vorwurf klang scharf. Hinterpichler schrie immer noch. Jetzt, weil er die Maschinen, die im Hintergrund rumorten, übertönen musste. Neben ihm stand seine Sekretärin. Auch sie trug einen Helm, sie hielt ein Tablett in der Hand, auf dem drei Espressotassen und ein Zuckerdöschen standen.

»Schrecklich, so schrecklich, was im Bruch passiert ist, da bin ich ganz bei Ihnen, keine Frage«, fuhr der Fabrikbesitzer fort. »Ich war heute früh auf dem Weg zu einer Unternehmerkonferenz in Florenz, bin sofort umgekehrt, als ich die Nachricht gehört habe. Ist doch eine Selbstverständlichkeit.«

Grauner brummte. Natürlich war das schrecklich, was passiert war. Was sollte es denn Schrecklicheres geben als einen brutalen Mord? Natürlich kam der Besitzer eines Marmorbruchs so schnell wie möglich zurück, wenn darin eine Tote gefunden wurde. Was sollte er an so einem Tag denn sonst machen? Business as usual? Dem Commissario ging das Gerede dieses Typen zunehmend auf die Nerven. Er beschloss, dem nun ein Ende zu bereiten.

Hans Hinterpichler hatte ihn und Belli sogleich ins Innere der Fertigungshalle geführt, hinein ins Chaos, wo Marmorblöcke auf ratternden Fließbändern von riesigen Diamantsägen zurechtgeschnitten wurden. Wo Männer mit Gabelstaplern um die Wette zu fahren schienen. Wo die fertigen Produkte auf Paletten lagerten: Platten, Waschbecken, Badewannen, Kreuze für Soldatenfriedhöfe, weiße Löwen, weiße Adler, die Flügel ausgebreitet, strenger Blick. Irgendwann war die Sekretärin mit den Kaffees dazugestoßen. Nun stand sie da, halb hinter ihrem Chef versteckt, machte einen eingeschüchterten Eindruck.

»Können wir die Maschinen wieder ausmachen?« Grauner sprach absichtlich ganz leise.

»Wie bitte?«, schrie sein Gegenüber. Er begutachtete seine Fingernägel, zog ein Schweizer Taschenmesser aus der Jacke, klappte es auf, kratzte etwas Marmorstaub unter den Nägeln hervor, steckte das Messer wieder weg, blies sich über die Hände.

Grauner wiederholte seine Frage: »Ob Sie bitte die Maschinen ausmachen könnten, damit wir uns in Ruhe unterhalten können.«

Er sagte es nur unwesentlich lauter, so, dass Hinterpichler ihn sicher verstand. Wer schrie, wirkte nicht souverän. Wem zugehört wurde, auch wenn er flüsterte, hatte die Kontrolle.

Der Unternehmer hob abwehrend die Hände. »Meine Herren«, er schüttelte den Kopf, »wir haben keine Zeit für Stillstand. Tagsüber bringen Lkw den Marmor vom Berg herunter. Meistens drei Quader. Wenn es dunkel ist, zwischen zehn und Mitternacht, fahren sie mit den Produkten, die hier gefertigt werden, raus in die Welt. Europa. Übersee. Alles …«

Belli trat etwas näher an Hinterpichler heran. »Wann kommt das Fernsehteam der *Rai?*«, fragte er ruhig in Richtung des Commissarios.

»In einer halben Stunde«, antwortete Grauner.

»Wollen wir wirklich, dass die in der Fabrik drehen?« Er spielte seine Rolle perfekt.

Grauner sah, wie die Lippen des Unternehmers zu zittern begannen, wie die Farbe aus seinem Gesicht wich.

»Wie … wie? Fernsehen?«

»Na, für die Abendnachrichten. Die wollen das natürlich groß bringen. Eine Tote im Marmorbruch, das ist eine riesige Geschichte, das …« Grauner dämpfte die Stimme. Von Wort zu Wort sprach er leiser, bis er nur noch die Lippen bewegte, ohne etwas zu sagen.

Der Kopf des Unternehmers lief hochrot an. Er holte tief Luft. Dann schrie er los.

»Aus! Maschinen wieder aus! Alles aus!«

Die Maschinen dröhnten immer noch, aber nur in Grauners Kopf, als sie nun erst einmal schweigend durch die Halle gingen.

»Die Presse, das Fernsehen, Herr Kommissar, Herr Staatsanwalt, muss das wirklich …«

»Nein, muss es nicht«, antwortete Belli geschwind, »ich finde, wenn die ein paar Bilder im Dorf machen, dann reicht das fürs Erste. Ist doch ein schönes Dorf, Laas.«

Er grinste. Grauner blieb ernst. Stellte nun die Fragen, die er die ganze Zeit schon hatte stellen wollen.

»Die Tote, Herr Hinterpichler, was können Sie uns über sie sagen?«

Der Mann stoppte. »So gut wie nichts. Ich kenne die kaum.«

»Es heißt, dass Sie ihr ab und an Marmor für ihre Skulpturen zur Verfügung stellen.«

Langsam kehrte die Farbe in das Gesicht des Mannes zurück, er verzog die Lippen zu einem teuflischen Grinsen. »Wo gehobelt wird, da fallen Späne, Herr Kommissar. Wenn wir unsere Blöcke zurechtschneiden, dann bleiben Krümel übrig. Uns interessieren keine Späne, keine Krümel. Die ganzen Marmorkrümel, die Sie im Dorf sehen, sind Geschenke von mir. Ich bin ein Schenker, wissen Sie. Der gute Samariter von Laas. Ich gebe so viel. Marmor. Kultur. Das Event *Stollenklang* habe ich vor nunmehr sechs Jahren ins Leben gerufen. Auch wenn ich selbst zugegeben auf etwas härteres Zeug stehe. *Metallica, Slipknot!* Aber, pssst«, er presste den Zeigefinger auf den Mund, »muss ja niemand wissen. Klassik macht sich besser, finden Sie nicht?«

Grauner hütete sich zu antworten.

»Natürlich habe ich auch Annabel Marmorstücke zur Verfügung gestellt. Der Norbert, ihr Mann, ist ein sympathischer Kerl. Sie müssen wissen, vor vielen Jahren hat der mal bei mir in der Fabrik gearbeitet. Als Kranführer. Dann hat er sich doch entschieden, Lehrer zu werden, obwohl er da weniger verdient. Er ist halt ein Idealist, ein Träumer, leider, der Norbert. Er wird von mir einen schönen Brocken bekommen, aus dem wir ihm einen ordentlichen Grabstein anfertigen. Das ist doch eine Selbstverständlichkeit, ist es nicht? Doch, doch, das gehört sich so.«

Der Fabrikbesitzer hielt die Tür nach draußen für sie auf. Die beiden Männer waren immer noch damit beschäftigt, die beschmierten Klötze zu reinigen.

»Ein Marillenanschlag«, kommentierte Grauner.

»Ach«, Hinterpichler winkte ab, drängte sie weiterzugehen. »Ein Lausbubenstreich wohl.«

»Werden Sie Anzeige erstatten?«, fragte Grauner.

»Nein, nein, das ist doch schnell wieder abgewischt, das Glas schnell repariert.« Der Mann legte dem Commissario die Hand auf den Rücken, um ihn voranzuschieben. Doch Grauner stemmte sich dagegen.

»Hier liegen Hunderte wertvolle Marmorblöcke herum. Wie ist die Fabrik denn geschützt?«

»Durch den Zaun. Und Überwachungskameras haben wir auch.«

»Was ist darauf zu sehen?«

»Wir hatten noch keine Zeit, sie anzuschauen.« Nun drehte sich der Fabrikbesitzer zu seiner Sekretärin um. »Lisa, lass den Herren die Bilder der Überwachungskameras zukommen!«

Die Sekretärin nickte.

»Lisa Prader, gute Frau. Ohne sie bräche hier das Chaos aus.«

Prader errötete.

»Alarmanlagen gibt es keine?«, fragte Grauner weiter.

»Ha!«, der Mann lachte kurz auf, »die würde zwanzigmal pro Nacht losgehen.«

Der Commissario sah ihn verständnislos an.

»Hasen graben Tunnel, Füchse finden Löcher, ab und an laufen sogar Rehe übers Areal.«

Grauner nickte.

»Aber die klauen nicht. Niemand klaut Marmorklötze. So ein Klotz, drei Meter lang, zwei Meter breit, zwei Meter hoch, der wiegt rund eine Tonne. Den Dieb möchte ich sehen, der so einen Brocken unbemerkt aus der Fabrik schleppt.« Nun lachte der Mann kehlig.

»Und oben am Bruch? Wie ist der gesichert? Alarm? Kameras?«

Hinterpichler schüttelte den Kopf. »Riesige Brocken, ein paar Maschinen. Das ist doch alles viel zu schwer, um gestohlen zu werden. Da reicht ein Zaun, glauben Sie mir.«

An einem der beschmutzten Quader sah Grauner einen Zettel kleben. Er ging näher ran. Eine Adresse, ein Name, eine Stadt.

Sean Moore Studio, New York, NY.

»Diese beschmierten Blöcke sollten nach New York gehen«, sagte er.

Der Fabrikbesitzer blieb stehen, nickte ungeduldig. »Ja, ja«, sagte er dann, »die gehen nach New York, zu einem dort ansässigen Architekten, andere nach Miami, da drüben lagern welche für Adelaide. Wir liefern in die ganze Welt.«

»Wie läuft das Geschäft?«, mischte sich nun Belli wieder ein.

»Hervorragend! Bis Weihnachten gibt es einen Urlaubsstopp für die Mitarbeiter. Zu viel zu tun. Dafür bekommen sie einen Bonus. Dreitausend Euro extra für jeden. Vom Buchhalter bis zum Fließbandarbeiter.«

»Auch für Hofer, der die große Maschine bedient, mit der Annabel Reiterer getötet wurde?«

Der Mann schaute bedrückt zu Boden. »Es ist so tragisch. Sie müssen wissen, für Sebastian steht noch eine Überraschung bereit. Ein neues Baby. Eine brandneue mobile Schneidemaschine. Das Beste vom Besten. In wenigen Wochen lieferbereit. Der wird …«

»Hofer sagte uns, theoretisch hätte auch jeder andere im Bruch die Schneidemaschine bedienen können, stimmt das?«, fragte Grauner weiter.

Hinterpichler runzelte die Stirn. »Theoretisch, sicher, ja«, antwortete er. »Wenn der Schlüssel steckt, ja.«

»Wenn der Schlüssel steckt …«, brummte Grauner.

»Ist Ihnen gestern Abend beim Konzert irgendetwas aufgefallen?«

Kopfschütteln.

»War die Tote da?«

Schulterzucken.

»Bei jemandem, bei dem die Geschäfte hervorragend laufen, sind Neider nicht weit«, übernahm Belli.

Der Unternehmer machte ein Gesicht, als ob ihn das alles nicht interessierte.

»Gibt es jemanden, der Ihrem Unternehmen schaden möchte?«

Keine Reaktion.

»Die Konkurrenz?«

Erneutes Kopfschütteln.

»Neider gibt es überall, Herr Hinterpichler, überall! War die Tote so jemand, eine Neiderin?«, fragte der Staatsanwalt.

Hinterpichler machte große Augen. »Warum sollte sie? Sie war sehr erfolgreich mit dem, was sie machte. Sie hatte Ausstellungen in ganz Europa. Zeitungen schrieben über sie. Nicht nur der *Kurier*. Auch der *Corriere* einmal. Und die *Süddeutsche*. Sie bekam von mir die Marmorbrocken …«

»Stets gratis?«

»Oft – und manchmal gab es ein Tauschgeschäft.«

»Was tauschten Sie denn?«

»Oben in meinem Büro, da stehen ein paar Büsten, die sie angefertigt hat.«

»Marmorbüsten.«

»Ja, von Caesar, von Napoleon, von mir, von Donald Trump, eine vom Landeshauptmann, die ich ihm, meinem Buddy, demnächst zum sechzigsten Geburtstag schenken werde. Ein schönes Geschenk, oder?«

Bellis Augen leuchteten. Grauner ahnte, was er dachte. Er selbst konnte sich nichts Schlimmeres vorstellen, als eine Marmorbüste von sich geschenkt zu bekommen. Er überlegte, ob vielleicht eine Marmorkuh gut auf den Graunerhof passen würde. Oder auf die *Calm Alm,* das kleine Hideaway-Resort, über das Sara und Alba mit ihm heute Abend reden wollten. Sie hatten schon so viele Ideen diskutiert, nun mussten sie sich entscheiden. Seine Tochter war für einige Tage zu Besuch aus Wien bei ihnen. Ihr Freund Micky würde nachkommen, er musste zuvor noch eine Klausur schreiben.

Die beiden hatten mit einer befreundeten Architektin gesprochen, diese hatte erste Skizzen und einen Kostenvoranschlag geliefert.

Der Commissario schob den Gedanken beiseite, sie waren inzwischen am Eingangstor der Fabrikanlage angelangt. Hinter ihnen huschten die Arbeiter herum, Gabelstapler rasten über das Gelände, die zwei Kräne ließen ihre schwere Last über ihren Köpfen kreisen.

»Der Marillenanschlag, das war also nur ein Lausbubenstreich«, sagte Grauner noch einmal, als ihm Hinterpichler die Hand entgegenstreckte.

»Der dritte innerhalb von wenigen Wochen.« Der Mann nickte. »Ich muss darüber wirklich mal mit dem Norbert reden. Wenn die Annabel unter der Erde liegt. Wenn die Trauerzeit vorbei ist, ja, dann mache ich das. Wie lange dauert denn so eine Trauerzeit? Eine Woche, zwei?«

Keiner der beiden Ermittler antwortete.

»Ich gebe ihm vier. Vier müssen reichen. Dann frage ich ihn, wer denn die größten Lausbuben an der Schule sind. Wer denn solche Streiche spielt. Dann knöpfe ich mir die vor.«

Grauner und Belli schauten streng.

»Also, vorknöpfen, äh, Sie wissen schon, wie ich das … Wahrscheinlich arbeiten eh mehrere aus der Familie bei mir in der Fabrik. Dann werde ich denen ins Gewissen reden. Ich helfe, wo ich kann. Gute Erziehung ist das Wichtigste, nicht? So, und jetzt muss ich wirklich los. Zum Bruch. Ich muss mich oben blicken lassen. Das gehört sich doch so, oder?«

»Weissensteiner?«

Sie standen vor den Autos, Grauner hatte einen der Polizisten am Telefon.

»Nichts«, sagte der Mann.

»Porzinzigga«, fluchte der Commissario, »wo ist der bloß? Wir müssen ihn finden.« Dann fragte er den Polizisten nach Hofers Alibi. Der Brucharbeiter, so der Mann, sei tatsächlich nach Feierabend im *Goldenen Lamm* gewesen. Nein, der Wirt könne nicht bestätigen, wie viel er getrunken habe. Aber sechs, sieben große Biere bestimmt und eine halbe Flasche Vernatsch allemal. Ja, der Hofer habe so gegen Mitternacht das Gasthaus verlassen, daran hätten sich mehrere Männer an der Theke erinnert.

»Womit ist er weggefahren?«, fragte der Commissario.

»Mit seiner Vespa«, sagte der Kollege. »Der Wirt und zwei Gäste hätten ihn rausgebracht, da er doch schon etwas geschwankt habe.«

»Er ist gefahren, obwohl er betrunken war?«

»Ja, der Wirt sagte mir, dass das aber kein Problem gewesen sei. Weil der Hofer zwar ab sechs Bier und einer halben Flasche Wein etwas schwanken würde. Aber erst ab zehn Bier und einer ganzen Flasche Wein sei er nicht mehr fähig, auf die Vespa zu steigen.«

Grauner atmete tief durch. In solchen Momenten dankte er dem lieben Gott dafür, kein Straßenpolizist oder Dorfcarabiniere zu sein.

»Er hat ihn wegfahren sehen …«, murmelte er. »Aber er kann nicht wissen, wohin. Ob nach Hause oder … oder …«

»Nein, das konnte er nicht sagen.«

7

Ganz weit hinten, am Horizont, erhellte sich die Wüste. Ein neuer Tag brach an. Saltapepe war im warmen Wasser der Badewanne eingenickt, im kalten Wasser wieder aufgewacht. Er hatte sich in einen Bademantel gehüllt, sich vor den Fernseher gesetzt, ihn tonlos laufen lassen, versucht, ein Baseballspiel spannend zu finden. Es war ihm nicht gelungen. Er war weggeschlummert, wieder aufgeschreckt. Er konnte nicht sagen, wie oft. Silvia schlief noch immer wie ein Engel.

Er spürte, wie eine Angst sich meldete, die seit Jahren tief in ihm schlummerte, irgendwo unten im Bauch. Es waren die Gesichter böser Menschen, die er verdrängt hatte, die ihm nun wieder klar vor Augen standen.

»Es wird nie weggehen«, flüsterte er, den brennenden Sonnenball beobachtend, der am Wüstenhorizont hervorkroch und die Stadt erneut zum Glitzern brachte.

Er hielt den Zettel in der Hand, den der Unbekannte im Foyer in den Papierkorb geworfen hatte. Zwei Namen standen darauf.

Sein eigener. *Claudio Saltapepe.*

Und der seiner frisch Angetrauten. *Silvia Tappeiner.*

Maledetti Bastardi, auch sie! Warum stand auch ihr Name auf dem Zettel?

8

Weiherer und seine Männer waren bereits da, als Grauner und der Staatsanwalt das westliche Ende des Dorfes erreichten. Belli hatte inzwischen eine großflächige Fahndung nach dem Mann der Toten veranlasst. Das Haus von Norbert Weissensteiner und Annabel Reiterer wirkte wie ein Postkartenmotiv. Rosen rankten um einen hellblau gestrichenen Zaun, dahinter sprossen Salat und Tomatenpflanzen in einem Beet. Von einer freundlich lachenden Vogelscheuche bewacht. Ein Marillenbaum stand auf der gemähten Wiese. Im Geäst saßen zwei Spatzen und pfiffen vergnügt.

»Marillen, schon wieder …«, sagte Belli, als sie durch das Gartentor schritten.

»Marmor und Marillen, dafür ist Laas bekannt«, antwortete Grauner, »im Berg wird das weiße Gold angebaut, an den Hängen und im Tal gedeihen die Früchte.«

»Die Marillen von vorhin waren wirklich lecker, auch wenn sie mir jetzt etwas schwer im Magen liegen«, sagte der Staatsanwalt.

Hinter dem Haus lugte ein weißer Holzpavillon hervor, Grauner ließ den Staatsanwalt zurück, lief über den Rasen darauf zu, er drückte die Stirn gegen eines der großen Fenster, lugte hinein. Dann spürte er ein Tippen auf der Schulter und fuhr herum. Er blickte in Weiherers grimmiges Gesicht.

»Warum führst du dich schlimmer auf als der schlimmste Praktikant, den ich je betreut habe?«

Grauner verstand nicht. Weiherer zeigte auf den Boden vor der Hütte. Sand. Schuhsohlenabdrücke. Die des Commissarios und andere. Erschrocken trat er einen Schritt zurück. Es gab nun zwei Möglichkeiten. In die Offensive gehen. Weiherer anschnauzen. Ihn fragen, warum er den Bereich denn nicht mit Flatterband abgesperrt habe. Oder der strategische Rückzug, das Eingeständnis der Schuld, um die Situation nicht weiter eskalieren zu lassen.

»Entschuldige«, murmelte er leise.

Weiherer zeigte auf die Tür. Grauner sah, dass der Rahmen zersplittert war.

»Morsches Holz«, sagte der Spurensicherer schmallippig, »die Tür hat jemand eingetreten.«

Er reichte ihm zwei Plastikbezüge für die Schuhe, Grauner stülpte sie sich über. Sie gingen ins Innere. Die Holzdielen knarzten. Weiter vorn stand eine weiße Couch. Daneben war ein halbes Dutzend Dielen aus dem Boden gerissen, jemand hatte sie übereinandergestapelt. Vielleicht mussten sie ausgewechselt werden, dachte der Commissario. Um sie herum war Zeitungspapier ausgebreitet, auf Sockeln standen Marmorbrocken, auf einem Tisch lag Werkzeug herum, Meißel, Hammer, Nägel, Sägen, Bleistifte, Schmirgelpapier. Einige der Steine waren noch unberührt, bei anderen ließ sich bereits erkennen, was aus ihnen einmal werden sollte.

Die Ahnung eines Gesichtszugs, die Konturen eines Pferdebeins, die Andeutung eines Ornaments. Im Raum verteilt standen auch fertige Werke. Ein Steinbock. Ein Schachbrett mit Figuren. Schüsseln. Grabsteine. Ein Jesus am Kreuz. Eine Madonna mit Kind. Töpfe. Kugeln. Eine Sitzbank. Zwei betende Engelchen.

Weiherer hielt Grauner nun eine Plastiktüte hin, in der sich ein Streifen Papier befand. Es war ein Ticket. Für das gestrige Konzert im Stollen. Am rechten Rand war ein Falz, der bei Einlass eingerissen wurde, um die Karte zu entwerten. Doch das Ticket war unbenutzt.

»Das lag in der Küche. Bei einigen Briefen und Rechnungen. Komm ins Haus«, sagte der Spurensicherer, »da ist noch etwas, was du sehen solltest.«

Wenn in einer Wohnung sonst nichts Auffälliges zu finden war, dann stach das eine Detail, das nicht ins Bild passte, umso mehr hervor. Es wirkte wie absichtlich drapiert. Dann musste man als Ermittler aufpassen, dann bestand die Gefahr, dass man falsche Schlüsse zog, sich in die Irre führen ließ.

Belli hatte an der Tür gewartet. Weiherers Männer traten beiseite, ließen die drei ins Innere. Links ging es zur Küche, sie wirkte aufgeräumt, auf dem Tisch stand eine Marmorschüssel, Marillen darin. Teller und Gläser waren ordentlich in einem Wandschrank verstaut. Der Kühlschrank surrte leise.

Grauner ging weiter, Belli folgte ihm. Rechts tat sich eine weitere Tür auf, sie traten ein und standen im Wohnzimmer. Ein Glastisch. Eine Marmorskulptur darauf. Ein sich aufbäumendes Pferd. Eine dezente Ledercouch. Eine Vitrine, auch in ihr befanden sich Marmorschüsseln, große, kleine, wohlgeformte, andere eckig, wie von Kinderhand bearbeitet. An den Wänden hingen dezent gerahmte Kreidezeichnungen. Die Deckenlampe spendete warmes buttrig-gelbes Licht, es schien auf Weiherer und die Spurensicherer hinab, auf die zwei Koffer, um die sie sich versammelt hatten. Und auf das zerbrochene Geschirr, das zu ihren Füßen lag.

Grauner räusperte sich. »Was ist hier passiert?«

Alle drehten sich zu ihm hin.

»Die beiden Koffer standen in der Mitte des Raums«, antwortete Weiherer. »Wir haben sie vorhin geöffnet.«

Grauner ging in die Knie. Schwarzes, edles Leder, vergoldete Messingbeschläge an den Kanten. In dem einen Koffer lagen Blusen, Hosen, Röcke, ein Necessaire. Im zweiten ein Trenchcoat, zwei Pullover, ein rosaroter, ein gelber. Schuhe, Sneakers, High Heels, hohe Lederstiefel.

»Nur Frauenkleidung? In beiden?« Grauner schaute hoch.

Weiherer nickte. Grauner war ganz sicher kein Urlaubsexperte, aber es schien nicht, als wollte da ein Liebespaar zusammen wegfahren. Er nahm eine der Scherben in die Hand.

»Ein Streit«, murmelte er vor sich hin. Es war ihm selbst nicht ganz klar, ob es eine Frage war, die er da formuliert hatte. Oder eine Feststellung.

»Sieht danach aus«, hörte er Belli sagen.

»Vielleicht einfach nur ein Streit oder …« Grauner hob ein T-Shirt hoch, dann einen dicken Winterpullover, legte beides wieder zurück. »Wir müssen ihn finden. So schnell wie möglich.«

Ein Polizist trat von hinten an sie heran. »Wir wissen nur nicht, wo wir ihn noch suchen sollen. In der Schule ist er nach wie vor nicht aufgetaucht. Im Gasthaus *Zum goldenen Lamm,* wo er ab und an einkehrt, auch nicht. Seine Eltern wohnen ein paar Häuser weiter, wir waren natürlich auch bei ihnen, sie haben uns reingelassen. Nichts! Sie sagen, sie wüssten auch nicht, wo er sich befinden könnte. Sie seien sich jedoch ganz sicher, dass ihr Sohn nie und nimmer ein Mörder sei.«

Grauner hob eine Augenbraue. Er hatte in seinem Leben schon mit vielen Eltern von Verdächtigen gesprochen. In den meisten Fällen hatten sie keine Ahnung, wozu ihre Söhne fähig waren. Vielleicht musste es so sein. Ein Vater, eine Mutter, sie hielten es nicht aus, das Böse in ihren Kindern zu sehen.

»Was ist mit ihren Eltern?«, fragte der Commissario weiter.

»Der Vater ist tot. Seit vier Jahren. Die Mutter lebt in Sand in Taufers. Wo auch die Tote aufgewachsen ist, bevor sie sich auf einem Wiesenfest in den Laaser Dorflehrer verliebt hat.«

»Was sagt sie, die Mutter?«

»Sie hatte einen Nervenzusammenbruch, als sie die Nachricht übermittelt bekam. Annabel war ihr einziges Kind. Weissensteiner habe immer einen guten Eindruck auf sie gemacht. Sehr gewissenhaft, das sagte sie. Einer, der gut auf ihre Tochter aufgepasst habe.«

9

Der Commissario schaute auf die Körperteile Annabel Reiterers, die auf dem Leichentisch lagen. Dann auf Bellis Gesicht, aus dem alle Farbe gewichen war. Der Staatsanwalt suchte nach Halt, die Finger bekamen die Kante eines Instrumententisches zu fassen, krallten sich daran fest.

»Dottore.«

»Ich … puh!«

»Wasser, schnell …«, schrie der Commissario und drehte sich zu Alessandra Filippi, der Gerichtsmedizinerin, die sich gerade an einem Waschbecken die Hände abtrocknete.

Sie reagierte blitzschnell, griff nach einem Glas, füllte es. Weiherer, der Chef der Scientifica, schob Belli einen Stuhl hin, der ließ sich langsam darauf nieder.

»Es ist …«, er schien Mühe zu haben zu sprechen, »… es ist nicht wegen der Toten.«

Grauner verstand nicht ganz, was er damit bezwecken wollte. Er hatte doch noch am Morgen offen über alles gesprochen. Es war nicht schlimm, was ihm geschah, es war verständlich. Erst recht bei einem derart grauenvollen Anblick. Manchmal überwältigte einen die Angst, auch wenn man dachte, man hätte sie im Griff. So wie es auch ihm passiert war, heute Vormittag im Stollen. Das jetzt zu leugnen war der völlig falsche Weg.

»Dottore, ein Rückfall, das ist nicht …«

»Nein, nein«, unterbrach ihn der Staatsanwalt barsch.

Er zog sich an der Stuhllehne hoch, Schweiß lief ihm über die Stirn, er ging gebückt zur Leiche hinüber. Musterte sie aus der Nähe.

»Nein, das ist es nicht. Ich …«

Nun bemerkte Grauner, dass Belli sich an den Bauch fasste.

»Ich habe so ein Ziehen im Magen.«

Erneut reichte ihm Weiherer ein Glas Wasser, der Staatsanwalt trank gierig. Er wies den Spurensicherer an, mit seinem Bericht fortzufahren.

»Wie gesagt, die DNA- und Blutspuren vom Fundort, der allem Anschein nach auch der Tatort ist, lassen noch auf sich warten. Ich denke, morgen gegen Mittag dürften wir erste Ergebnisse erhalten. In der Wohnung von Sebastian Hofer konnten wir so weit nichts Verdächtiges feststellen. In der Wohnung der Toten ebenfalls nicht, vom kaputten Geschirr und den beiden Koffern mal abgesehen. Die Schuhabdrücke vor dem Atelierhäuschen werten wir derzeit aus. Aber in einer dunklen Ecke des Stollens haben wir das gefunden …« Weiherer zog eine silberne Schale heran. Die Hälse der anderen Ermittler wurden länger. Ein Handy lag darin. Mit weißem Staub überzogen. Der Bildschirm zersprungen. Der Spurensicherer nahm es in die Hand, tippte darauf herum, die Anzeige erhellte sich.

Grauner wunderte sich, dass Weiherer das Fundstück ohne Handschuhe anfasste.

»Keine Sorge, alle Spuren sind bereits gesichert.« Der Kollege grinste. »Unsere Spezialisten haben außerdem das Passwort geknackt, alle Apps durchsucht.«

»Und?«, frage Grauner ungeduldig.

»Es ist das Handy des Mordopfers. In der Wallet-App haben wir ein Flugticket gefunden.«

Der Commissario dachte sofort an die beiden gepackten Koffer.

»Das Ticket ist ausgestellt auf ihren Namen, Annabel Reiterer. München–New York, JFK. Lufthansa. Fensterplatz 17A. Business Class.«

»Wann?«

»Heute Vormittag. Zehn Uhr fünfunddreißig.«

Grauner hob erstaunt die Augenbrauen. »Die Tote wollte also nach New York. Alleine. Business Class, das kostet.«

Weiherer trat einen Schritt an ihn heran, hielt ihm das Handy vors Gesicht.

»Vielleicht hilft uns das weiter.«

Die ausgehenden Anrufe. Eine Telefonnummer. Zwei Buchstaben als Kontaktname.

»Diese Nummer hat die Tote gestern dreimal im Laufe des Tages angerufen.«

Die Buchstaben lauteten: *S* und *M*. Die Nummer war keine italienische.

»Das ist …« Grauner stockte, er hatte keine Ahnung.

»New York. Irgendwo in Manhattan.«

Weiherer schaute fragend zum Commissario. Der nickte. Der Spurensicherer drückte auf das grüne Anrufsymbol, dann auf den Lautsprecher.

Ein Knacken, ein Rauschen, ein gleichmäßiges Piepsen, dann eine Frauenstimme.

»Sean Moore Studio, this is Natalja Below, good morning, how can I help you?«

Grauners Kopf raste. Zwei Sekunden vergingen, vier … Sean Moore … den Namen hatte er doch …

»Hello, do you hear me?«

»Äh, yes … me … ich … sorry vielmals, falsch verbunden!«

Er drückte auf die rote Taste.

»Sean Moore«, sagte Grauner, als Weiherer das Handy wieder in die Schüssel legte, »dieser Name stand heute Morgen auf Zetteln auf den Marmorblöcken, die mit Marillenmarmelade beschmiert worden waren. *Sean Moore Studio*. Ein Architekturbüro. Und eine Adresse in New York.«

Er schaute in verwunderte Gesichter.

»Warum haben Sie aufgelegt?«, fragte Belli, »warum haben Sie die Frau nicht befragt?«

Grauner atmete tief durch, es gab dafür zwei Gründe. Er beschloss, Belli nur einen zu nennen. Der Grund, den er verschwieg, war, dass er verdammt noch mal kaum ein Wort Englisch sprach. Der, den er nannte, war: Sie könnten auf eine wichtige Spur gestoßen sein. Hätte er seinen Namen genannt, hätte er gesagt, er ermittle in einem Mordfall, wäre er das Risiko eingegangen, einen potenziell Verdächtigen aufzuschrecken. Es verschaffte ihnen einen entscheidenden Vorteil, wenn der Täter sich in Sicherheit wähnte, bis sie mehr Informationen und Beweise gesammelt hatten.

Belli schaute erst skeptisch, dann brummte er zustimmend. Grauner atmete auf.

Weiherer drehte sich zu Filippi, sie nickte und begann mit der Leichenschau. Detailliert beschrieb sie den Umstehenden die Beschaffenheit der Schnittstellen. Sie hatte eine Zeichnung angefertigt, die zeigte, wie das Monstergerät den Körper der Frau zerteilt haben musste.

»Es ist final nicht festzustellen, ich vermute aber, dass stumpfe Gewalt gegen den Hinterkopf die Frau tödlich verletzte«, sagte Filippi. Sie hob den Kopf sanft an, zeigte auf eine eingedrückte Stelle im Haar. »Ich vermute, dass der Körper unmittelbar danach zersägt worden ist.«

»Hat sie jemand erschlagen? Womit?«, fragte Belli.

»Hiermit, denke ich«, antwortete die Gerichtsmedizinerin und wies auf eine Schale, die abseits auf einem Tisch stand. Ein weißer Marmorbrocken lag darin, so groß wie eine Faust. Rot eingefärbt. Alle gingen zum Tisch hinüber.

»Blut und Haare, Haut- und Gewebereste«, kommentierte Weiherer trocken.

Belli sagte: »Jemand hat die Frau also rücklings erschlagen, sie hat ihren Mörder nicht kommen sehen, wurde überrascht.«

Die Gerichtsmedizinerin nickte. »Wahrscheinlich.«

»Und danach setzte der Mörder sich auf dieses Ungetüm von einer Maschine und zerschnitt sie. Ließ sie liegen. Warum?«

Niemand antwortete.

»Weil er sie hasst. Nur Hass kann zu einer solchen Eskalation der Gewalt führen«, antwortete der Staatsanwalt auf seine eigene Frage.

»Liebe auch«, gab Grauner dazu, »besonders wenn sie nicht erwidert wird. Ich glaube …«

Ein Klopfen unterbrach ihn, gefolgt von einem Quietschen. Alle drehten sich um. Die schwere Tür der Gerichtsmedizin stand offen. Ein Mann stützte sich am Türrahmen ab. Er trug eine dunkle Wolljacke, eine ausgebleichte Jeans, Bergschuhe, mit Schlamm überzogen. Sein Blick war leer. Er zeigte auf den Leichentisch.

»Annabel?«, fragte er.

»Norbert Weissensteiner?«, fragte Grauner zurück.

Der Mann nickte langsam.

»Wir haben Sie gesucht. Wir müssen uns unterhalten.«

Weissensteiner, der Dorflehrer von Laas, schaute nicht zu ihm, sondern zum Leichentisch, auf dem seine tote Frau lag. Filippi reagierte schnell, legte das weiße Tuch über die Körperteile der Toten. Doch es war zu spät. Weissensteiner hatte alles gesehen.

Der Commissario trat auf den Mann zu, der die Hände über dem Kopf zusammenschlug. Schluchzte, schrie. Als ob er den lieben Gott dafür schimpfen wollte, dass er ein solches Unheil nicht verhindert hatte.

Der Commissario legte ihm die Hand auf die Schulter. »Herr Weissensteiner? Wo waren Sie?« Der Dorflehrer von

Laas reagierte nicht, Grauner wartete, schließlich packte er ihn an den Schultern. »Weissensteiner!«

»W … warum?«, zischte der Mann. »Sie … sie hat doch mit alldem nichts zu tun.«

10

Grauner saß im Verhörraum der Questura. Er wartete und dachte nach. Er hatte sich schon oft gefragt, wie er sich verhalten würde, befände er sich auf der anderen Seite des Tischs. So oft hatte er schon hier gesessen, mit dem Rücken zur Tür, das Fenster zum Hinterhof im Blick. Er erinnerte sich noch genau an das erste Mal, er hatte gerade in der Questura von Bozen angefangen und war so nervös gewesen, dass er seinen Platz viel zu früh eingenommen hatte. Einen Bauern aus dem Gadertal hatte er verhören sollen, der verdächtigt worden war, die Magd des Nachbarbauern erwürgt, dann mit einem Beil in kleine Stücke zerteilt und diese im Misthaufen versteckt zu haben. Das alles, weil sie seine Liebe nicht erwidert hatte.

Der Commissario hatte über die Jahre gesehen, wozu Menschen fähig waren, deren Liebe nicht erwidert wurde, die Zurückweisung erfahren hatten. Wozu war er selbst fähig? Was täte er, würde Alba, die er liebte wie am ersten Tag, ihn verlassen? Konnte er vollends ausschließen, dass auch in ihm, Gott bewahre, eine dunkle Kraft steckte, die nur darauf wartete hervorzubrechen?

Er hatte auch damals, als er auf den Bauern gewartet hatte, überlegt, wie er reagieren würde, wäre er der Täter. Ob er reden würde. Ob er nervös wäre. Oder ganz ruhig.

Vor allem aber hatte er darüber nachgedacht, welche Frage ihn wohl am meisten überraschen und aus dem Konzept bringen würde.

»Wenn Sie einen Wunsch frei hätten, Herr Weissensteiner, welcher wäre es?«

»Was?«

»Ganz einfach: Eine Zauberfee erfüllt Ihnen einen Wunsch. Was wünschen Sie sich?«

Der Dorflehrer starrte ihn mit offenem Mund an, dann begannen seine Lippen zu zittern. Der Commissario zählte in Gedanken die Sekunden. Vier, fünf …

»Ich, äh, ich würde wissen wollen, was geschehen ist letzte Nacht. Ich würde mir wünschen, dass der Sebastian oder wer auch immer meiner Annabel das angetan hat, dafür büßen muss. Für den Rest seines verdammten Lebens.«

Grauner schwieg. Lange. Ihm war klar, dass der Mann verwirrt war. Dass er nicht einordnen konnte, ob seine Antwort eine gute oder eine schlechte war.

»Gut«, sagte der Commissario schließlich.

»Gut?«, fragte der Mann und hob die Augenbrauen.

»Lassen Sie uns anfangen.«

Weissensteiner beugte sich nach vorne, faltete die Hände. Grauner schob ihm die Kaffeetasse hin, der Mann ignorierte sie, als ob er ahnte, dass darin der schlechteste Kaffee war, den man in Südtirol finden konnte.

»Wo waren Sie gestern Nacht?«

»Zu Hause.«

»Wo waren Sie heute tagsüber?«

»Eigentlich hätte ich vormittags in der Schule sein sollen,

wo ich eine Musicalklasse leite. Ich habe mich aber nicht wohlgefühlt, bin deshalb nicht hin.«

»Sie haben nicht Bescheid gegeben?«

»Ich … ich wollte, doch … dann habe ich es vergessen.«

»Vergessen.«

Der Mann knetete seine Finger.

»Sie haben nicht bemerkt, dass Ihre Frau in der Nacht nicht nach Hause gekommen ist?«

»Nein, Annabel, sie …« Weissensteiner stockte, »ich dachte, sie ist in ihrem Atelier. Das macht sie manchmal, wenn sie spät zurückkommt. Oder wenn sie lang arbeitet. Dann schläft sie dort auf der Couch.«

Grauner beschloss, den Mann erst einmal erzählen zu lassen. »Wann haben Sie vom Tod Ihrer Frau erfahren?«

»Ich habe die Polizeiautos durchs Dorf fahren sehen, bin auf die Straße hinausgelaufen. Dort traf ich auf einen Arbeiter vom Bruch, der in der Nachbarschaft wohnt. Ich wunderte mich, dass er keine Arbeitskleidung trug. Normalerweise war er um die Zeit schon oben, im Berg. Er sagte mir, er sei angerufen worden. Ihm sei gesagt worden, dass er heute keinen Dienst hätte, da im Bruch die Leiche einer Frau gefunden worden sei. Mehr wisse er nicht. Da ging ich zurück, schaute ins Atelier, sah, dass Annabel nicht da war. Dann hab ich Panik bekommen, ich habe meine Jacke genommen, die Autoschlüssel – und bin weggefahren.«

»Wohin?«

»Ich bin ziellos rumgefahren. Zuerst hoch nach Glurns, dann runter nach Meran. Im Radio habe ich alles erfahren. Dass sie tot ist. Ermordet. Dass Sie, Herr Kommissar, in der Sache ermitteln. Dass meine Annabel in die Gerichtsmedizin des Bozener Spitals gebracht worden ist.«

Der Mann atmete schwer ein und wieder aus. Grauner glaubte ihm kein Wort.

»Haben Sie die Tür des Ateliers eingetreten?«

»W... was?« Er schien keine Ahnung zu haben, wovon er sprach.

»Haben Sie Ihre Frau getötet, Herr Weissensteiner?«

»Ich ... Sagen Sie, Herr Kommissar, mit Verlaub, sind Sie von Sinnen?« Der Kopf des Mannes lief hochrot an.

»Wann haben Sie Annabel zuletzt gesehen?«

Weissensteiner rieb sich das Gesicht. »Gestern Abend. Gegen sechs. Zu Hause. Bevor ... bevor sie hoch zum Marmorbruch ging. Zum *Stollenklang*.«

Er schaute ihn nicht an, fegte unsichtbare Krümel von der Tischplatte.

»Sie ist alleine hingegangen?«

Er nickte.

»Warum sind Sie nicht mitgegangen?«

Achselzucken.

»Sie sind Lehrer, Sie haben Literatur und Philosophie studiert, Sie sind ein Mann der Kunst. Das Linzer Brahms-Quintett, das ist schon ein Ereignis. Laas ist ein kleines Dorf. Marmor, Marillen, das reicht jemandem wie Ihnen doch nicht! Zu Konzerten und Lesungen und Ausstellungen immer nach Meran oder Bozen zu fahren, das ist doch anstrengend. Glauben Sie mir, ich weiß, wovon ich spreche. Ein ganz wunderbares Konzert vor der eigenen Haustür, zudem in so einem besonderen Ambiente! Warum sind Sie nicht mitgegangen? Warum hatten Sie keine Lust darauf? Ich verstehe das nicht.«

Grauner zog einen Stapel Unterlagen zu sich heran. Er tat, als blättere er darin, als müsste er lange suchen, bis er das Papier fand, das er schließlich herausfischte und vor Weissensteiner auf den Tisch legte.

»Was ist das?«

Weissensteiner hatte nur kurz auf das Ticket geschaut, Grauner war sich sicher, er hatte es erkannt.

»Sie wollten gestern eigentlich schon zum Konzert gehen, Sie sind dann aber doch nicht hin. Warum?«

Der Mann schwieg.

»Weil es Streit gab.«

Weissensteiner atmete zischend aus. »Woher wollen Sie das wissen?«

»Ich war in einer ähnlichen Situation.«

»W... was?«

»Meine Frau war beim Konzert, ich nicht. Wir haben gestritten.«

Er sah ein Blitzen in Weissensteiners Augen. »Ja, Herr Kommissar. Wir haben gestritten. Wir sind nun seit beinahe zehn Jahren zusammen. Da streitet man ab und an.«

Grauner war mit Alba seit über vierzig Jahren zusammen, sie hatten nie gestritten. Nur in den letzten Monaten, ständig. Er schwieg.

»Wir haben uns gezankt, ich weiß gar nicht mehr, warum. Da ist mir die Lust vergangen. Sie ist alleine hin. So wie Ihre Frau. Hat es ihr denn gefallen?«

Der Mann wollte die Antwort nicht hören, das wusste Grauner. Er wollte nur, dass es vorbei war. Doch er würde bald merken, dass es nie vorbei war. Dieser Mord würde ihn bis an sein Lebensende verfolgen.

»Wir haben gestritten, das passiert«, sagte der Commissario nun leise, »keiner von uns hat jedoch Geschirr zerschlagen. Keiner von uns hat Koffer gepackt.«

»K… Koffer?« Weissensteiner runzelte die Stirn. »Äh, wir wollten … eigentlich stand ein Urlaub an, wir …«

Grauner unterbrach das Gestammel. »Wir haben in der Wallet-App des Handys Ihrer Frau ein elektronisches Flugticket gefunden. München–New York. Vielleicht können Sie uns sagen, was Annabel in New York wollte?«

Der Mann rutschte nervös auf dem Stuhl hin und her. »Meine Frau wollte nichts in New York.«

»Anscheinend doch. Sie wollte heute hinfliegen.«

»Nein.« Weissensteiner schüttelte den Kopf.

»Vielleicht hatte sie eine Ausstellung dort?«

»Nein. Das wüsste ich.«

»Waren Sie schon mal in New York?«

»Nein, noch nie.«

»Kennen Sie Menschen, die da leben? Mit denen Ihre Frau in Kontakt gewesen sein könnte?«

Kopfschütteln.

Grauner beschloss, nicht nach Sean Moore zu fragen. Er hatte keine Ahnung, wie viel von dem, was Weissensteiner ihm da erzählte, gelogen war. Einiges davon sicher. Es hatte Streit gegeben. Der Mann musste rausgestürmt sein, nachdem Geschirr zerschlagen worden war. Vor dem Konzert, von dem sie nicht zurückgekehrt war. Auch er war nicht nach Hause gekommen. Nicht in der Nacht. Nicht am Morgen. Sonst hätte er die Scherben und die Koffer weggeräumt. Die Spuren des Streits beseitigt. Jeder machte das, ganz egal, ob schuldig oder unschuldig. Um nicht in Verdacht zu geraten. Nein, dieser Mann hatte nicht durch einen Arbeiter von dem Mord erfahren. Er war nicht vormittags ins Atelier seiner Frau gegangen, um nachzuschauen, ob sie da geschlafen hatte. All das stimmte nicht. Was aber stimmte?

»In den zwei gepackten Koffern fanden wir ausschließlich Frauenkleider. Sommer- und Winterkleider.«

Der Mann knirschte mit den Zähnen.

»Sommer- und Winterkleider. So fährt man nicht in den Urlaub. So reist man nicht zu einer Vernissage. So packt man, um ein neues Leben zu beginnen.«

Tränen liefen Weissensteiners Wangen hinab. Trauer? Zorn? Wohl beides. »Gut«, sagte er endlich und sackte in sich zusammen.

Jetzt, da war der Commissario sich sicher, hatte er ihn.

»Sie stritten, dann ging Ihre Frau zum Konzert.«

Weissensteiner nickte.

»Und Sie?«

»Ich wollte nicht zu Hause sein, wenn sie zurückkommt.«

»Sie gingen auch raus.«

Der Dorflehrer nickte erneut.

»Wohin?«

»Ich fuhr durch die Nacht.«

»Wo haben Sie geschlafen?«

»Im Auto.«

»Haben Sie jemanden getroffen?«

Er schüttelte den Kopf.

»Das ist nicht gut, Weissensteiner, Sie brauchen Zeugen für ein Alibi.«

Der Mann biss sich auf die Lippen, er schien mit sich zu kämpfen.

»Gibt es eine andere?«

Kopfschütteln.

»Hatte Ihre Frau einen Geliebten?«

Der Mann lachte kurz. »Ehefrauen erzählen ihren Ehemännern so etwas nicht.«

Grauner dachte darüber nach, ob die Möglichkeit bestand, dass Alba ihn je betrogen hatte. Er selbst konnte sich beim besten Willen nicht vorstellen, sie zu betrügen. Aber dachte auch sie so? Sie sprachen nicht über so etwas. Nicht mehr. Über so etwas musste man doch nicht andauernd sprechen. Sie liebten sich. Sie hatten das früher mal geklärt, damit hatte sich das Thema erledigt, oder?

Ja, sie hatte Geheimnisse. Die so geheim nicht waren, wie sie glaubte. Zum Beispiel dass sie unter der Dusche sang, wenn sie dachte, dass er im Stall war. Stücke aus Alban Bergs *Wozzeck*. Was ja schon Betrug war, irgendwie. An ihrem gemeinsamen Freund Gustav Mahler zumindest. Schief klang es zudem, aber er konnte nicht einschätzen, ob das tatsächlich an ihr lag, er vermutete eher, Alban Berg wollte es so.

Auch gab es da dieses eine hintere Regal im Keller, auf dem sie Marmeladenexperimente lagerte. Marmelade, die sie ihm nie zum Kosten gab. Die ihm sowieso nicht schmecken würde. Himbeermarmelade mit Ingwerstückchen. Pflaumenmarmelade mit einem Schuss Brennnesselsirup.

»Lieben Sie Ihre Frau?«

Grauner liebte Alba. Das würde sich nie ändern. Er würde alles für sie geben, er würde für sie sterben. Weissensteiner antwortete nicht.

»Wäre meine Frau tot und hätte ich einen Wunsch frei …«, Grauner klappte die Mappe mit den Unterlagen zu und schob sie zur Seite, »… würde ich keine Sekunde überlegen. Ich würde mir nichts anderes wünschen, als dass sie wieder lebt.«

Einige Sekunden lang war nur das Rauschen des Verkehrs draußen auf der Drusus-Brücke zu hören. Das Bellen eines Hundes. Eilige Schritte auf dem Flur.

»Ja, vielleicht hatte sie einen anderen. Ich weiß es nicht«, sagte Weissensteiner schließlich ganz ruhig. Zum ersten Mal klang er traurig. Da war keine Wut mehr in seinen Worten.

»Vorhin in der Gerichtsmedizin haben Sie gesagt, Annabel habe doch mit alldem nichts zu tun gehabt. *Mit alldem?* Was meinen Sie damit?«

»Mit dem Streit im Dorf.«

Grauner rutschte auf dem Stuhl nach vorne. »Welcher Streit?«

»Es gibt im Dorf die, die für den Hinterpichler sind, und die anderen, die sind gegen ihn.«

»Annabel Reiterer, war sie für oder gegen ihn?«

»Sie hat sich nur für ihre Kunst interessiert. Sie hat sich da rausgehalten.«

»Und Sie?«

Die Augen des Mannes verengten sich zu Schlitzen. »Ich auch.«

Sie standen in der Teeküche. Grauner, der Staatsanwalt und zwei weitere Polizisten. Belli drehte sich zum Kaffeeautomaten, dann überlegte er es sich anders. Grauner fiel auf, dass er immer noch sehr blass war, sich immer wieder die Hand auf den Bauch legte.

»Was machen wir mit ihm?«, fragte er.

»Wir behalten ihn noch ein paar Stunden bei uns«, antwortete Grauner.

»Sie wollen, dass ich ihn in Untersuchungshaft nehme? Achtundvierzig Stunden drüben im Gefängnis?« Der Staatsanwalt wies mit dem Kinn in Richtung Norden.

»Nein, Dottore«, antwortete Grauner geschwind, »ich will nur, dass er im Verhörraum noch ein bisschen schmort. Er soll noch ein paar Papiere unterzeichnen. Die Papiere lassen noch auf sich warten. Er hat entschieden, wann er auftaucht, wann er sich uns stellt. Wir entscheiden, wann wir ihn wieder gehen lassen.«

Belli brummte. Der Commissario wusste nicht, ob das Brummen Zustimmung oder Skepsis signalisieren sollte. Er hasste solche Machtspielchen eigentlich. Aber manchmal ging es nicht anders.

»Ich traue ihm nicht. Der hat nichts zu verlieren«, fügte er hinzu.

»Aber gerade deshalb wäre es doch sinnvoll, ihn in U-Haft …« Belli beendete den Satz nicht, schluckte schwer. Er hatte Schweißperlen an den Schläfen.

»Sinnvoll – vielleicht. Aber nicht hilfreich. Sitzt er da drin, hinter Gittern, dann hat er einen Anwalt an seiner Seite, der ihm rät zu schweigen. Stillzuhalten. Ist er da drin, macht er keine Fehler. Ich weiß nicht, ob dieser Mann ein Mörder ist. Vielleicht. Ich glaube, dass er seine Frau innig geliebt hat. Vielleicht hat er etwas erfahren, das ihn diese Liebe für einen Moment hat vergessen lassen. Kann sein. Kann auch sein, dass er etwas weiß, was er uns nicht sagen möchte. Es könnte aber auch sein, dass er einfach nicht weiß, was in den vergangenen Stunden geschehen ist.«

Belli brummte wieder. Diesmal zustimmend. Grauner hörte es deutlich.

»Er muss Fehler machen, damit wir herausfinden, was er verbirgt.«

Der Staatsanwalt öffnete den Kühlschrank, bückte sich,

musterte das Innere, zog eine Colaflasche heraus, schenkte sich ein Glas ein. Die Flasche gehörte einem Kollegen von der Wirtschaftskriminalität. Dieser Kollege markierte den Inhaltsstand der Flasche stets mit einem Filzstift. Grauner genehmigte sich deshalb ab und an ein Glas. Eigentlich mochte er Cola nicht besonders.

»Und was nun?«, fragte Belli.

»Wo genau sind Claudio und Silvia noch mal?«, fragte Grauner einen der Polizisten, der mit dem Ispettore drüben in der Bar vor dem Gefängnis morgens immer Espresso trank.

»Äh …«, der Mann schien zu überlegen. »Las Vegas, da müssten die jetzt sein.«

»Las Vegas!« Bellis Augen funkelten, dann schloss er sie, als wäre er sehr müde. Vielleicht war er wirklich krank, dachte Grauner.

»Wie spät ist es da jetzt?«, fragte er.

»Früher Vormittag«, antwortete ein anderer Polizist.

Grauner griff zum Handy, scrollte zur Nummer des Ispettore. Drückte auf die Anruftaste.

Rauschen. Freizeichen, ein Knacken.

»Grauner, amico mio …« Im Hintergrund war das Klirren von Gläsern zu hören. Autohupen. Stimmengewirr.

Der Commissario kam gleich zur Sache und erklärte dem Ispettore in kurzen Sätzen, was geschehen war. »Saltapepe, hör zu, du musst nach New York«, sagte er schließlich.

Saltapepe schwieg eine Weile. »Gut«, sagte er dann.

Mit dieser Antwort hatte Grauner nicht gerechnet. Er hatte geglaubt, der einzige Mensch der Welt zu sein, der sich darüber freuen würde, wegen eines Mordfalls aus dem Urlaub geholt zu werden. Er hatte sich wohl getäuscht.

Vielleicht war er doch nicht so eigenartig, wie er immer gedacht hatte. Wie Alba zu denken schien.

»Das kommt mir eh gelegen«, sagte Saltapepe am anderen Ende der Leitung.

Was war los? Hatte er sich mit Silvia gestritten? Stritten sich alle nur noch?

»Das Pflaster hier ist mir zu heiß geworden.«

Ah, jetzt glaubte Grauner zu verstehen. Klar! Vegas! Die Stadt in der Wüste. Nie würde er freiwillig zu so einem heißen Ort reisen, wo selbst einem Neapolitaner die Temperaturen zu hoch waren.

Er erklärte dem Ispettore, dass er und Silvia Sean Moore, von dem er ihm gerade erzählt hatte, einen Besuch abstatten sollten. Flüge und Hotel würden von Bozen aus organisiert.

Kaum hatte Grauner aufgelegt, leuchtete das Display schon wieder auf. Er nahm den Anruf an. »Ja«, sagte er.

»Wir haben etwas gefunden, Grauner. Ich schicke gleich einen meiner Männer zu dir.«

Nun standen sie um Grauners Schreibtisch herum, auf dem sich ein Stapel mit ungeöffneter Post windschief türmte. Sie blickten auf die Plastiktüte und das Foto, das Weiherers Mitarbeiter vorbeigebracht hatte. In der Plastiktüte befand sich ein Schlüssel, der an einem weißen Bändchen hing.

»Im hohen Gras am Holzzaun vor Hofers Haus?«, fragte Grauner sicherheitshalber noch einmal nach.

Weiherers Mann nickte.

»Da, wo die zerbeulte rote Vespa stand, Hofers Vespa?«

»Ja«, sagte der Mann. Der Schlüssel passe in das Zündschloss des Maschinenungetüms, von Hofers Baby, der Mordmaschine im Bruch.

Grauner griff nach dem Foto. Es zeigte Schuhabdrücke. Seine. Und jene, die er unvorsichtigerweise teilweise zertreten hatte. Abdrücke, die zu Bergschuhen passten, die in Hofers Wohnung sichergestellt worden waren.

Belli räusperte sich. »Also doch Hofer!«, frohlockte er, »jetzt haben wir ihn, jetzt haben wir ihn doch, Grauner, oder?«

Grauner hoffte, Belli behielt recht. Doch er zog es vor zu schweigen.

11

Meistens ging für den Commissario der Arbeitstag irgendwo zwischen der dritten und der siebten Kehre der Serpentinenstraße, die von der tiefen Schlucht des Eisacktals hinauf in sein Dorf führte, zu Ende.

Wenn er die Lichter der Landeshauptstadt hinter sich ließ und ins dunkle Tal hineinfuhr, öffnete er meist das Fenster des Panda ein wenig und machte sich am Autoradio zu schaffen. Mahler. Er atmete tief und langsam, ließ die Gedanken an die Arbeit in der Questura ziehen. Er ging die Aufgaben durch, die am Hof noch zu bewältigen waren. Der Commissario-Tag mochte zu Ende sein, der Viechbauer-Tag war es noch lange nicht. Und der Familien-Tag auch nicht. Normalerweise breitete sich nun die Vorfreude in ihm aus. Die Kühe, seine Frau, seine Tochter, sie waren das Glück in seinem Leben.

Doch heute war alles anders. Er hatte sich immer über Kollegen gewundert, die abends noch in den Büros der Questura herumhingen, unwichtiges Zeug erledigten. Er hatte sich immer gefragt, warum sie nicht den Drang verspürten, so schnell wie möglich das Gebäude zu verlassen. Nun verstand er sie. Sie taten es, weil zu Hause auf sie keine Liebe wartete. Sondern Drama, Streit und Zorn. Er hatte es nun auch getan. Es war schon spät. Nach zehn.

Er parkte den Panda auf dem sandigen Hof unter dem Kirschbaum, schaltete die Musik aus. Es brannte Licht im Haus.

Er hätte sich im Stall besonders viel Zeit lassen können, er tat es nicht. Er machte sich nicht einmal die Mühe, die Mahler-CD in den Rekorder zu legen. Die Kühe muhten protestierend, ohne die fünfte Sinfonie gaben sie weniger Milch, aber es war ihm egal. Als er mit dem Melken fertig war, beeilte er sich, ins Haus zu kommen, er musste wissen, ob Alba noch sauer war. Wenn nicht, dann war es Zeit, mit ihr und Sara über die *Calm Alm* zu sprechen.

Er hätte sich ein paar von Saras neuen Ideen vorher anschauen sollen. Sie hatte ihm im Laufe des Tages mehrmals geschrieben. Auf dem Weg vom Stall zur Hoftür tippte er auf seinem Handy herum, doch der Empfang hier draußen war schlecht, die Anhänge der Mails ließen sich nicht öffnen. Für ihn kam ohnehin nur ein Gebäude aus Holz aus den heimischen Wäldern infrage. In Gedanken hatte er sich seine Sätze bereits zurechtgelegt. »Holz hat sich seit Menschengedenken bewährt, Holz ist zeitlos, Holz drückt Geborgenheit aus, Holz wächst nach, Holz …« Er öffnete die Tür, die alten Dielen ächzten, sonst war alles still. Als er die

Hand in die Hosentasche steckte, ertastete er eine Plastiktüte, zog sie heraus.

»Verdammt«, flüsterte er.

In der Tüte lag der Schlüssel, den Weiherer ihm kurz vor Feierabend noch in die Questura hatte schicken lassen. Er musste ihn aus Versehen eingesteckt haben.

Der Commissario hatte am früheren Abend noch einmal telefonisch mit Belli Rücksprache gehalten. Sie hatten beschlossen, Hofer in Gewahrsam zu nehmen. Er war nun offiziell in U-Haft. Achtundvierzig Stunden. Ein Verhör war für den nächsten Vormittag um zehn Uhr angesetzt. Die Carabinieri von Laas hatten ihn nach Bozen gebracht. Weissensteiner hatten sie gehen lassen. Die Uhr tickte. Nach Ablauf der Frist brauchten sie etwas mehr als ein paar Schuhsohlenabdrücke und einen Schlüssel. Das war allen klar.

Grauner ging zuerst in die Stube, dann in die Küche, die im Dunkeln lag. Alba und Sara mussten bereits gegessen haben. Normalerweise ließen sie ihm ein Gedeck auf dem Tisch und seine Portion auf dem Herd zurück. Der Herd war blitzblank geputzt und leer, auf dem Stubentisch waren große Zeichnungen ausgebreitet. Linien, Zahlen. In der Ecke stand: *Calm Alm Project – Dott. Arch. Julia Spieß.*

Grauner drehte sich im Kreis, dann erstarrte er. Vor dem Fernseher entdeckte er sie. Zwei Koffer. Sie standen da wie eine Drohung. Was sollte das?

12

Saltapepe war nicht oft geflogen in seinem Leben. In einem Flugzeug. Hubschrauber natürlich schon. Bei den Hubschraubereinsätzen, als er einer Spezialeinheit in Neapel angehört hatte, war stets alles ganz schnell gegangen. Kampfmontur an, zum Hangar laufen, geduckt in den Bauch des Helikopters springen. Anschnallen, während der Pilot die Maschine bereits in den Himmel über dem Golf aufsteigen lässt.

Linienflüge? Das war etwas ganz anderes. Entspannung pur. Er verstand gar nicht, was all die anderen Passagiere so stresste. Man saß einfach nur da, musste nichts machen. Nur die Hand der Frau halten, die man liebte. Silvia. Die Frau, bei der er sich ganz sicher war, dass es klappte, dieses verrückte Für-immer-zusammen-Sein. Nie wieder mit einer anderen … Nun, also, zumindest … flirten? Das schon. Das war doch erlaubt, oder? Keine Ahnung. Das mussten sie wohl noch einmal genau besprechen. Eine andere küssen oder gar …? Nein, nein, ganz sicher nicht, das würde er nicht machen. Nie wieder?

Der Lautsprecher knackte, die Stimme des Kapitäns erklang.

»Welcomeladiesandgentlemantoourdomesticflightfromlasvegastonewarknewyorkiwishyou…«

Der Ispettore beobachtete die Stewardess, die nun die Sicherheitseinweisung durchführte. Sie hatte schöne Augen und wirklich sehr süße Wangengrübchen. Ihre blonden Haare waren streng nach hinten gekämmt und zu einem Dutt verknotet. Die Uniform der Fluglinie stand ihr ganz wunderbar.

Saltapepe, das fiel ihm nun blitzartig ein, hatte immer davon geträumt, mal mit einer Stewardess zusammen zu sein. Hübsch, groß, schlagfertig. Und meistens unterwegs, damit er auch mal seine Ruhe hatte. Perfekt eigentlich, oder?

Er drehte sich zu Silvia. Ihre Augen waren noch schöner, ihre Grübchen gefielen ihm noch besser. Sie schaute vom Bordheft auf, das sie in der Hand hielt, und kniff die Augen zusammen. Dann lächelte sie frech.

»Sicherheitsanweisungen scheinen dich wirklich sehr zu interessieren«, sagte sie.

Sie küssten sich. Nein, Saltapepe konnte sich ein Leben ohne sie nicht mehr vorstellen. Er wendete den Blick wieder nach vorne, versuchte nun krampfhaft, die Stewardess nicht mehr anzustarren, die eigenartige Bewegungen vollführte, er betrachtete die Hinterköpfe der Mitfliegenden.

Eine Reihe vor ihm: dunkelbraune Rastalocken, daneben eine Baseballmütze. Eine Reihe weiter: volles graues Haar. Daneben kurze blonde Haare. Der Kopf mit der Halbglatze, in der ersten Reihe der Business Class. Diese Halbglatze, sie sah … Die Stewardess zog den Vorhang zu, der die Abteilungen voneinander trennte. Diese Halbglatze, sie kam ihm bekannt vor. Saltapepe löste den Sicherheitsgurt und stand auf, schaute sich um. Zählte auf die Schnelle vier weitere Halbglatzen. Er schüttelte den Kopf. Setzte sich wieder. Versuchte, sich zu beruhigen. Doch sein Herz pochte wild.

13

Grauner konnte nicht schlafen, holte sich, wie schon am Abend zuvor, aus der Küche etwas Speck und Schüttelbrot. Auch eine Flasche Vernatsch. Er setzte sich an den Tisch, dachte nach. Über Alba, dann über den Fall, dann wieder über Alba. Dann wieder über den Fall. Er googelte auf dem Handy herum, recherchierte, gab den Namen der Toten ein, den ihres Mannes, Hofer, Sean Moore, der amerikanische Architekt, schließlich suchte er nach Hinterpichler, dem Inhaber der *Whitegold SRL*.

Er fand ein paar Interviews mit Reiterer in regionalen Zeitungen, auch Ankündigungen von Vernissagen. In Südtirol, in Österreich, in der Schweiz, in Deutschland. Keine in den USA. Er fand nichts Bemerkenswertes über Weissensteiner. Gar nichts zu Hofer. Einige Artikel über Moore. Er hatte zwar noch nie von ihm gehört, aber er schien ein Stararchitekt zu sein. Sein Wikipedia-Eintrag verriet, dass er, geboren 1961 in Philadelphia, nach dem Studium in New York und Florenz bei der großen, 2016 verstorbenen Architektin Zaha Hadid angeheuert hatte. Zuerst arbeitete er in ihrem Büro in Shanghai, dann in Neu-Delhi, später gründete und leitete er ihre Dependance in Berlin, schließlich übernahm er die Führung ihres Headquarters in London, bevor er sich vor zehn Jahren in New York selbstständig machte. Er war Träger des renommierten *Pritzker*-Preises und lehrte an Universitäten in Chicago, in Kyoto und Addis Abeba.

Grauner entdeckte auch einige Artikel über das Marmorunternehmen *Whitegold SRL*. Einer stammte von einem Historiker aus Innsbruck. Es war dem Commissario gar nicht so bewusst gewesen, aber der Marmorbruch in Laas beherbergte neben dem in Carrara den härtesten, widerstandsfähigsten, wetterbeständigsten Marmor der Welt. Zumindest den härtesten, widerstandsfähigsten, wetterbeständigsten Marmor, der bislang gefunden worden war.

Wer weiß, dachte Grauner, während er sich durch eine Liste der wichtigsten Marmorregionen der Welt klickte, welche Schätze die Erde noch vor dem Menschen versteckte. Insgeheim hoffte er, sie würden nie entdeckt werden. Er konnte nicht genau sagen, warum. Es war nur so ein Gefühl, dass es besser für alle wäre.

Alles begann, so erfuhr er, vor rund vierhundert Millionen Jahren, da entstand tief im Berg Kalziumkarbonat, unter hohem Druck und bei Temperaturen von bis zu sechshundert Grad Celsius wurde Marmor daraus. Schon die antiken Römer verwendeten Laaser Marmor für den Bau der Meilensteine der *Via Claudia Augusta,* die durch das Vinschgau führte. Seit Jahrhunderten begaben sich Glücksritter auf die Suche nach dem edlen Gestein. Mitte des 19. Jahrhunderts hatte der industrielle Abbau begonnen.

Grauner klickte sich durch Texte und Bilder. Auf alten Fotografien lagen zackig geformte Marmorstücke auf Wiesen herum. Zwischen den stoisch grasenden Kühen sahen sie aus wie Eisklumpen. Auf einem anderen Bild zogen vier Kühe einen Karren, der mit einem der Blöcke beladen war.

Bald waren am Bruch über hundert Arbeiter beschäftigt, Laas belieferte halb Europa, die Vereinigten Staaten und sogar Äthiopien. Mittlerweile galt das Abbaugebiet als das modernste und größte in Europa. Das Dorf gehörte zum Bruch, der Bruch zum Dorf. Eine weiße Symbiose, auch heute noch. Es gab viele Handwerksbetriebe, die tagein, tagaus nur Marmor verarbeiteten. Es gab Bildhauer wie die Tote, die nur mit Marmor arbeiteten, es gab Marmorworkshops. Marmorführungen. Über die turbulenten Jahrzehnte des 20. Jahrhunderts wechselte der Bruch mehrmals den Besitzer. Grauner fand nur wenige Infos zum derzeitigen Besitzer. Eine größere Geschichte in der *Neuen Zürcher Zeitung*, in der die Biografie des Mannes kurz umrissen wurde – veröffentlicht vor sechs Jahren zum hundertjährigen Jubiläum des Bruchs. Auch eine etwas kürzere biografische Story im *Südtirol Kurier* – erschienen vor zwei Jahren, zum fünfundsechzigsten Geburtstag Hansi Hinterpichlers.

Er wurde als Sohn eines Marillenbauern in Laas geboren und studierte Agrarwissenschaften an der *Boku* in Wien, promovierte schließlich an der *London School of Economics* und arbeitete einige Jahre als Broker, er verdiente wohl reichlich Geld damit, bevor er nach Südtirol zurückkehrte.

In Laas übernahm er das bäuerliche Familienunternehmen, verkaufte die Marillenplantagen allerdings bald, um zunächst fünfzehn Prozent vom damals stillgelegten und heruntergekommenen Marmorbruch zu erstehen. Marmor? War *out* damals. Kaum Nachfrage. Die Haupteigner des Bruchs, ein Konglomerat aus italienischen Kleinstunternehmen, kümmerten sich kaum um den Abbau.

Hinterpichler dagegen war zuversichtlich, kaufte Jahr für Jahr Anteile dazu, pumpte Geld in den Bruch, kaufte neue Maschinen, baute eine neue Fabrikanlage, stellte Männer und Frauen aus dem Dorf ein, warb um Kunden außerhalb Italiens, setzte zunächst alles auf den arabischen Markt, fädelte ein paar Deals mit einigen Scheichs ein, verhalf dem

Bruch und damit dem ganzen Ort nach und nach zu neuem Glanz.

Dem Commissario war schon klar, dass mit so einem Artikel vorsichtig umzugehen war. Bei Geburtstagsporträts tendierten Journalisten dazu, die negativen Kapitel einer Karriere unerwähnt zu lassen. Grauner scrollte noch eine Weile durch die Suchergebnisse, starrte immer wieder auf Albas Koffer. Schließlich beschloss er, sich wieder auf die Kachelofenbank zu legen, ein zweites Mal zu versuchen, Schlaf zu finden. Ein Knarzen der Dielen ließ ihn erschrocken herumfahren. Sara stand in der Tür.

»Papa«, sagte sie.

»Hallo, Sara, wie geht es dir?«

»Müde«, sagte sie.

Er trat zu ihr hin, umarmte sie. Sie setzten sich an den Tisch. Sein Magen brummte wieder, er ließ eine Hand unter den Tisch wandern, hielt sich den Bauch. Er war immer noch hungrig, sie sollte es aber nicht merken.

»Ich habe die Unterlagen dieser Architektin durchgeblättert«, log er.

Er sah ein überraschtes Leuchten in ihren Augen.

»Ich weiß, ganz schön teuer, Papa«, sagte sie.

Er war unsicher, was er nun sagen sollte. Unverständliches Brummen reichte manchmal doch auch.

»Zu teuer?«, fragte sie.

Der Commissario liebte seine Tochter für ihre direkte Art. Und verzweifelte manchmal daran.

»Ja, schon teuer«, sagte er. Er hatte keine Ahnung, von welchem Betrag sie sprachen.

Er schob die Speckschwarte beiseite, auch das Schüttelbrot, die Vernatsch-Flasche, das halb leere Glas. Als er sein Handy berührte, leuchtete der Bildschirm auf. Da war immer noch die Homepage der *Whitegold SRL* geöffnet.

»Marmor?«, fragte Sara schnell.

»Ja«, sagte er, »ich recherchiere dazu ein bisschen. Ich war heute im Bruch in Laas, das ist schon beeindruckend, diese weißen Blöcke.«

»Du interessierst dich für Marmor!« Sie jauchzte beinahe.

»Nun ...«

Er wollte sie nicht mit dem Mordfall belasten, das versuchte er immer zu vermeiden. Aber er wollte auch nicht unehrlich sein. Zum Glück unterbrach sie ihn sofort.

»Na, wenn du Laaser Marmor für die Neugestaltung der Almhütte in Betracht ziehst, dann beruhigt mich das sehr.«

Er sagte nichts, verstand nicht so recht, was sie meinte. Sie zog eines der unteren Blätter hervor. Viele Zahlen standen darauf. Eine fette Zahl ganz unten. Das war ein Kostenvoranschlag.

»Fü ... fünf ... fünfundsiebzigtausend«, stotterte er.

»Und ich hatte schon Angst, dass das zu viel sein könnte, aber wenn du sogar Laaser Marmor in Betracht ziehst, dann ist das nichts dagegen. Laaser Marmor, hui, was kostet da der Quadratmeter für den Boden?«

Er saß mit offenem Mund da, Sara sprach einfach weiter.

»Der günstigste Marmor liegt vielleicht bei hundertfünfzig Euro? Der aus Laas sicher mehr. Dreihundert? Vielleicht sollten wir auch bei der Küchenzeile mit Marmor arbeiten. Was meinst du?«

»Ich, äh?«

»Morgen früh kommt Juli vorbei.«

»Juni?«

»Nein, Juli.«

»Wer?«

»Juli, Julia Spieß, unsere Architektenfreundin, die uns diese Vorschläge für die *Calm Alm* gezeichnet hat. Marmor, ich bin gespannt, was die zu Marmor sagt.«

Sie küsste ihn. Er atmete aus.

»Mama, ist sie noch sauer auf mich?«, fragte er nun zaghaft.

Sara machte ein Gesicht, wie es eigentlich nur Mütter machen konnten.

»Sehr?«

»Sehr.«

»*Sehr* sehr?«, fragte er sicherheitshalber noch mal nach und schielte zu den beiden Koffern.

»Papa, du weißt doch, wenn Mama dir nichts zu essen übrig lässt, ist es ernst. Und …«

»Und?«

»Wenn sie früh ins Bett geht, ist es sehr, sehr, sehr ernst.«

»Die Koffer?« Er zeigte nun hinüber. Sara hob und senkte die Schultern.

»Was ist los, Papa? Warum hast du Mama gestern Abend versetzt? Grundlos, in letzter Minute. Was sollte das?«

Sie hatte seine Frage einfach ignoriert, vielleicht war es besser so.

»Meine Platzangst. Im Dunkeln. In geschlossenen Räumen, sie ist zurück.«

Sara senkte den Blick. »Deshalb wolltest du gestern partout nicht mit Mama zum Konzert?«

Er nickte beschämt. Sie kuschelte sich an ihn. »Warum hast du ihr das nicht einfach gesagt?«

Weil er zu verdrängen versuchte, dass die Platzangst, die ihn so viele Jahre gepeinigt hatte, zurück war. Weil er dachte, dass sie, wenn es einmal ausgesprochen war, ganz sicher nicht mehr weggehen würde. Dass sie bleiben würde, diesmal für immer. Weil Alba ihm eh nicht mehr zuhörte in letzter Zeit. Weil sie wegen jeder Kleinigkeit in die Luft ging. Aber das konnte er seiner Tochter nicht sagen.

»Weil ich ein Dummkopf bin.«

Sie standen auf. Sara griff nach der Schafswolldecke, die auf dem Ofen lag, und breitete sie für ihren Vater auf der Bank aus.

Er trug den Speck, die Gurken, das Schüttelbrot, die Flasche und das Glas in die Küche, kehrte zurück, schob die Architekturunterlagen zu einem Häufchen zusammen. Er fand, wenn Dinge in Häufchen gestapelt waren, war das schon halb aufgeräumt.

»Gute Nacht, Papa.« Sara machte das Stubenlicht aus, ging durch den Flur in ihr Zimmer.

Die Nacht würde lang werden. Zu viele Gedanken. Zu viel Ungeklärtes. Eine halbe Stunde auf der harten Ofenbank zu liegen, das war für Grauner ein Genuss. Eine ganze Nacht? Morgen früh würden sich die Rückenschmerzen zurückmelden.

Er drehte sich nach rechts, nach links. Er spürte Hofers Schlüssel in der Hosentasche und zog ihn samt Plastiktüte heraus. Aus Saras Zimmer hörte Grauner ein Klappern, sie saß wohl noch am Computer. Vor dem Fenster schimmerte silbern der Mond. Er beschien den Schlüssel, der glänzte. Er drehte und wendete ihn. Dann legte er die Tüte auf den Boden.

»Babys Schlüssel, dieser Schlüssel, irgendetwas stimmt

damit nicht«, flüsterte der Commissario, bevor er die Augen schloss.

14

Er öffnete das Fenster des Lkw einen Spaltbreit. Er hörte das Rauschen der Autobahn und das Rufen der Muezzins, das sich zu einem lauten Singsang vermischte. Die Lichter Istanbuls leuchteten im Rückspiegel.

Der längere Teil des Weges lag noch vor ihm, doch den beschwerlichen Teil hatte er hinter sich. Die sandigen, löchrigen Bergstraßen, die Staus der Millionenmetropole, auf der Brücke, die sich über den Bosporus spannte, verbrachte er beinahe eine Dreiviertelstunde. Es ging nur Zentimeter für Zentimeter voran.

Istanbul, du Moloch!

Er wollte es noch über die Grenze schaffen, bevor ihn die Müdigkeit zu einer Pause zwang. Er wollte in dem kleinen, bescheidenen Motel bei Haskovo Rast machen. Ein Ayran trinken, etwas Fladenbrot mit gegrilltem Fleisch essen. Etwas schlafen. Noch vor Morgengrauen weiterfahren, es bis Serbien, vielleicht sogar bis Zagreb schaffen. Freitagnacht wollte er da sein und die Ware abliefern. In diesem eigenartigen Kaff in den Alpen, bei diesem eigenartigen Riesen in Weiß und seinen Gehilfen. Der eine, der das letzte Mal einen Hustenanfall hatte, der ihn glauben ließ, der verrecke jetzt gleich. Der andere, der Schweigsame mit dem Spitzbart. Die Pistole unter seiner Jacke, er hatte sie genau gesehen. Noch immer stieg in ihm eine leise Wut auf, wenn er daran dachte, wie der Rothaarige ihn hinauskomplimentiert hatte, nachdem er ihm das Geldkuvert zugesteckt hatte.

Welchen Sinn hatte diese Lieferung bloß? Er verstand es nicht. Nicht nachdenken, sagte er sich, nur wach bleiben, weiterfahren. Istanbuls Lichter verschwanden im Rückspiegel. Aufgefressen von der Finsternis.

5. August

1

»Herr Hofer, wir haben Ihren Schlüssel, Babys Schlüssel, neben Ihrer Vespa gefunden. Im tiefen Gras. Am Zaun vor Ihrem Haus.«

»Ich … ich … ich bin betrunken nach Hause gekommen. Er muss mir da aus der Tasche gefallen sein. Aber … ich … ich kann mir das nicht erklären. Ich habe Annabel nicht ermordet.«

Der Brucharbeiter knetete nervös die Finger, Schweiß lief ihm über das Gesicht. Sein Anwalt saß neben ihm und starrte ins Leere. Grauner war klar, er hatte nicht viel Zeit. Eine Frage noch, vielleicht zwei.

Er hatte die ganze Fahrt vom Berg hinunter nach Bozen darüber nachgedacht, warum Hofer wohl zum Mörder geworden war. Weil seine Liebe nicht erwidert worden war? Unerwiderte Liebe konnte in Menschen Monster wecken, von denen sie nicht wussten, dass sie tief in ihnen schlummerten.

War Hofer vielleicht doch auch auf dem Konzert gewesen? Oder hatte er Annabel Reiterer danach abgepasst? Oder war er zu ihr ins Atelier gekommen und hatte sie dort erschlagen? Vielleicht hatte er sie zuerst dort, unter den Holzdielen, verscharren wollen. Sich dann doch entschieden, sie hoch in den Bruch zu bringen, um sie zu zerteilen. Aber warum? Das ergab doch alles keinen Sinn. Unerwiderte Liebe konnte die Sinne trüben, Zorn trug keine Rationalität in sich. Aber trotzdem, im Atelier wurden keinerlei Spuren gefunden, die darauf hinwiesen, dass sie dort getötet worden war. Nein, nein, es musste im Berg geschehen sein.

»Hofer, sind Sie sicher, dass Sie in der Mordnacht vom Gasthaus, vom *Goldenen Lamm,* direkt nach Hause gefahren sind?«

Der Mann nickte leicht, zog den Rotz hoch, hustete, fasste sich wieder.

»Sind Sie sicher, dass Sie sich nicht mit Annabel getroffen haben? Im Bruch …«

Der Mann schreckte auf. »N … nein … nein!«

Der Anwalt beugte sich vor.

»… oder in Ihrem Gartenhäuschen. Im Atelier …«

Hofer öffnete wieder den Mund, sprach jedoch nicht.

»… dessen Tür eingetreten worden ist. In der Erde haben wir Schuhsohlenabdrücke entdeckt, die zu Bergschuhen passen, die bei Ihnen in der Wohnung herumlagen. Haben Sie dem Opfer dort aufgelauert und es dann …«

»Schluss jetzt!«, ging der Anwalt dazwischen. »Mein Mandant sagt jetzt nichts mehr. Hofer, Sie schweigen.«

Grauner hatte in seinem Commissario-Leben gelernt, dass es zwei Typen von Anwälten gab: jene, die ein Vertrauensverhältnis zu ihren Mandanten aufbauten, die von ihnen die Wahrheit erfuhren. Die dann mit ihnen gemeinsam eine Verteidigungsstrategie entwickelten. Eine Strategie, die manchmal auch ein Geständnis beinhaltete.

Und dann gab es jene Anwälte, die Distanz wollten, die bloß nicht wissen wollten, was wirklich passiert war. Die kalt auf den Fall, die Fakten, die Beweismittel oder Indizien blickten, ihren Mandanten rieten zu schweigen, wenn es nicht gut für sie aussah. Weil ihr Schweigen sie schützte.

»Sie haben keinerlei konkrete Beweise in der Hand«, zischte der Mann grinsend und drehte sich dann zu Hofer. »Keine Sorge, allerspätestens übermorgen Abend sind Sie wieder in Laas. Versprochen!«

2

Das Haus, vor dem sie saßen, war das eigenartigste Gebäude, das Grauner kannte. Er sah es jeden Tag. Seit Jahrzehnten nun schon. Ein Klotz aus Glas und Kunststoffschindeln zwischen altherrschaftlichen Stadthäusern mit Erkern und Türmchen. Bei seinem Verdauungsspaziergang kam der Commissario jeden Tag am *Museion* vorbei, dem Bozener Hort für moderne und zeitgenössische Kunst, er lief um den schrägen Kubus herum, drehte um, ging in Richtung Questura wieder zurück.

Weiter hinten, zwischen den Büschen, rauschte der Fluss, zwei geschwungene Brücken spannten sich über das Wasser. Grauner verstand das alles nicht. Warum man Häuser schräg baute, Brücken geschwungen, obwohl man sie auch gerade bauen konnte. Warum man so einen Silberklotz errichtete, mit so viel Glasscheiben darin. Wie um Gottes willen wurden die denn geputzt?

Moderne Architektur? War ihm wurscht. So wurscht, dass er sich nicht einmal darüber aufregte. Höchstens ein bisschen wunderte. Man musste in Städten wohl so eigenartige Bauwerke errichten, um die fehlende Schönheit der Natur zu kompensieren. Um sie aufregend zu machen. Grauner brauchte keine aufregenden Städte. Ihm war sein Leben schon aufregend genug. Ganz besonders wenn es einen Mörder zu überführen galt – und wenn er mit Alba gestritten hatte.

Nun hockte der Commissario erstmals an einem der kleinen Cafétische vor dem Museum, die mittägliche Augustsonne kitzelte sein Gesicht. Er wunderte sich, dass ihm der Rücken nicht wehtat. War die Ofenbank vielleicht doch besser als jede teure Matratze? Der Kellner brachte die Kaffees.

Als Grauner den Hof verlassen hatte, hatte Sara noch geschlafen. Was der Regelfall war. Alba auch. Das war noch nie passiert. Oder war sie bereits wach gewesen, hatte aber im Bett darauf gewartet, bis er weg war? Das wäre kein gutes Zeichen.

In der Questura hatte er als Erstes die Mails gecheckt. Eine war von Lisa Prader, Hinterpichlers Sekretärin. Ein Video der Überwachungskamera. Er schaute es sich an. Es zeigte wenige Minuten verpixeltes, schlechtes Material. Drei Uhr einunddreißig bis drei Uhr dreiundvierzig.

Der Zaun der Fabrik. Der gestapelte Marmor, die Gebäudewand, die Tür zu den Büros. Drei dunkle Gestalten tauchten auf. Die Mützen tief in die Stirn gezogen. Die Gesichter nur verschwommen erkennbar. Einer mit einem

Bolzenschneider in der Hand. Die anderen mit Kisten, in denen sich vermutlich die Marillen befanden. Grauner war sich nicht sicher, aber Kinder oder Jugendliche schienen das keine zu sein.

Schnell war ein Loch in den Zaun gezwackt, schnell waren die Marillenkisten hineingehievt, schnell waren die Marillen gegen die Tür geschleudert, über den Marmor geschüttet. Schnell war die Mauer beschmiert. Schnell waren die Gestalten wieder weg. Grauner spulte vor und zurück, sah sich das Material dreimal an, dann akzeptierte er, dass es ihm nicht weiterhalf.

Um zehn Uhr ließ er Hofer von zwei Polizisten in die Questura bringen. Kurz nach dem Verhör bekam Grauner einen Anruf vom Direktor des Gefängnisses. Er wollte wissen, ob er etwas über den Gesundheitszustand des Untersuchungshäftlings wisse.

»Nein«, antwortete Grauner und erinnerte sich an den Hustenanfall während des ersten Zusammentreffens in Hofers Haus. »Warum?«

»Weil der Häftling sich die halbe Nacht die Lunge aus dem Leib gekotzt hat. Weil das Handtuch im Bad voll mit Blutklumpen ist.«

Eine Stunde lang verfasste Grauner daraufhin in der Questura Berichte über die gestrigen Ereignisse und wälzte die Akten. Normalerweise schanzte er diese Arbeit Saltapepe und Tappeiner zu. Aber das ging ja nun nicht.

Dann bekam er eine Whatsapp-Nachricht von Sara mit der Info, dass sie und Alba sich um zwölf mit dieser Architektin, Julia Spieß, am *Museion* treffen würden. Dass er doch dazukommen solle. Herzchen, Herzchen, Kussmund. Er wollte mit einem nach oben gereckten Daumen antworten, es klappte beim dritten Mal, nachdem er zuerst eine Melone, dann einen Maiskolben geschickt hatte.

Das Rauschen des Talferwassers übertönte das Schreien der Hundebesitzer nach ihren Bellos, Laikas und Fuffis. Grauner schloss die Augen, doch es half nichts. Noch immer spürte er, wie ihn die drei Augenpaare anstarrten.

»Papa?«

Was sollte er sagen? Er wollte nicht, dass Sara und Alba dachten, es wäre ihm völlig egal, was mit der Almhütte geschah. Er wollte aber auch nicht, dass sie dachten, er stemme sich gegen ihre Ideen. Er war, wieder einmal, an einem Punkt, an dem er nicht mehr so recht verstand, was er tun musste, damit es Frieden gab. Was seine beiden Frauen von ihm hören wollten. Am Ende half es eh nichts.

Schon mehrmals war er in so einer Situation gewesen, er erinnerte sich nur zu gut daran, da war Sara noch nicht einmal geboren, sie hatten die Hochzeitsreise geplant. Er wollte ein paar Tage in trauter Zweisamkeit auf der Alm verbringen. Alba sagte, das sei doch keine Zweisamkeit. Weil doch auch die Kühe da oben seien. Sie wollte nach Rom. Sein Argument, dass sie in Rom höchstwahrscheinlich auch nicht allein wären, ließ sie nicht gelten. Sie verbrachten sieben Tage am Tiber.

Vor Saras Geburt diskutierten sie die Gestaltung des Kinderzimmers. Grauner befand, Wände hatten weiß zu sein. Alba setzte sich durch. Er strich das Zimmer gelb und violett und grün und rosa. Stundenlang musste er schrubben, um das Violett unter den Fingernägeln zu entfernen, da er schlecht in der Questura so auftauchen konnte.

Die Jahre vergingen. Als Saras zwölfter Geburtstag nahte, wünschte das Mädchen sich, er hatte es geahnt, ein Pony.

Pferde waren Grauner suspekt. Sie waren störrischer als Kühe und gaben keine Milch. Was sollte das? Natürlich gab er nach und baute zähneknirschend eine Box in den Kuhstall. Zwei Jahre lang stand Pony Lotti darin. Bis Sara eine Playstation wollte. Grauner verstand nicht, warum. Sie hatten bereits einen Videorekorder und alle *Derrick*-Folgen im Regal. Mehr brauchte es nicht.

Und so ging es immerfort weiter. Hatte man sich erst einmal damit abgefunden, dass die Frauen das Sagen hatten, lebte es sich leichter. Vor allem weil er sie, trotz allem, so sehr liebte. Grauner liebte Alba und Sara. Doch in letzter Zeit verstand er nicht mehr, was sie wollten. Und was nicht. Es war egal, ob er nickte oder den Kopf schüttelte. Seine Reaktion schien immer die falsche zu sein.

Er blinzelte, öffnete die Lider, schaute zu Alba, er fing sich einen strengen Blick ein. Ihre schönen schwarzen dicken Brauen hatten sich tief über den Augen zusammengezogen, sie sah aus wie eine Raubkatze kurz vor dem Angriff. Er kannte diesen Blick. Natürlich. Schon als junge Frau hatte sie ihn aufgesetzt, wenn sie böse auf ihn war. Sie war niemand, die lange beleidigt war. Bislang zumindest nicht. Nun hielt ihr Zorn schon bald zwei Tage an. Er konnte nicht mehr.

»Na, mir gefällt das hier«, es kam ihm vor, als hätte er die Kontrolle über seinen Arm verloren, der nun nach hinten zeigte, auf die Westwand des *Museions*. »Viel Glas, viel Silberplastik. Das ist doch modern, oder? Ihr wollt doch eine moderne Almhütte, nicht?«

Beinahe verzweifelt schaute er zuerst zu Sara, die an ihrem Espresso nippte, dann zu dieser Architektin. Zu Alba schaute er erst einmal lieber nicht mehr.

»Modern ist *out*«, sagte die Architektin eine Spur zu schnippisch für seinen Geschmack, »alt ist *in*.«

Nun verstand Grauner gar nichts mehr.

»Also nicht richtig alt, sondern neue Formen, futuristisches Design, mit Materialien, die bereits in den letzten Jahrhunderten verwendet worden sind. Verstehen Sie?«

»Klar«, sagte Grauner.

»Lehm zum Beispiel. Lehm ist auf dem internationalen Markt gerade groß im Kommen. Mit einer Almhütte aus Lehm, über zweitausend Meter über dem Meeresspiegel, gewinnen wir bestimmt renommierte Architekturpreise.«

Grauner wollte lieber keinen Architekturpreis gewinnen.

»Alle bauen gerade mit Lehm. Matthias Stolzenberger hat in Konstanz am Bodensee eine ganze Wohnsiedlung mit Lehmhäusern entworfen, in Taipeh hat das *Aarany*-Architekturkollektiv vor zwei Wochen ein Bürogebäude eingeweiht, das aussieht wie ein Termitenhügel.«

Grauner wollte keine Almhütte, die wie ein Termitenhügel aussah.

»Am Kap Reinga am Nordzipfel Neuseelands wird ein neuer Leuchtturm aus Lehm gebaut. Von Maggie Cox, wenn ich mich nicht täusche. Direkt am Wasser. Die Gischt, das Salz, all das macht dem Lehm nichts aus. Der hält das aus. In Marrakesch entsteht ein Beduinenmuseum aus Lehm, eine viertausend Quadratmeter große Ausstellungshalle …«

»Wow, Lehm!«, hörte der Commissario seine Tochter sagen. »Lehm ist doch noch geiler als Laaser Marmor, nicht wahr, Papa?«

»Lehm klingt gut«, hörte er Albas Stimme, noch bevor er antworten konnte.

»Für das Museum in Marrakesch arbeitet der Architekt

Sean Moore mit einheimischen Maurern zusammen, lässt sich von ihnen erklären, wie sie seit Generationen …«

»Sean Moore?!« Grauner richtete sich auf.

Spieß runzelte die Stirn. »Ja, Moore. Kennen Sie ihn?«

Grauner nickte.

»Mögen Sie seine Arbeiten?«

Grauner nickte einfach weiter.

»Ich verehre ihn«, sagte sie, »auch wenn viele in Südtirol nicht mehr so gut auf ihn zu sprechen sind.«

Im Augenwinkel sah Grauner Albas und Saras verwirrte Gesichter.

»Warum sind viele nicht mehr so gut auf ihn zu sprechen?«, fragte er und zückte sein Notizbuch.

3

Es gibt diese Momente, in denen Erwachsene wieder zu Kindern werden. Es sind oft nur wenige Sekunden. Vielleicht sind es die schönsten im Leben. Saltapepe ging es so, wenn er in Neapel im Stadion war.

Es war nicht der Anpfiff, es war nicht der Schlusspfiff, es passierte nicht, wenn seine Mannschaft ein Tor schoss. Das war ein anderes Gefühl. Das war wilder, eine beinahe animalische, archaische Freude, nein, dieses Gefühl hatte nichts Kindliches.

Die zauberhafte Verwandlung in ein Kind geschah viel früher, dann, wenn er aus dem Linienbus stieg, stets eine, manchmal auch zwei Stationen zu früh. Absichtlich. Um die Atmosphäre aufzusaugen. Wenn aus allen Seitenstraßen die Menschen zusammenkamen, alle in Hellblau gekleidet, *celeste;* wenn sie in Richtung Stadion gingen, zu einer großen Masse verschmelzend.

Das Ziehen im Bauch, wenn das *Diego-Armando-Maradona*-Stadion, dieser so wunderschöne, hässliche Betonklotz, plötzlich hinter den Häusern auftauchte. Wenn die Aufregung beinahe unerträglich wurde.

Bei der Ankunft in Las Vegas vor ein paar Tagen war es dem Ispettore ähnlich ergangen. Nicht erst als er mittendrin war, in dem Traum aus Lichtern und Geklimper. Nein, vorher. Als sie mit dem Mietwagen durch die Wüste fuhren, die Sonne tiefer und tiefer sank, die Dämmerung herankroch und sie schließlich das Blinken am Horizont sahen. Als er am Straßenrand hielt, Silvias Hand nahm, sie nach vorne schauten, in kindlicher und aufgeregter Vorfreude.

Und jetzt: New York! Das war noch einmal anders. Noch intensiver. Als der U-Bahn-Schacht der *Penn Station* sie am frühen Morgen ausspuckte, konnte Saltapepe nicht anders, als erst einmal wie erstarrt stehen zu bleiben, nach oben zu schauen, zu den unendlich weit entfernten Spitzen der Wolkenkratzer, die sie umgaben.

Den Kopf in den Nacken gelegt, ging er ein paar Schritte, achtete nicht darauf, wohin er trat. Zwei Passanten rempelten ihn an, ein Taxifahrer hupte, der Ispettore nahm es nicht wahr. Er konnte es nicht fassen, dass er jetzt hier war, in dieser Welt, die er nur aus dem Fernseher kannte. Es war genau so, wie er es sich erträumt hatte.

Es roch sogar so, wie er es sich vorgestellt hatte. Feuchte Regenluft, eine sanfte Brise wehte vom Hudson River herüber, trug den Geruch von Müll mit sich, brennendem Teer, kochendem Wurstwasser. Er drehte sich um sich selbst, sah einen Hotdog-Stand, einen Zeitungskiosk, die gelben Taxis, einen Gemüsehändler, die Feuerleitern an den Backsteinfassaden. Er hörte Hupen, Geschrei, das ohrenbetäubende Heulen einer Sirene, das dunkle Dröhnen eines Feuerwehrautos. Er hätte sich kein bisschen gewundert, wenn Don Vito Corleone um die Ecke spaziert oder Spiderman von einer Glasfassade zur anderen gesprungen wäre.

Silvia packte ihn, zog ihn von der Fahrbahn der Seventh Avenue, auf die er staunend getreten war, schob ihm die Kinnlade wieder nach oben, küsste ihn.

Der Ispettore tauchte aus dem Kindertraum auf, kam langsam zu sich. Wieder beschlich ihn das ungute Gefühl, beobachtet zu werden. Auch hier in New York ließ es sich nicht abschütteln. Er schaute um sich. Beschloss, aufmerksam zu bleiben. Vorsichtig zu sein.

4

Grauner warf einen schnellen Blick auf die Uhr, so gegen halb zwei wollte Belli in die Questura kommen. Er würde bald aufbrechen müssen.

»Du hast vorhin den Laaser Marmor erwähnt, Sara«, sagte die junge Architektin.

Sara nickte. »Ja, der Marmor war Papas Idee.«

Noch nie hatte Alba so verwirrt dreingeschaut.

»Na … ich, äh …« Weiter kam er nicht.

»Seitdem Moore mit seiner Mentorin Zaha Hadid auf dem Kronplatz ein ikonisches Museum entworfen hat und der Sprungschanze in Innsbruck neuen Glanz verlieh, kennt er auch den Marmor aus Laas.«

Grauner brummte zustimmend.

»Das Büro von Sean Moore hat in den vergangenen zwei Jahren für zwei Projekte in Südtirol den Zuschlag bekommen. Für das Museum für Wintertourismus in St. Christina in Gröden und für die Gestaltung einer Apfelgenossenschaft in Pfatten im Unterland.«

»Hm«, murmelte Grauner und überlegte gleichzeitig, was er mit dieser Information anfangen sollte.

»Bei beiden Projekten setzt er auf Laaser Marmor. In St. Christina soll die gesamte Außenfassade daraus bestehen. In Pfatten soll der Eingangsbereich des Bürogebäudes damit bestückt werden.«

»Gut«, sagte Grauner.

»Nix ist gut«, sagte Julia Spieß zischend. Ihr Gesicht verfinsterte sich. »Bei beiden Projekten handelt es sich um öffentlich geförderte Aufträge. In St. Christina ist die Gemeinde der Geldgeber. In Pfatten bezuschusst das Land einen großen Teil des Bauvorhabens. Bei öffentlichen Aufträgen geht es nicht nur um ästhetische Überlegungen, die Entscheidungskommission muss auch die Kosten sorgsam prüfen, einheimischen und preisgünstigen Büros im Zweifel den Vorzug geben. Das passiert aber leider zunehmend selten. Das Land versucht seit Jahren, sich mit den Namen internationaler Architekturstars zu schmücken. Das bringt internationale Presse! Werbung! Aber …« Sie seufzte.

»Aber?«, drängte Grauner.

»Da wird getrickst. Die kleinen lokalen Player haben stets das Nachsehen. Ich und einige andere, wir haben uns ebenfalls für die beiden Projekte beworben. Doch Moore hat den Zuschlag bekommen – und das, obwohl sein Entwurf doppelt so teuer war wie der Zweitplatzierte.«

»Wie wurde die Entscheidung gerechtfertigt?«, fragte Grauner.

»Es wurde nicht begründet. Es wird nie irgendetwas gerechtfertigt. Die Entscheidung wurde einfach durchgewinkt.«

»Haben Sie und andere, die das Nachsehen hatten, nicht protestiert?«

»Doch. Wie gesagt, ich verehre diesen Mann, er ist ein großartiger Architekt. Aber natürlich war und bin ich sauer. Wie viele andere. Moore wurde einmal sogar angezeigt.«

»Von wem?«

Spieß hob die Schultern. »Es ist auch egal. Es läuft immer nach dem gleichen Prinzip. So eine Anzeige wird von Behördenschreibtisch zu Behördenschreibtisch verschoben, in der Zwischenzeit wird der Grundstein gelegt, der Bau beginnt, irgendwann, wenn alles bereits halb fertig ist, wird die Anzeige vor Gericht verhandelt, die Medien interessieren sich längst nicht mehr dafür. Wird dem Widerspruch stattgegeben, bezahlt der Auftraggeber eine Strafe, die nicht ins Gewicht fällt, weil das Projekt eh längst das Doppelte vom einst Veranschlagten kostet, und so geht das alles immer weiter und weiter und weiter …«

Traurig, dachte Grauner und bedankte sich bei der Frau für die Informationen. »Ich muss aber jetzt langsam los, leider, ich …«

»Wie jetzt, Papa, wir haben doch noch gar nichts final besprochen«, protestierte Sara.

»Ich … äh … ja, also gut, wofür wollen wir uns entscheiden?«

»Tja … hm …« Seine Tochter zuckte die Schultern.

»Marmor oder Lehm?«

»Ich würde zu Moos tendieren«, ging Spieß dazwischen.

»Moos?«, fragten Grauner, Sara und Alba gleichzeitig.

»Die Almhütte ist recht baufällig, nicht?«

Alle drei nickten.

»Das Schindeldach leckt, der innere Verputz der Steinmauer ist verschimmelt. Der Holzboden ist morsch.«

Sie nickten weiter.

»Ich würde die Hütte abreißen und die Kubatur um einige hundert Meter verlegen. Am Rande des Grundstücks, da, wo die Wiese endet und die vermoosten Felsen beginnen. Da würde ich ein Loch in den Stein sprengen und eine Kuhle ausgraben. Ich würde die Hütte gestalten wie einen Fuchsbau. Sie verschwinden lassen.«

»Verschwinden!« Das gefiel Grauner.

»Schaut! Ich habe noch mal zwei Nächte lang neue Ideen entworfen.« Die Frau öffnete ihre Aktentasche, zog ein paar Papiere heraus, Zeichnungen und mit dem Computer erstellte Skizzen, eine grasbewachsene Hütte, halb im Fels, mit kleinen Fenstern.

»Schön«, sagte Grauner. Er wusste nicht so recht, ob ihm das, was er da sah, tatsächlich gefiel oder ob er die Angelegenheit nur schnell zum Abschluss bringen wollte. Er musste nun wirklich los.

»Wenn ihr möchtet, kann ich in diese Richtung mal ein bisschen weiterarbeiten. Kosten schätzen, in Erfahrung bringen, ob wir dafür eine Genehmigung bekommen könnten …«

Die junge Frau schaute in die Runde. Sara nickte, wenn auch mit einem etwas ratlosen Gesichtsausdruck. Alba ebenso.

»Ja, arbeiten Sie in die Richtung mal weiter«, sagte Grauner entschlossen, stand auf, die anderen ebenso. Er kramte einen Zehn-Euro-Schein aus seiner Hosentasche und legte ihn auf den Tisch neben die leeren Espressotassen.

»Bis heute Abend«, sagte Sara, drückte zuerst ihre Mutter, dann Grauner, dann ihre Architektenfreundin. »Ich hole Micky am Busbahnhof ab. Wir fahren dann direkt zum Kalterer See. Tretboot fahren.«

Grauner nickte. »Und du?«, fragte er Alba. Irgendwann musste sie wieder mit ihm sprechen.

Sie antwortete nicht. Sie war so stolz, verdammt, meistens mochte er das. Nun hielt er es nicht mehr aus. Die Architektin winkte noch einmal in die Runde, bevor sie davonlief. Sara drehte sich um und verschwand in Richtung Stadtzentrum.

»Alba!?«

»Ich, äh …« Sie schenkte ihm einen schnellen Blick. Endlich.

»Begleitest du mich zur Questura?«

Sie nickte trotzig. Er atmete auf.

Sie sagte kein Wort. Ihm war klar gewesen, dass sie nicht als Erste sprechen würde. Da könnten sie der Talfer bis zur Mündung in den Eisack folgen, den Fluss entlanggehen, bis er am Rande von Bozen, bei der Burg von Sigmundskron, in die Etsch floss, sie könnten auf dem Damm der Etsch durch das Unterland wandern, durch das Trentino, durch die Altstadt von Verona, durch die Pianura Padana bis zum Adriatischen Meer bei Chioggia. Sie könnten tagelang nebeneinander herlaufen, sie würde nie und nimmer, ums Verrecken nicht, als Erste sprechen.

Eigentlich gefiel Grauner die Vorstellung: mit seiner Frau schweigen, Schritt für Schritt dem Wasser folgen. Aber nur wenn das Schweigen friedlich war. Er musste Alba zurückgewinnen, also sprach er.

Er sagte ihr, warum er vorgestern nicht mit zum Konzert kommen konnte. Weil ihn die Panik übermannt habe. Weil sie wieder da gewesen sei, die Platzangst, von der er gedacht habe, sie besiegt zu haben, als er den Mord an seinen Eltern aufgeklärt habe.

Er erzählte ihr von dem Mord im Bruch. Er sagte ihr, es mache ihn verrückt, dass die Panik so stark gewesen sei, ihn der Anblick der brutal getöteten jungen Frau hingegen seltsam kaltgelassen habe.

Sie blieb stehen, drehte sich zu ihm. Prüfend sah sie ihn an, schien zu überlegen, ob sie ihm glauben sollte. Er spürte einen Stich im Herzen. Wenn ihn etwas stolz machte, war es die Tatsache, dass er ihr immer die Wahrheit gesagt hatte. Von ein paar kleinen, kaum erwähnenswerten, aber beziehungsrettenden Schwindeleien einmal abgesehen.

Wenn er wieder einmal nach dem Melken nach Bozen gefahren war, ohne die laute Mahler-Sinfonie im Stall auszumachen, und sich die Nachbarsbäuerin bei Alba über den Lärm beschwerte. Lärm! Er brachte es einfach nicht übers Herz, die Musik mittendrin abzuwürgen. Nein, so etwas machte man nicht. Außerdem protestierten dann die Kühe. Er wisse von nichts, behauptete er. Da sei wohl eins der Hühner auf den Knöpfen des CD-Players herumgehüpft.

Oder wenn er im Garten zu viele der wilden Erdbeeren gekostet hatte, die Alba für die Marmelade brauchte. Er sagte, es sei wohl ein Fuchs gewesen.

Oder wenn er im Bad die leere Klopapierrolle zurückgelassen hatte, ohne eine neue zu holen. Das müsse Sara gewesen sein! Das gehe so nicht weiter! Das WG-Leben in Wien tue ihr nicht gut!

Alba senkte die Lider, trat an ihn heran, nahm seine Hand, umarmte ihn, drückte ihn. Er drückte sie fester.

»Das Konzert war nix«, flüsterte sie.

Er schaute irritiert.

»Die Akustik ließ zu wünschen übrig.«

»Warum?«, fragte er. Grauner erinnerte sich an das Konzert vor drei Jahren, die Marmorwände im hintersten Teil des Stollens hatten die Töne der Geigen und Cellos kraftvoll hin- und hergeworfen, als würden Tausende Geister die Musiker mit flüsternden Stimmen unterstützen.

»Der hintere Teil des Stollens war abgesperrt«, erklärte Alba. »Bühne und Stühle waren mittendrin aufgestellt, wo die Wände nicht aus Marmor, sondern aus Schiefergestein sind. Das war eher bedrückend. Und das Volumen der Töne konnte sich da auch nicht so gut entfalten.«

Grauner dachte an die gestapelten Stühle, an das Absperrgitter, das den Zugang zum hinteren Teil der Höhle, wo der Marmor abgebaut wurde, versperrte. Einsturzgefahr? Vielleicht waren dort gerade größere Abtragungsarbeiten im Gang. Es war ihm einerlei. Alba sprach wieder. Welch eine Erleichterung!

Sie hatten die Brücke erreicht, auf der anderen Straßenseite befand sich der Eingang zur Questura. Die Fußgängerampel stand auf Rot, der Verkehr rauschte in die Stadt, die Hitze der Sonne vermischte sich mit der Wärme der Motoren. Am Nachmittag würde die stickige Luft im Kessel der Hauptstadt unerträglich werden. Wer nicht in der Stadt sein musste, floh. An einen See. Auf ein Hochplateau, auf einen der Gipfel.

»Die Koffer …«, sagte Grauner und stockte.

Ihr Gesicht verfinsterte sich.

»Was ist mit den Koffern?«, fragte er.

»Ich habe sie geputzt. Sie waren ganz verstaubt.«

Er atmete auf.

»Wir haben sie schon viel zu lange nicht mehr benutzt.«

Er nickte, obwohl er der Meinung war, Koffer könne man gar nicht lange genug nicht benutzen. Aber sei's drum. Sie hatte sie nur geputzt, sie würde sie wieder wegräumen. Alles war wieder gut.

»Und ich werde sie packen.«

Erst glaubte er, sich verhört zu haben.

»Ich werde gehen, Johann.«

Sie nahm seine Hände, drückte ihm einen Kuss auf die Wange. Auf die Wange? Mein Gott, hardiztiga, pumpanziga, perzozziga, verdammtnochmaldonniga, war es das nun wirklich?

»Aber, Alba, was …«

Die Ampel wechselte auf Grün, ein Motorrad huschte schnell noch an ihnen vorbei.

»Ich nehme eine Auszeit.«

»Wie … was … von was? Von wem? Von mir? Du verlässt mich?«

»Ich plane eine Weltreise.«

Er öffnete den Mund und schloss ihn wieder.

Sie küsste ihn erneut, streichelte ihm über die Wangen. Wie erstarrt stand er da. Sie drehte nach links ab, in Richtung Stadttheater. Grauner stolperte über den Zebrastreifen. Überhörte den Gruß des Polizisten an der Pforte, stieß mit dem Bauch gegen die geschlossene Schranke, kämpfte sich um sie herum, taumelte weiter durch den Innenhof, schwankte die Treppen zum Eingang hoch, verschwand im Gebäude.

5

Sie waren alleine im Aufzug, ein Glaskubus, der in die Höhe schnellte. Sie blickten auf den Hudson River, auf New Jersey auf der anderen Seite des Flusses, auf die Piers, die wie lange Zahnstocher auf dem Wasser lagen, auf die Schiffe, die kreuz und quer herumfuhren.

Saltapepe fragte sich, wo Gianni, sein Jugendfreund, in diesem Getümmel wohl gerade steckte. Es mussten über zwanzig Jahre vergangen sein, seitdem er ihn zuletzt gesehen hatte. Und doch war der Kontakt nie abgebrochen. Gianni Esposito hatte ihm und seiner Mutter zu Weihnachten immer eine Karte geschickt. Saltapepe hatte ihm auf seine amerikanische Handynummer stets ein Foto aus dem Stadion gesendet, wenn Napoli gewann. Vor dem Abflug aus Vegas hatte er ihm geschrieben.

Gianni, du wirst es nicht glauben, ich fliege nach New York! Wo treibst du dich rum? Un caffè? Un caro saluto, Salta

Der Lift stoppte geräuschlos, ein sanftes Klingeln, die Türen öffneten sich, die beiden Ermittler traten in eine große Halle. Saltapepe kontrollierte noch einmal ungläubig die Anzeige über der Tür. Tatsächlich, vierundsiebzigstes Stockwerk.

Vor ihnen stand ein geschwungener weißer Empfangstresen, dahinter saß eine Frau. Groß, dürr, die Augen lagen tief, die blonden Haare hatte sie streng zu einem Dutt zusammengebunden.

Saltapepe und Tappeiner liefen auf sie zu, der Ispettore hatte sich die Worte, die er gleich auf Englisch sagen wollte, schon im Kopf zurechtgelegt. *Good morning, I am …* Doch die Dame schaute nur kurz auf die Digitaluhr, die an der Wand blinkte, es war neun Uhr morgens. Sie kam hinter dem Tresen hervor, sagte kein Wort, betrachtete den Ispettore mit hochgezogenen Augenbrauen. Er hielt dem Blick nicht stand, was ihn nervte. Die Dame verzog die Lippen zu einem Lächeln, doch kein einziger Gesichtsmuskel lächelte mit, sie bat sie mit einer kurzen, unmissverständlichen Handbewegung, ihr zu folgen.

Schnellen Schrittes liefen sie durch das Großraumbüro, das die gesamte Etage des Wolkenkratzers auszufüllen schien. Am liebsten wäre Saltapepe zu einem der bodentiefen Fenster gegangen, um hinauszuschauen. Ein paar Stunden lang. In der Ferne entdeckte er das Empire State Building, den Central Park.

Es war alles so anders als in der Questura von Bozen. Schreibtische mit Glasplatten, darauf erstaunlich dünne Bildschirme, eine Tastatur, hier und da ein Smartphone. Die Menschen machten den Eindruck, als arbeiteten sie schon seit Stunden, dabei mussten sie doch gerade erst angefangen haben. In der Questura standen die wenigen Polizisten, die um diese Uhrzeit schon da waren, in der Kaffeeküche herum oder verschanzten sich an ihren Schreibtischen hinter der *Gazzetta dello Sport*.

Die Angestellten waren jung, keiner schien über dreißig zu sein. Sie alle waren schön, durchaus, aber irgendwie sahen sie auch alle gleich aus.

Weiter vorne stand ein Glaskasten, darin lief ein dünner, kleiner Mann, ganz in Schwarz gekleidet, nervös auf und ab, er hielt sich ein Handy ans Ohr. Graues Haar, grauer Siebentagebart. Die Empfangsdame klopfte sacht, obwohl der Mann sie natürlich längst hatte kommen sehen.

Er nahm das Handy vom Ohr, tippte noch ein wenig darauf herum, dann legte er es auf den Schreibtisch, auf dem sich Mappen und Papiere stapelten.

»Mr. Moore, our guests from Italy«, sagte die Frau nur und trat zur Seite. »Mr. Saltapepe and Ms. Tappeiner.«

»Thank you, Natalja.«

Sean Moore, der Stararchitekt, streckte ihnen die Hand entgegen. Lascher Druck, leicht verschwitzt. Aus dem Augenwinkel sah der Ispettore, dass an der linken Hand des Mannes der Daumen fehlte.

»Espresso?«, fragte Moore dann. »Aber sicher, oder?« Er sprach Italienisch mit einem breiten amerikanischen Akzent, der sich aufblähte wie ein Kuchen im Ofenrohr. »Was frage ich? Seit wann sagen Italiener Nein zu einem caffè!«

Saltapepe nickte.

»Haben Sie auch einen Pfefferminztee?«, fragte Tappeiner.

Der Ispettore verbot sich zu grinsen. Er hatte Silvia noch nie Pfefferminztee trinken sehen.

Moore drehte sich zum Schreibtisch, drückte auf einen Knopf am Telefon. Das Gerät krächzte.

»One peppermint tea, two espressi.« Dann wendete er sich ihnen wieder zu. »Was kann ich für Sie tun?«

»Warum sprechen Sie so gut Italienisch?«, eröffnete Saltapepe das Gespräch.

»Ah«, der Mann hob die Arme, als würde er zu Gott predigen. Der Ispettore verstand, dass er auf die Frage nur gewartet hatte, dass er die Antwort auch gegeben hätte, hätte er sie nicht gestellt.

»Firenze!«, flötete der Mann, sagte dann ein paar Sekunden nichts. Wartete offensichtlich auf eine weitere Frage. Weder Saltapepe noch Tappeiner taten ihm den Gefallen.

»Drei Jahre Studium der schönen Künste. Aber die meiste Zeit bin ich einfach nur durch die Gassen gelaufen, habe die Wahrzeichen der Stadt besucht. Die Piazza della Signora, Michelangelos David. Judith, die Holofernes Kopf gen Himmel reckt. Die Piazza della Repubblica, den Dom, Santa Croce, Ponte Vecchio, Palazzo Pitti ... Waren Sie schon einmal in Florenz?«

»Ich komme aus Napoli«, sagte Saltapepe knapp.

»Aaaah«, rief der Architekt. »Das San Carlo, die Piazza del Plebiscito, das Lungomare, Sant' Elmo ...«

Der Ispettore wollte ihn unterbrechen, er wusste nur nicht, wie.

»... aber auch der Brutalismus des *Armando Maradona*. Das Stadion müsste längst unter Denkmalschutz stehen.«

Saltapepe spürte, wie sich ein Grinsen auf seinem Gesicht ausbreitete. Er konnte nicht anders.

»Wir sind heute früh von Las Vegas hergeflogen, wir ...«, weiter kam Tappeiner nicht.

»Vegas? Das tut mir sehr leid für Sie. Ich hatte einmal eine Konferenz in Vegas. Drei Tage. Zum Thema *Kopismus in der modernen Architektur des 21. Jahrhunderts.*« Moore schüttelte angewidert den Kopf. »Nach einem Tag bin ich abgehauen. Bin wieder raus aus dieser Hölle auf Erden, aus dieser ästhetischen Zumutung, ich habe in der Wüste gehalten, mich neben das Auto in den Sand gesetzt, geweint.«

Der Ispettore spürte eine Bewegung hinter sich. Die Empfangsfrau war beinahe lautlos zurück in den Glaskasten gekommen, sie suchte nach einem Platz, um die zwei Espressi und den Minztee abzustellen. Fand auf der vollen Schreibtischplatte keinen. Sie verzog keine Miene.

Moore schob ein paar Mappen und Zeichnungen zur Seite, einige fielen zu Boden. Tappeiner bückte sich, doch der Architekt machte eine abwehrende Handbewegung.

»Lassen Sie«, sagte er, »das sind nur unausgegorene Entwürfe, die habe ich gestern Abend bei einem Glas Whiskey hingekritzelt.«

Er legte die Papiere auf einen bedrohlich schwankenden Stapel, griff nach der Espressotasse und lief zum Fenster. Saltapepe und Tappeiner gesellten sich zu ihm, der Ispettore stellte sich ganz nah an die Scheibe, überlegte, wie dick sie wohl war. Wie viele Zentimeter ihn vom Abgrund trennten.

»Da!«, rief der Architekt, »da! Und da! Da überall entstehen Projekte des *Sean Moore Studios*.«

Er zeigte vermutlich auf Baulücken zwischen den Häusern, doch Saltapepe gab sich keine Mühe, sie zu entdecken. So ein intensives Gefühl hatte er zuletzt verspürt, als er den Ortler bestiegen und über die Gipfel geschaut hatte.

»Sie sind von der Polizei in Südtirol, wenn ich richtig informiert worden bin«, die Stimme des Architekten drang in seine Gedanken. »Jetzt sagen Sie endlich, was führt Sie zu mir?«

»Herr Moore, wir sind zu Ihnen gekommen, weil es in Südtirol ein Unglück gab.«

Es war schwer zu sagen, ob der Mann Tappeiners Antwort gehört hatte, er rührte sich nicht, starrte weiter hinaus. Auf seine Stadt.

»In Laas. Im Marmorbruch.«

»Hm«, brummte er. »Ich warte auf eine Lieferung aus Laas. Für die Lobby des Wolkenkratzers, der da drüben entstehen soll. Ist etwas damit?«

Er zeigte in Richtung Nordwesten, hinter silbergrau glitzernden Fassaden blitzte das Grün des Central Park hervor.

»Es gab, wie gesagt, ein Unglück.«

»Ist jemand verletzt worden? Verzögert sich die Auslieferung? Ach, wissen Sie, das ist nicht weiter schlimm. Ich bin nun seit über dreißig Jahren im Business. Es hat bislang noch kein einziges Projekt ohne Verzögerung gegeben. Das stellen wir alles zusätzlich in Rechnung …«

»Es geht um einen Mord«, übernahm nun der Ispettore.

Der Mann runzelte die Stirn.

»Eine Frau wurde im Bruch gefunden. Man hat ihr den Hinterkopf eingeschlagen und ihren Körper mit einer Marmorschneidemaschine zerteilt. Eine gewisse Annabel Reiterer. Kennen Sie …«

»Annabel!« Der Mann hatte geschrien.

»Sie kennen die Tote also?«

Moore nickte und drehte sich endlich vom Fenster weg. Er ballte die Hände zu Fäusten, sein Atem ging schwer. Dann wies er mit dem Kinn auf ein Regal, das neben dem Schreibtisch stand. Zahlreiche Bücher reihten sich aneinander, auch einige Zimmerpflanzen entdeckte Saltapepe, sie ließen die Blätter hängen. Dazwischen stand eine Büste aus Marmor.

Alle drei traten nun näher heran. Saltapepe musterte das Marmorgesicht. Es war fein gezeichnet, wirkte beinahe lebendig. Lange Haare, Bart, hageres Gesicht. Kurz vermutete Saltapepe, dass die Büste Moore in jüngeren Jahren darstellte. Oder Jesus.

»Leonardo da Vinci!« Die Augen des Architekten funkelten. »Ohne ihn wären wir alle nichts.« Er nahm den Marmorkopf aus dem Regal, hob und senkte ihn wie ein Kraftsportler eine Hantel.

»Ich habe Annabel vor unendlich vielen Jahren kennengelernt. Noch bevor ich mein eigenes Büro gegründet habe. Als ich noch für Zaha gearbeitet habe. Zaha, Zaha Hadid, sie ist Ihnen ein Begriff, nehme ich an?«

Saltapepe nickte. Er hatte keine Ahnung, wer das war.

»Es war zu der Zeit, als ich mit Zaha die neue Sprungschanze am Bergisel in Innsbruck plante. Wir brauchten Marmor für die VIP-Toiletten. Da war ich erstmals in Laas. Annabel hatte den Auftrag, Büsten der Gewinner der letzten Wettkämpfe anzufertigen. Mir gefiel ihre Arbeit. Das ist große Kunst. Ich fragte sie nach einer Büste von Leonardo. Sie fertigte sie für mich an.«

Saltapepe nahm ihm den Marmorkopf ab. Er war schwerer als gedacht.

»Herr Moore, wie gut kannten Sie Annabel Reiterer?«

Der Mann blickte zu Boden. »Ich … wir …«

»Sie hatten ein Verhältnis.«

Der Architekt schüttelte den Kopf. »Das ist alles wirklich sehr lange her.«

Der Ispettore gab ihm den Marmorkopf zurück, sah, dass Tappeiner in ihrer Jackentasche kramte. Ihr Handy hervorholte.

»Ich habe zu Annabel seit …«, Moore schien kurz nachzudenken, »seit mehr als zehn Jahren keinen Kontakt mehr. Niemand wusste damals von uns.«

Tappeiner tippte auf ihrem Handy herum. Der Mann stellte die Büste zurück ins Regal, atmete einmal tief durch, drehte sich dann wieder zu den beiden Ermittlern. »Hören Sie, Annabel und ich, wir hatten eine kurze Affäre, ich war von meiner ersten Frau frisch geschieden. Ich beendete alles, als ich meine zweite Frau kennenlernte. Ich lebe jetzt glücklich in vierter Ehe, tolle Partnerin, zwei Kinder, keine Sorgen. Annabel war sehr in mich verliebt, sie hat meine Entscheidung damals nicht gut aufgenommen. Aber, hey, das sind alte Geschichten, ich muss sagen, Sie überrumpeln mich damit. Ich …«

Nun hielt Tappeiner ihm das Handy hin. Genau zum richtigen Zeitpunkt, fand Saltapepe. Er wusste, was auf dem Bildschirm zu sehen war. Reiterers Flugticket. *München–New York.*

Der Mann zuckte die Achseln. Tappeiner tippte wieder auf dem Handy herum, hielt es Moore erneut hin. Ein Screenshot der Anrufliste in Reiterers Handy.

»Das ist die Nummer Ihres Studios. Annabel Reiterer hat vorgestern, nur wenige Stunden vor ihrem Tod, dreimal hier angerufen. Sie haben mit ihr gesprochen.«

Moore trat einen Schritt zurück, wankte, stützte sich am Schreibtisch ab, stieß beinahe die Tasse mit dem Pfefferminztee um.

»Ich … wenn man mich anruft, erreicht man den Empfang, ich … nein, ich habe nicht …«

Er drehte sich um, drückte wieder auf einen der Knöpfe des Telefons, es knackte in der Leitung, er bat die Empfangsfrau, zu ihnen zu kommen.

6

Grauner hätte nicht sagen können, wie lange er stumm und regungslos hinter seinem Schreibtisch gesessen hatte. Er hatte keine Ahnung, wie spät es war, als Belli zur Tür hereinstürmte. Natürlich ohne anzuklopfen.

»Commissario«, keuchte der Staatsanwalt und ließ sich auf einen der herumstehenden Stühle fallen.

Grauner richtete sich auf, schob ein paar Unterlagen beiseite und musterte Belli. Er konnte kaum glauben, dass er heute jemandem begegnete, dem es noch schlechter zu gehen schien als ihm selbst. Aber der Staatsanwalt sah tatsächlich aus, als wäre er dem Tod begegnet. Er war käseweiß im Gesicht, Schweißperlen klebten ihm an der Stirn.

»Hat Ihre Frau Ihnen auch gerade mitgeteilt, dass sie ohne Sie in den Urlaub fahren will? Ich meine, es ist nicht so, dass ich gerne in den Urlaub … Aber dass sie jetzt einfach alleine … Und dann gleich eine Weltreise! Ich …«

»Nein, mit meiner Frau ist alles gut, Commissario«, unterbrach ihn der Staatsanwalt. »Sie hat sich die halbe Nacht sorgsam um mich gekümmert. Mir Fencheltee zubereitet, meine zitternden Gliedmaßen in Tücher gewickelt. Ich … ich muss … ich kann es kaum glauben, der Fisch ist dort sonst ausnahmslos exzellent, aber ja, es muss die Forelle gestern Abend im *Laurin* gewesen sein. Beim Empfang des Präsidenten des *FC Südtirol*. Anders kann ich es mir nicht erklären. Ich habe die ganze Nacht gekotzt.«

Das Bild des kotzenden Bellis verdrängte das der Koffer in seinem Wohnzimmer, das Grauner in den letzten

Minuten nicht aus dem Kopf bekommen hatte. Im Türrahmen tauchten zwei Polizisten auf, der Commissario hatte sie ausgewählt, ihm bei diesem Fall zu assistieren. Er hatte sich für sie entschieden, weil sie noch jung genug waren, um stolz darauf zu sein, die halbe Nacht durchzuarbeiten, um einen Mord aufzuklären. Es als Ehre anzusehen, nicht als Strafe.

Die Nacht durchzuarbeiten war besser, als sie durchzukotzen, dachte Grauner sich. Aber die halbe Nacht durchzukotzen und dabei von der Partnerin liebevoll gepflegt zu werden war besser, als in der Stube zwei Koffer stehen zu haben.

Für einen Moment beneidete er Belli. Das war ihm noch nie passiert. Er räusperte sich und erzählte vom erfolglosen Verhör. Dass Hofers Anwalt seinem Mandanten geraten habe zu schweigen.

»Verdammt«, fluchte Belli, »und jetzt?«

»Wenn er nicht spricht, müssen wir weiter ermitteln. Ohne sein Zutun herausfinden, was er getan hat. Warum er es getan hat. Was passiert ist.« Der Commissario stand auf und straffte die Schultern. »Also, was gibt es Neues?«

Einer der Polizisten legte einen Packen Briefe und Umschläge auf Grauners Schreibtisch. Auf den Stapel ungeöffneter Post, der da seit Tagen lag. Der tägliche Wahnsinn, dem sich normalerweise Tappeiner widmete. Sie holte alles von der Poststelle ab und öffnete die Briefe, übergab ihm Wichtiges und hielt Unwichtiges von ihm fern. Grauner musste gleich, obwohl dafür überhaupt keine Zeit war, zumindest kurz überprüfen, ob etwas Dringliches dabei war.

Der zweite Polizist räusperte sich. Er informierte sie, dass die Tote tatsächlich auf dem Konzert gewesen sei. Zeugen hätten sie in einem der Busse gesehen, die die Gäste vom Dorfplatz in Laas abgeholt hätten, andere hätten sie im Bruch in der letzten Reihe sitzen sehen. Alleine.

»Ein Zeuge sagte, sie habe eine blaue Mappe dabeigehabt, er habe vermutet, sie sei direkt von einem Termin gekommen«, sagte der Polizist.

»Ist irgendwo eine Mappe gefunden worden?«, fragte Grauner.

Die Polizisten schüttelten die Köpfe.

»Ist Hofer beim Konzert gesehen worden?«

»Nein, er war wohl tatsächlich nicht da.« Der erste Polizist berichtete, was sie über das Leben Hofers herausgefunden hatten. Der Fabrikchef sei wie ein Ersatzvater für ihn. Einigen Kollegen sei aufgefallen, dass es ihm nicht besonders gut zu gehen schien. Husten. Sie hätten ihm geraten, zum Dorfarzt zu gehen. Ob er tatsächlich hingegangen sei, wüssten sie nicht. Sie vermuteten, eher nicht.

»Die Anzeige gegen den Architekten, diesen Moore, haben wir da etwas?«, fragte der Commissario.

Der zweite Polizist nickte. »Ja, es hat tatsächlich eine Anzeige gegeben. Von Norbert Weissensteiner, dem Mann der Toten. Gegen die Landesbaubehörde, die Moore den Auftrag unrechtmäßig übergeben habe, behauptet er.«

Grauner klatschte in die Hände.

»Weissensteiner«, sagte Belli und streckte den Rücken, »wieder Weissensteiner.«

»Wie ist da der Stand?«, fragte Grauner.

»Status: *in Bearbeitung.*« Der Polizist lächelte schief.

Das bestätigte die Aussagen der jungen Architektin. Grauner überlegte, was nun zu tun sei. Es war bald halb drei Uhr nachmittags. Sie mussten zurück nach Laas. Er würde später mit Saltapepe telefonieren, um zu erfahren, was das Gespräch mit dem Architekten ergeben hatte.

»Gut«, sagte er, obwohl gar nichts gut war, »wir treffen uns in zehn Minuten unten bei den Wagen. Wir fahren alle gemeinsam nach Laas. Ich muss verstehen, wie dieses Dorf tickt. Und ich muss mehr über den Zwist zwischen den Bewohnern erfahren, von dem Weissensteiner gesprochen hat.«

Wie in den meisten Dörfern mussten sie nun hinter die schöne Fassade des Marmordorfes schauen, um herauszufinden, welche Machtkämpfe und Streitereien die Beziehungen im Dorf prägten. Wer die Starken waren, wer die Schwachen, wer die Befehle erteilte, wer sie ausführte. Und zu welcher Gruppe die Tote gehört hatte.

Alle drängten zur Tür hinaus. Grauner drehte sich wieder zum Schreibtisch hin, nahm die obersten Briefe des Stapels in die Hand, zog willkürlich auch ein paar aus der Mitte heraus. Der Stapel wankte, fiel jedoch nicht.

Werbung, Werbung, eine Einladung zum morgigen Sommerfest der Polizia di Stato in Verona. Grauner hatte keine Ahnung, wie lange der Brief da schon gelegen hatte. Seitdem er Commissario war, wurde er zu diesem Fest eingeladen, er hatte die Einladung jedoch nie angenommen.

Anfangs hatte ihm Belli noch angeboten, ihn in seiner Limousine mitzunehmen, irgendwann hatte er es gelassen – als er bemerkt hatte, dass Grauners Ausreden sich wiederholten.

Ah, geht leider nicht. Josefine kalbt wohl heute Nacht. Ah, geht leider nicht. In der Almhütte regnet es rein, ich muss das Dach reparieren. Ah, leider nein, der Anzug ist in der Reinigung. – Der zweite Anzug? Welcher zweite Anzug? Ah, sorry, Hochzeitstag! Unmöglich, der Rücken. Hm, nein, die Tochter, sie hat Geburtstag. Verdammt, die Großtante aus Ottawa ist zu Gast. Ah, schade, kann nicht, Margarete kalbt heute Nacht. Und Josefine hat Rücken. Ah, schlecht. Der Onkel aus Toronto … äh, nein, die Tante aus Kapstadt … ja, die beiden! Sie sind zu Besuch und haben Hochzeitstag!

Es war ihm schlicht ein Graus. Da er sich schon den ganzen Tag mit Polizisten herumschlug, wollte er nicht auch noch abends mit ihnen feiern. Und saufen. Bei Polizisten war es so wie mit Ärzten. Er sah sie lieber nicht in ausgelassener Partystimmung. So schaffte er es, die naive Vorstellung aufrechtzuerhalten, sie wären vernünftige Geschöpfe.

Der Commissario griff noch einmal in den Stapel. Die Monatszeitung des Verteidigungsministeriums. Er überflog das Titelblatt. *Internet-Crime, Bitcoin-Raub, Avatar-Mord – neue polizeiliche Herausforderungen im Cyberspace.* Es war wirklich an der Zeit, dass er sich zurückzog. Wie hatte sein Versuch, in Rente zu gehen, nur so kapital schiefgehen können?

Er nahm ein Briefkuvert in die Hand. Dickes, edles Papier, eierschalfarben. Der Commissario öffnete das Kuvert, zog zwei Seiten heraus. Beide waren am Rand zerknittert und verdreckt. Eines hatte in der Mitte einen großen dunkelbraunen Fleck.

Grauner hörte die Schritte hinter sich, doch er beachtete sie nicht. Er starrte auf das eine Blatt. Auf die geschwungenen, die geraden und die gestrichelten Linien, die jemand mit schwarzer Tinte gezeichnet hatte. Die kindlich skizzierten Bäume und die Kästchen und Dreiecke, die wohl Häuser darstellen sollten. Die Pfeile. Auf den dunklen Fleck. Was war das? Kaffee? Schlamm? Blut?

Er nahm das zweite Blatt zur Hand. Es war ein leicht verschwommenes Bild in Schwarz-Weiß. Es zeigte einen Lkw, der durch ein geöffnetes Tor fuhr. Am Zaun stapelten sich weiße Klötze. In der Ecke stand eine Uhrzeit. *03:17.* Er inspizierte noch einmal das Kuvert. Auf der Briefmarke war Giuseppe Garibaldi hoch zu Ross zu sehen. Der Poststempel vermeldete das Datum von gestern. *Posta Prioritaria.* Eilpost. Abgeschickt in Schlanders, dem Nachbardorf von Laas. Außer der Adresse der Questura stand nichts auf dem Umschlag, kein Absender.

»Commissario?«

Grauner spürte nun, dass jemand an ihn herangetreten war. Belli. Er erkannte den Staatsanwalt am üppig aufgetragenen und süß riechenden Aftershave.

»Ich wollte Ihnen nur noch … ich weiß nicht, ob … Vielleicht ist das auch zu übergriffig, aber Frau Frick, Dr. Dr. Frick, sie hat mir geholfen. Sie hat auch Alessandra Filippi geholfen. Sie kann vielleicht auch Ihnen … Ich wollte nur …« Der Staatsanwalt hielt ihm eine Serviette hin, auf der eine Telefonnummer notiert war. Grauner brauchte ein paar Sekunden, bis er verstand. Das war die Nummer der Psychologin, zu der Belli ging, um seine Angst in den Griff zu bekommen. Zu der Filippi ging, um ihre Tablettensucht loszuwerden. Er schaute dem Staatsanwalt in die

Augen. Nein, er glaubte nicht, dass er da anrufen würde. Aber er empfand Bellis Hilfsangebot nicht als übergriffig. Im Gegenteil. Er fand es mutig.

»Danke«, sagte er und bemerkte, dass der Staatsanwalt an ihm vorbeiblickte – auf das Blatt mit der Zeichnung.

»Das ist ein Berg, oder?«

Jetzt erkannte es auch Grauner. Klar, ein klein wenig war es ihm peinlich, dass es ihm nicht gleich aufgefallen war.

Nun zeigte Grauner dem Staatsanwalt das zweite Blatt. »Das scheint mir ein Foto von der Marmorfabrik zu sein. Ein Lkw, der wohl Marmor transportiert.«

Der Staatsanwalt nickte. »Vielleicht von der Überwachungskamera?«

»Das denke ich auch. Weiherers Leute werden das prüfen.«

Grauner holte das Handy hervor, fotografierte die Unterlagen.

»Und jetzt lassen Sie uns zurück nach Laas fahren«, sagte er, verließ das Büro und suchte im Handy nach der Nummer des Spurensicherers.

7

Die halbe Minute, in der sie darauf warteten, dass die Empfangsfrau erschien, sprachen sie nicht. Es fühlte sich wie eine kurze Waffenruhe an. Sie sahen sie zwischen den Schreibtischen näher kommen, beinahe lautlos öffnete sie die Tür, trat ein, schloss sie wieder.

»Natalja, dear, sag, die beiden Ermittler möchten wissen, ob vorgestern jemand angerufen hat. Eine gewisse Annabel Reiterer. Aus Südtirol. Italien.«

Die Frau schien nachzudenken, schüttelte dann den Kopf. »Nein, soweit ich mich erinnere, nicht. Reiterer. Annabel. Nein.«

Saltapepe fiel ihr osteuropäischer Akzent auf. Tappeiner übersetzte flüsternd für ihn, trat dann einen Schritt an die Frau heran.

»Natalja …«

»Below. Natalja Below.«

»Ms. Below, können Sie sich an irgendeinen anderen eigenartigen Anruf erinnern?«

Wieder hob die Frau die Augenbraue. Moore nickte ihr zu.

»Ich … ja. Tatsächlich gab es in letzter Zeit ein paar merkwürdige Anrufe. Die Person am anderen Ende der Leitung legte sofort wieder auf. Und einmal, ich glaube, es war vorgestern, rief eine Frau an. Sie verlangte Mr. Moore zu sprechen, sie …«

»Sie hat keinen Namen genannt?«

»Nein. Ich habe sie kaum verstanden. Ich denke, sie hat Deutsch oder Niederländisch gesprochen. Dann ein paar Wörter auf Englisch. Sehr gebrochen. Sie sagte den Namen des Chefs, mehrmals. Mr. Moore war auf einer Baustelle, drüben am *Columbus Square*.« Below zeigte Richtung Südosten. »Ich habe der Frau langsam und in einfachen Worten erklärt, dass sie einen Termin für ein Gespräch benötige. Ich habe sie noch gebeten, eine E-Mail zu schreiben, dann habe ich mich verabschiedet und aufgelegt.«

Moore trat hinter seinem Schreibtisch hervor. »Danke, Natalja.«

Die Empfangsfrau deutete eine Verbeugung an, die ein

wenig ironisch wirkte, und verließ mit geradem Rücken den Raum.

»Weitere Fragen?«, wollte der Architekt nun von den Ermittlern wissen.

Beide schauten sich an, Saltapepe schüttelte schließlich den Kopf.

»Wie lange sind Sie noch in New York?«

Der Ispettore hob die Schultern. Er hatte tatsächlich keine Ahnung. Heute war ihr letzter Urlaubstag. Wäre ihnen kein Mord dazwischengekommen, wären sie abends von Las Vegas nach Atlanta geflogen, von dort nach Mailand Malpensa. Aber das, was sie taten, war doch längst kein Urlaub mehr. Er fand, dass sie sich mit der Rückkehr ruhig noch etwas Zeit lassen konnten.

»Gehen Sie ins *Guggenheim*. Dort wird derzeit eine Retrospektive der Arbeiten von Zaha gezeigt. Sie war meine Lehrmeisterin! Alles, was ich über Architektur weiß, weiß ich von ihr. Es lohnt sich.«

»Vielleicht«, antwortete Saltapepe, »aber eigentlich haben wir etwas anderes vor.«

Das neugierige Blitzen in den Augen des Mannes zeigte ihm, dass er gerne gewusst hätte, was.

»Danke, Mr. Moore, für Ihre wertvolle Zeit«, sagte er, »falls uns noch Fragen einfallen, melden wir uns.«

Dann drehte er sich um, Tappeiner folgte ihm. Sie gingen an den Schreibtischen vorbei zum Fahrstuhl. Die jungen Mitarbeiter sahen nicht auf, tippten geräuschlos weiter. Saltapepe warf einen Blick zum Empfangstresen, Below, die Sekretärin, war verschwunden.

»Was haben wir denn anderes vor?«, fragte Tappeiner, während sie im Glaskubus hinabrauschten. »Ich möchte eigentlich sehr gerne ins *Guggenheim*.«

Ihre Hand streichelte seine, er umfasste ihre Finger, drückte sie. Die kleinen Punkte unten auf dem Asphalt wurden größer. Die schwarzen wurden zu Menschen, die hastend die Bürgersteige entlangliefen, die blauen, weißen, gelben wurden zu Autos. Er spürte wieder das Kribbeln im Bauch, die Verwandlung vom Ispettore zum staunenden Kind.

»Okay. Lass uns irgendwo einen Espresso trinken, mit Grauner telefonieren, diese Bildhauerin googeln, dann ins *Guggenheim,* mittags gehen wir dann Italienisch essen …«

»Italienisch?«

»Klar, was denn sonst? Mit Gianni.«

»Mit wem?« Sie schüttelte ihn.

»Du wirst schon sehen.«

8

Etwa ein Dutzend Männer stand vor dem Dorfgasthaus. Auf einer Marmortafel über der Eingangstür, zu der drei Marmorstufen führten, prangte der Schriftzug: *Zum goldenen Lamm.*

Viele der Männer trugen Sonnenbrillen. Obwohl die Sonne gar nicht schien. Der Himmel war bedeckt. Die weiße Zickzackschneise am Berghang verschwand im grauen Wolkenbett. Man hätte glauben können, sie führe in den Himmel.

Grauner, Belli und die zwei Polizisten hatten über eine

Stunde zurück nach Laas gebraucht. Die Fahrt auf der Vinschger Straße war oft eine Geduldsprobe. Wenn vor einem zwei Traktoren, ein Camper und drei Touristenautos fuhren, in denen Rentner saßen, die grundsätzlich nichts und niemanden überholten, dann konnte man entweder ausrasten und herumschreien oder sich einfach dem Schicksal fügen und die Zeit nutzen. Sie hatten viele Telefonate geführt, sich mit den vor Ort ermittelnden Polizisten ausgetauscht, auch mit Weiherer gesprochen. Der hatte in dem vorliegenden Video der Überwachungskamera die Szene mit dem Lkw nicht finden können. Prader, Hinterpichlers Sekretärin, habe ihm mitgeteilt, dass die Aufnahmen nach einigen Tagen überspielt würden, dass die Sequenz wohl zu alt sei, um sie noch ansehen zu können.

Sie hatten kurz vor Laas auch mit Saltapepe und Tappeiner telefoniert. Von ihrem Treffen mit dem Architekten Moore in New York erfahren, die beiden über die neuesten Ereignisse hier in Südtirol informiert.

Der Commissario hatte keine Lust auf das übliche, lange Vorspiel. Ihm war schon klar, was die beste Taktik wäre, er kannte den Männerschlag in den Südtiroler Gasthäusern. Meist war es ratsam, erst einmal zu schweigen. Geduld war alles. Einen Espresso zu bestellen. Oder noch besser: ein Glas Wein. Bloß nichts anderes. Kein Wasser. Kein Fruchtsaft. Das war verdächtig.

Die Blicke auszuhalten. Zu warten, bis man angesprochen wurde. Dann sagte man ehrlich, dass man Polizist sei, in dem Mordfall ermittle, von dem sie sicher bereits gehört hätten. Diese Ehrlichkeit war entwaffnend. Oft brauchte es nicht viel mehr, um die Gasthausmänner ihre Skepsis vergessen zu lassen, sie zum Reden zu bringen.

Der Commissario hatte Belli und die Polizisten gebeten, auf dem Parkplatz zu warten. Geduld? Heute hatte er keine. Er musterte die Männer. Einige hatten Weingläser in der Hand, andere Espressotassen. Die mit den Weingläsern waren schon etwas länger hier, die mit den Espressotassen waren gerade erst gekommen. Erst Espresso, dann Wein. So lautete in Südtirol die Gasthausregel.

»Grüß Gott, meine Herren«, sagte der Commissario, »mein Name ist Johann Grauner, ich ermittle für die Polizia di Stato im Mordfall Annabel Reiterer.«

Blitzartig drehten sich alle zu ihm hin, begutachteten ihn misstrauisch. Er wäre nie auf die Idee gekommen, sich anzubiedern, eine Runde auszugeben oder auf andere Weise um ihre Gunst zu werben. Dann machten diese Typen zu. Dann waren die beleidigt. Zu Recht. Das waren stolze Arbeiter, Bauern. Das Gasthaus war ihr zweites Zuhause. Da luden, wenn, sie selbst ein.

»Sagt, wer von euch arbeitet im Bruch?«, fragte Grauner.

Sekunden vergingen. Er zählte in Gedanken mit. Sieben, acht … elf, zwölf, dreizehn.

»Das sieht man doch«, sagte schließlich einer der Männer mit Sonnenbrille und trat zwischen den anderen hervor. Der Commissario erkannte ihn wieder. Es war der Rothaarige, mit dem er bereits im Berg gesprochen hatte. Josef Sulzenbacher. Neben ihm stand wieder der Mann mit dem Spitzbart. Olaf Nowak, der Osteuropäer.

Grauner hob eine Augenbraue. »Was sieht man?«

Sulzenbacher nahm die Sonnenbrille ab. »Wir, die Arbeiter vom Bruch, sind so viele Stunden im Dunkeln, wir ertragen die Helligkeit nicht mehr. Die …«, er zeigte hinter sich, »die Sonnenbrillen tragen, sind Bruchabeiter. Die anderen

Marillenbauern. Ganz einfach.« Er kramte in der Hosentasche, holte etwas hervor, hielt dem Commissario eine Tablette hin. »Vitamin D«, sagte er schmunzelnd, führte die Tablette zum Mund, schluckte sie hinunter, »drei davon am Tag, dann geht's schon.«

Die Umstehenden nickten. Grauner nickte auch. »Ich möchte mit euch Männern vom Bruch reden.«

Zögernd kamen die Arbeiter näher, nahmen die Sonnenbrillen ab. Die Marillenbauern traten ein paar Schritte zurück.

Grauner fragte sich, wer der Bürgermeister war. Auch den Pfarrer hatte er noch nicht entdeckt. Das war ungewöhnlich, normalerweise waren sie die Ersten, die sich zu Wort meldeten. Taten sie es nicht, waren es andere, die im Dorf das Sagen hatten. Grauner musste sofort an den Marmorunternehmer Hans Hinterpichler denken.

»Was glaubt ihr, wer hat die Annabel umgebracht?«

Keiner sprach.

»Ihr Mann, der Weissensteiner?«

Verstohlene Blicke. Im Dorf hatte es sich sicherlich herumgesprochen, dass Hofer in U-Haft saß. Die Männer überlegten nun wohl, warum dieser Ermittler zuerst nach Weissensteiner fragte.

»Wir haben erfahren, dass es um die Ehe nicht besonders gut stand«, fuhr Grauner forsch fort.

»Pah«, sagte ein glatzköpfiger Mann, »wenn du mit dem Norbert zusammen bist, dann kann es um dich nicht besonders gut stehen.«

Alle lachten. Einige der Weißweintrinker kläfften wie Hunde.

»Die haben beide in ihrer eigenen Welt gelebt«, sagte

einer ganz rechts, Kaffeetasse in der Hand, müde Augen, Dreitagebart, »sie soll immer nur in ihrem Atelier gewesen sein – oder unterwegs. Von Ausstellung zu Ausstellung ist die gefahren.«

»Und er?«, fragte Grauner.

»Er ist ein Eigenbrötler. Ein einsamer Wolf. Er ist schlau, der weiß viel, der Norbert, er ist sicher ein guter Lehrer. Eigentlich.«

»Eigentlich?«

»Manche der Kinder hatten Angst vor ihm.«

»Angst? Warum?«

Der Mann fuhr sich über die Bartstoppeln, senkte den Kopf, als ob er es bereute, etwas gesagt zu haben. »Der schlägt die Kinder nicht oder so etwas. Nein, nein, verstehen Sie mich nicht falsch, Herr Ermittler, er schreit sie auch nicht an. Im Gegenteil: Wenn der Norbert sauer ist, sagt der einfach eine ganze Stunde lang gar nichts mehr – so einer ist der.«

Grauner brummte. Er fürchtete, er wäre als Lehrer genauso. Ihm fiel ein, dass auch Alba sich fürs Schweigen entschieden hatte. Wie sehr er es fürchtete, dieses schreckliche Schweigen.

»Wenn er nicht in der Schule ist, streift er durch die Wälder«, hörte er die Stimme des Mannes und schob den Gedanken an seine Frau beiseite. »Am Hang, unter den Gipfeln, da ist der unterwegs, auch nachts, ich glaube, der kennt da jeden Stein.«

Das alles brachte Grauner nicht weiter.

»Und eine Nervensäge ist er auch. Unsere Dorfnervensäge«, sagte schließlich ein Kaffeetrinker mit Schirmmütze in der zweiten Reihe.

»Nervensäge? Warum?«

Der Mann flüsterte beinahe: »Na, weil er halt ein Klugscheißer ist. Und glaubt, etwas Besseres zu sein, der Herr Lehrer. Weil er immer was zu nörgeln hat.«

»Ja, ja«, rief einer aus der Menge.

»Weil er jedem mit einer Anzeige droht, wenn ihm etwas nicht passt. Weil er sofort zu den Carabinieri läuft, wenn ihm einer krumm kommt. Anstatt mal ins Gasthaus zu kommen, wo man alles bei einem Glas Wein regeln kann.«

Zustimmendes Brummen.

»Keine Ahnung, was die Reiterer, Gott hab sie selig, an dem gefunden hat, ich kapier's nicht!«

»Was ist mit dem Hofer?«, fragte der Commissario. »Könnte er der Mörder sein?«

Ihm war, als atmeten einige der Männer auf. Als ob sie nur darauf gewartet hätten, dass dieser Ermittler endlich über den sprach, der bereits hinter Gittern saß.

»Sieht ganz danach aus«, zischte Nowak schließlich.

»Glaubt ihr, der Hinterpichler, euer Chef, hat mit der Sache etwas zu tun?«

Geraune kam auf. Erst sprach einer, dann ein Zweiter, bald viele durcheinander.

»Unser Hansi!«

»Niemals!«

»Ganz sicher nicht!«

»Ganz unmöglich!«

»Vergessen Sie das, Herr Ermittler!«

Grauner lugte zu den Bauern, die sich vorhin ein paar Meter entfernt hatten. Sie schauten grimmig. Manche winkten ab, gingen ins Gasthaus hinein. Zwischen den Köpfen entdeckte er nun auch das Gesicht von Charly Weinreich, der Reporter vom *Südtirol Kurier* warf ihm einen beleidigten Blick zu. Wohl weil er gestern drei seiner Anrufe ignoriert hatte. Und heute Morgen noch mal zwei.

»Wie viele Männer arbeiten für Hinterpichler?«, fragte der Commissario.

Die Arbeiter schienen nachzudenken. »Wohl die Hälfte des Dorfes«, sagte Sulzenbacher schließlich.

Die anderen nickten.

»Und die andere Hälfte?«, fragte Grauner weiter.

»Denen würde er auch Arbeit geben. Am liebsten würde er allen Laasern Arbeit geben, so ist er, unser Hansi!«

Zustimmendes Murmeln.

»Aber?«

»Aber was?«

»Warum wollen die anderen nicht bei ihm arbeiten?«

»Unser Hansi regelt alles hier. Der ist sozusagen unser Schattenbürgermeister. Das passt nicht allen, verstehen Sie?«

Grauner verstand. Der Mann, der zuletzt gesprochen hatte, drehte sich zu den Bauern um. Einer von ihnen senkte beschämt den Kopf. Er trug eine Lederweste, hatte dicke blasse Wangen. Vermutlich war das der offizielle Bürgermeister, dachte der Commissario. Ein kleiner, untersetzter Mann neben ihm trug einen schwarzen Talar mit weißem Kragen unter einer dünnen Windjacke. Der Pfarrer.

»Ja, das passt unserem Bürgermeister nicht«, zischte Sulzenbacher, »weil er selbst Marillenbauer ist, nicht?«

Die Bauern runzelten die Stirn und murrten.

»Dass Hansi so viele Arbeitsplätze schafft, das passt unseren Bauern nicht«, sprach er weiter, »weil sie keine Erntehelfer finden.«

Ein anderer Sonnenbrillenträger räusperte sich. »Eigentlich kommen wir im Dorf alle gut miteinander klar, solange wir nicht über den Hansi reden. Und über …« Weiter kam er nicht.

»Was soll ich denn bei der Marillenernte?«, schrie einer der Brucharbeiter von weiter hinten, »da verdiene ich nicht einmal die Hälfte von dem, was mir der Hansi gibt.«

Die anderen johlten. Grauner fühlte sich wie auf einem Schulhof voller pubertierender Jungs.

»Glauben Sie mir, Herr Kommissar«, sagte wieder Sulzenbacher, »Marillen schmecken viel besser, wenn man sie nicht selber pflücken muss. Wenn man sie mit gutem Marmorgeld bezahlt.«

Grölendes Gelächter.

»Kannte Hinterpichler die Tote?«, fragte Grauner, obwohl er es längst wusste. Manchmal war nicht die Antwort entscheidend, sondern die Reaktion, die ihr voranging.

Plötzlich waren alle wieder stumm.

»Äh, klar«, sagte einer leise.

»Kennt schließlich jeder jeden in so einem Dorf, nicht?«, sagte ein anderer.

Grauner nickte. »Wer hatte Streit mit ihr? Gab es da jemanden?«

Hastige Blicke wurden ausgetauscht.

»Der Hofer, das habe ich schon erfahren, war ein wenig verliebt in Reiterer. Wer noch?«

Ein paar schauten zu Boden. Ein paar kicherten. Wie Lausbuben.

»Wir alle ein bisschen!«, sagte einer.

Lautes Gelächter. Der Commissario wartete, bis es wieder verstummte. »War auch Hinterpichler in sie verliebt?«

Keiner der Männer reagierte auf die Frage.

»Hatte Hansi mit ihr Streit?«

»Nein, nein«, sagte einer, »unser Hansi ist ein guter Mann. Er hat ihr sogar Marmorbrocken geschenkt, die beim Zurechtschneiden in der Fabrik übrig geblieben sind.«

»Unser Hansi ist ein guter Mann«, wiederholte ein anderer, »jedem schenkt er Marmorstücke. Er ist ein Wohltäter, nicht wie der Sonnwieser.«

»Wie wer?«

»Lass den Peter aus dem Spiel!«, schrie einer der Bauern.

Viele Männer auf einem Haufen, die ein paar Gläser Wein intus hatten, da wurde es schnell laut und ruppig, das wusste Grauner. Das war meist harmlos. Hier schien ihm die Lage eine andere zu sein. Er hatte echte Feindseligkeit herausgehört. Das war keine Frotzelei, da steckte mehr dahinter.

»Was?«, sagte Sulzbacher jetzt und drehte sich zu den Bauern um. »Was wollt ihr? Ist doch so! Unser Hansi hat Laas zu dem gemacht, was es heute ist. Und Peter? Was hat der je für uns getan? Für euch Bauern? Der denkt nur an sich selbst – und an seine Marillen.«

Der blasse Mann, der vermutlich der Bürgermeister war, trat einen Schritt nach vorn, sprach leise, breitete dabei die Arme aus, um die Gemüter zu beruhigen. »Peter Sonnwieser ist der größte Marillenbauer bei uns im Dorf. Drüben auf der Ostseite des Berges hat er seine Felder. Der Sonnwieser und der Hinterpichler liegen sich seit Jahren in den Haaren. Der Marillenkönig gegen den Marmorkönig, zwei Alphatiere!«

Grauner erinnerte sich an den Marillenanschlag. »Die Marillen auf den Marmorblöcken in der Fabrik …«, begann er, beendete den Satz jedoch nicht.

Bürgermeister und Pfarrer nickten unisono. Sie sagten nichts, doch das Nicken war dem Commissario Antwort genug.

Die etwas abseits stehenden Bauern kamen nun näher, manche krempelten die Ärmel ihrer karierten Hemden hoch, andere scharrten mit den Stiefeln über die Pflastersteine wie aufgescheuchte Pferde. Grauner fürchtete, dass sich hier gerade etwas zusammenbraute, was schlimm ausgehen könnte. Er drehte sich zum Parkplatz hin, winkte die Polizisten herbei. Sie kamen eilig näher.

»Was sind schon ein paar mit Marillen beschmierte Marmorblöcke gegen das, was Hinterpichler getan hat«, knurrte einer der Bauern.

Die Brucharbeiter und Bauern standen sich nun gegenüber.

»Was hat Hinterpichler getan?«, fragte Grauner, die beiden Polizisten neben sich.

»Ruhig, Männer!«, versuchte der Bürgermeister zu schlichten, »das sind nichts als Gerüchte, dass er das war.«

Der Pfarrer legte einem der Bauern beruhigend die Hand auf die Schulter.

»Dass er *was* war?«, insistierte Grauner.

In diesem Moment schubste Sulzenbacher einen Bauern weg. Zwei andere Bauern sprangen herbei, packten ihn an den Armen. Nowak baute sich vor ihnen auf, rasch wichen die Bauern zurück. Einer der Polizisten legte die Hand ans Pistolenhalfter. »Stopp! Jetzt! Oder wir nehmen Sie allesamt mit.«

Alle erstarrten, Nowak zischte etwas Unverständliches.

»Was soll Hinterpichler gemacht haben? Antworten Sie mir!«, bellte Grauner nun in Richtung des Bürgermeisters.

»Es sind, wie gesagt, wirklich nur Gerüchte, Herr Ermittler«, wiederholte dieser.

»Jemand muss es gewesen sein, Bürgermeister!«, schrie einer der Bauern. »Und niemand außer ihm hat einen Grund dazu.«

Die Polizisten hatten sich mittlerweile zwischen die Bauern und die Brucharbeiter gestellt, Rücken an Rücken, langsam gingen sie nun in kleinen Schritten auseinander und drängten die beiden Gruppen zurück. Die Bauern drehten ab, fast alle verschwanden murrend im Inneren des Gasthauses.

»Dreimal im Laufe des vergangenen halben Jahres wurde auch auf die Marillen im Lager vom Sonnwieser ein Anschlag verübt«, erklärte der Bürgermeister nun endlich.

Der Pfarrer machte große Augen, blieb aber weiterhin stumm.

»Wie, was für ein Anschlag?«

»Ein Giftanschlag. Jemand ist da eingebrochen, hat mehrere Großkisten umgekippt und sie kontaminiert. Vor drei Monaten mit Spülmittel, vor fünf Wochen mit Benzin. Und vor vier Tagen mit Gift.«

Der Pfarrer bekreuzigte sich.

»Gift!« Grauner schrie.

Die Brucharbeiter zuckten zusammen, er sah, dass die Bauern an den Fenstern des Gasthauses standen und hinausstarrten. Auf dem Parkplatz lehnten Belli und der Chauffeur am Lancia. Der Staatsanwalt stand gekrümmt da, hielt sich den Bauch. Der Commissario konnte nicht glauben, was er da soeben erfahren hatte. Er musste so schnell wie möglich mit diesem Sonnwieser sprechen.

Der Aufklärung des Mordes waren sie kein Stück nähergekommen, wie so oft taten sich während der Ermittlungen immer mehr Abgründe auf. Schon wollte Grauner dem Bürgermeister die Hand zum Abschied reichen, da fiel ihm noch etwas ein, was er unbedingt noch fragen musste.

Er griff in die Hosentasche, bekam zuerst den Hausschlüssel zu fassen, dann das Handy. Er zog es heraus, tippte darauf herum, hielt es dem Bürgermeister hin. Der Bildschirm zeigte die Zeichnung, die ein Unbekannter in die Questura geschickt hatte. Die Linien, Striche, Bäume, Kästchen, Dreiecke.

»Haben Sie diese Zeichnung schon einmal gesehen, Bürgermeister?«, fragte er.

Der Mann nahm das Handy in die Hand, kniff die Augen zusammen. Der Pfarrer stellte sich dazu.

»Nein, keine Ahnung, was das sein soll«, sagte er schließlich.

»Und Sie?« Der Commissario drehte sich zum Pfaffen.

»Nie gesehen«, sagte der.

Grauner zeigte ihnen das Foto mit dem Lkw.

»Das ist in Hinterpichlers Fabrik«, sagte der Bürgermeister.

Der Pfarrer nickte.

Der Commissario sah im Augenwinkel, dass Sulzenbacher und Nowak wieder näher kamen, er steckte das Gerät ein.

»Beschreiben Sie mir den Weg zum Hof von diesem Sonnwieser«, befahl er.

Als Grauner wieder am Parkplatz angelangt war, saßen die Polizisten schon in den Autos. Nur Belli und der Chauffeur standen immer noch davor.

Der Commissario trat an den Staatsanwalt heran, musterte ihn. Er war immer noch sehr blass.

»Die Bauchschmerzen?«, fragte er.

Belli fuhr sich übers Jackett und das Hemd. »Schon besser«, antwortete er.

»Haben Sie das öfter?«

Der Staatsanwalt schaute ihn verwundert an, schüttelte dann den Kopf. »Nein, Bauchschmerzen habe ich normalerweise nur, wenn ich nachts mit Heißhunger aufwache und mir eine Carbonara mache. Aber das schmerzt anders. Als hätte ich einen großen Stein im Magen. Jetzt zieht es. Es fühlt sich an wie letztens, als ich in Venedig Schwertfisch und Muscheln gegessen habe, der Fisch oder die Muscheln oder beides waren wohl nicht mehr die Allerfrischesten, da hat es nachts auch so gezogen in mir. Da hatte ich auch Schweißausbrüche, Gliederschmerzen, da dachte ich nachts auch, das war's. Deshalb vermute ich, das ist wieder eine Fischvergiftung.«

»Fischvergiftung«, wiederholte Grauner, »würden Sie nach Bozen zurückfahren, Dottore?«

Belli runzelte die Stirn.

»Bitte gehen Sie zu Filippi, ich werde der Gerichtsmedizinerin Bescheid geben, dass Sie kommen.«

»Zu Filippi? Warum? Ich bin ja glücklicherweise nicht gestorben!«

Grauner überlegte, wie er es formulieren sollte, ohne seinen Chef zu verunsichern. »Nein, nein«, sagte er schließlich, »ich habe nur eine Vermutung. Ich möchte das abchecken lassen. Ich … ich glaube, mit den Marillen, die Sie gestern gekostet haben, stimmte etwas nicht.«

9

Grauner drückte auf die Frucht. Die Marillenschale gab leicht nach, doch sie riss nicht. Das Fruchtfleisch quoll nicht hervor. Genau richtig.

Er stand am steilen Hang, über ihm die Gipfel, unter ihm das Tal. Vor ihm Dutzende Marillenbäume. An den Bäumen lehnten Holzleitern, Männer in blauen Schürzen und karierten Hemden standen darauf, pflückten die reifen Früchte, legten sie sanft in Plastikbehälter, die sie geschultert hatten.

Von irgendwoher war das Glockengebimmel einer Kuhherde zu hören. Grauner drehte sich um. Wiesen. Wald. Davor ein altes Bauernhaus. Ein geschnitzter Jesus am Kreuz. Schindeldach. Kleine Fenster, Geranien. Ein Holzzaun vor einem verwunschenen Garten. Eine getigerte Katze, die zwischen den schiefen Latten hindurchhuschte.

Grauner drehte sich zum Bauern neben ihm, der zwei Marillen in den Händen hielt. Er hätte den Männern stundenlang zuschauen können, die die Mühen eines ganzen Jahres ernteten. Dieses Bild war so idyllisch. Wie gern hätte er sich von dieser Illusion verzaubern lassen. Wenigstens für ein paar Minuten.

»Probieren Sie ruhig«, sagte der Mann neben ihm.

Grauners Augenbrauen zogen sich zusammen. »Ich weiß nicht recht, Herr Sonnwieser«, antwortete er, warf die Marille hoch und fing sie wieder. »Gestern hat mein

Kollege, Staatsanwalt Martino Belli, von einer Marille gekostet, die unten in Laas, in Hans Hinterpichlers Marmorfabrik, herumlag. Jemand hat die Marmorblöcke damit beschmiert.«

Während er gesprochen hatte, hatte sich Peter Sonnwiesers Gesicht verfinstert, er öffnete den Mund, schloss ihn jedoch gleich darauf wieder.

»Der Staatsanwalt hat heute Nacht kein Auge zugetan. Er hatte schreckliche Bauchschmerzen. Jetzt gerade ist er unterwegs ins Spital von Bozen. Unsere Gerichtsmedizinerin, Dottoressa Alessandra Filippi, wird ihm Blut abnehmen. Wir vermuten, dass er sich eine Vergiftung zugezogen hat.«

Wieder warf der Commissario die Marille hoch und fing sie. Dann biss er hinein. »Signora Belli hat ihrem Mann gestern früh wie immer das Frühstück zubereitet. Brot vom Bäcker des Vertrauens, Marmelade aus dem Biosupermarkt um die Ecke. Sie aß vom selben Brot, von derselben Marmelade. Sie hatte keine Beschwerden. Abends war der Staatsanwalt in Bozen essen, obwohl er sich bereits unwohl fühlte. Er aß da, wo er immer isst. Mit einem Dutzend anderer Gäste. Alle hatten das gleiche Menü. Zuerst Trüffelpasta, dann Forelle aus dem Passeiertal, dazu Bratkartoffeln. Dann Tiramisù. All die anderen Gäste am Tisch haben wir bereits kontaktiert, es geht ihnen gut. Sonst hat der Staatsanwalt an diesem Tag nichts gegessen. Nichts außer dieser Marille in der Laaser Marmorfabrik.«

Der Bauer senkte den Blick. Grauner kaute, schluckte, biss noch einmal in die Frucht. Sie schmeckte ganz wunderbar. Er konnte sich nicht daran erinnern, jemals eine so köstliche Marille gegessen zu haben.

»Das waren Ihre Marillen, nicht wahr?«, sagte er schließlich und wischte sich etwas Fruchtsaft von der Lippe.

»Ja, aber ich habe niemanden vergiftet.«

Grauner trat einen Schritt näher an ihn heran. »Erzählen Sie mir alles. Es ist besser …«

»Gut«, unterbrach der Mann den Commissario, bückte sich und setzte sich ins Gras. Grauner ließ sich neben ihm nieder, beobachtete die Erntehelfer, die Hände im trockenen Gras der gemähten Wiese.

Sonnwieser holte weit aus, das war Grauner ganz recht. Ihm war, als könnte er nun zum ersten Mal in diesen turbulenten Tagen durchatmen. Der Mann erzählte ihm, dass er einer Bauernfamilie entstamme, die im Mittelalter an diesen Berghang bei Laas gezogen sei. Das Haus hinter ihnen sei 1492 erbaut worden. Von seinem Ururururgroßvater.

»1492, das Jahr, in dem Kolumbus …«, murmelte Grauner.

»Ja, ja«, sagte Sonnwieser und nickte. »Kolumbus entdeckte aus Versehen Amerika, mein Ururururgroßvater diesen Flecken Erde. Ich möchte nicht tauschen. Wissen Sie, was Kolumbus' Ururururenkel heute machen?«

Grauner überlegte, doch nein, er hatte keine Ahnung. Auch nicht, ob es überhaupt noch welche gab. Er schüttelte den Kopf.

»Ich auch nicht«, sagte Sonnwieser, »aber schöner als wir können sie es wohl kaum haben.«

Nun biss der Bauer in die Marille, die er in der Hand gehalten hatte, sprach kauend weiter.

»Früher, ganz früher, lebten die hiesigen Bauern von der Feldarbeit, am Hang wurden Weizen und Korn angebaut. Im Tal war das Moor. Alexander der Große hat die Marille, die *prunus armeniaca,* die den Rosengewächsen zugeordnet wird, einst aus dem Morgenland erst nach Griechenland, dann nach Italien gebracht. Irgendwann Mitte des 19. Jahrhunderts importierten Händler aus Süditalien die Frucht in unsere Gegend. Nach dem Zweiten Weltkrieg bauten erste Bauern die Marille an, die schon in der Antike für Jugend und Fruchtbarkeit stand. Dann immer mehr. Auch mein Großvater, Ernst Sonnwieser. Sonnwieser, diesen Nachnamen haben wir wohl einst erhalten, weil auf unseren Hängen die Sonne stets am längsten scheint. Auch dann noch, wenn das Tal bereits im Dunkeln liegt.«

Grauner schaute in den blauen Himmel. Der gelbe Feuerball stand tief im Westen, bald würde er die Zacken der Gipfel berühren, hinter ihnen verschwinden. Trotzdem strahlte er auch jetzt noch, am späten Nachmittag, mit voller Hochsommerkraft.

»Schon vor rund tausenddreihundert Jahren«, sagte der Bauer, »suchten erste Glücksritter an diesem Berg nach Erzen. Sie entdeckten Marmorfindlinge, irgendwann im Laufe der Jahrhunderte wurde ein Schacht ausgehoben. Einige Männer aus dem Dorf entschieden sich, ins Marmorbusiness einzusteigen. Manche Bauern verkauften sogar ihre Höfe und Wiesen dafür. An Bauern wie mich, die dem weißen Gold nicht trauten.«

»Ihr Großvater verkaufte nicht.«

Der Mann schüttelte stolz den Kopf.

»War Ihre Familie damals neidisch auf die Bauern, die mit Marmor bald viel mehr Geld machten?«

Achselzucken.

»Sind Sie neidisch auf die Männer, die am weißen Gold verdienen?«

Sonnwieser antwortete nicht, biss wieder von der Frucht ab.

»Auf den Hinterpichler?«

»Pfff.«

Die beiden starrten eine Weile auf die Bäume, auf die Marillenpflücker, schweigend. Dann sprach der Mann weiter.

»Ich erinnere mich oft daran, dass ich als kleiner Junge bei der Ernte nicht mithelfen wollte. Ich konnte diese Marillen einfach nicht mehr sehen. Marillen, Marillen, Marillen. Frühstück? Brot mit Marillenmarmelade. Mittags? Marillenknödel. Nachmittags? Marillenstrudel. Abends? Marillenkompott. Am nächsten Tag? Wieder das Gleiche.«

Grauner verstand durchaus, wovon der Mann sprach. Wenn Alba neue Marmelade einkochte, der Keller aber noch voll mit der alten war, ging es ihm genauso. Dann mästete sie ihn mit der Marmelade vom Vorjahr. Bis zum Erbrechen. Er hatte den Verdacht, sie mischte sogar Marmelade ins Kuhfutter.

»Im Juli und August?« Sonnwieser wischte sich die Hände an der Hose ab. »Pflücken, tagelang! Wir Kinder wurden immer in die Baumwipfel geschickt, weil wir so leicht waren, auf die dünnsten Ästchen klettern und auch die höchsten Früchte ernten konnten. Ich muss so vierzehn oder fünfzehn gewesen sein, da habe ich rebelliert. Freunde von mir halfen in den Sommerferien im Stollen mit. Sie verdienten da gutes Geld. Zwei Millionen Lire. Sie kauften sich *Ciao*-Motorräder und fuhren damit zu den Wiesenfesten der Nachbardörfer. Das wollte ich auch. Ich sagte meinem Vater, Gott hab ihn selig, ich will den Hof nicht übernehmen, ich fange im Bruch an.«

Grauner sah ihn von der Seite an. »Und?«

»Vater nahm mich beiseite, ich weiß es noch, als wäre es gestern gewesen. Wir saßen auf genau dieser Wiese – ein Stück weiter unten. Er zog eine Marille aus der einen Tasche, dann ein Stück Marmor, einen kleinen Brocken, aus der anderen. Er drückte mir beides in die Hand und forderte mich auf zu essen. Ich war irritiert. Dann nahm ich die Marille.«

Sonnwieser spuckte den Kern aus, auf dem er herumgekaut hatte.

»Vater wartete, bis ich fertig war. Dann nahm er mir den Marmorbrocken aus der Hand, warf ihn in die Wiese. Er zeigte auf die Bäume. Sagte: ›Wenn du dich um diese Bäume kümmerst, werden sie immer da sein. Jedes Jahr Früchte tragen. Für dich, für deine Kinder, für deine Kindeskinder.‹« Sonnwieser drehte sich um, zeigte zum Berg. »›Der wird auch immer da sein‹, antwortete ich. Vater nickte, sagte dann: ›Aber Marmor trägt keine Früchte.‹ Dann hat er geschwiegen. Er brauchte nichts mehr zu sagen. Ich war zwar noch ein Kind, aber ich war nicht blöd, ich hatte schon verstanden, was er meinte. In der Nacht lag ich lange wach. Und beschloss, dass das hier mein Leben sein soll. Und das Leben meiner Kinder. Und der Kindeskinder.«

Eine leichte Brise wehte von Süden her über die Wiese, ließ die Blätter rascheln.

»Haben Sie Kinder?«

»Einen Sohn, Philipp, er ist zwölf.«

Grauner suchte die Wipfel der Marillenbäume ab, entdeckte eine Hand, ein Büschel Haare im Grün.

»Da?«, fragte er.

»Nein«, sagte Sonnwieser.

»Wo?«

»Er … äh ist nicht da.«

Die nächste Frage lag unausgesprochen in der Luft.

»Rimini«, sagte Sonnwieser schließlich. »Mit der Tante und der Oma.«

»Urlaub? Jetzt zur Erntezeit?«

»Tja.«

Grauner war kurz davor, dem Mann sein Beileid auszusprechen. Rimini! Das war ja fast noch schlimmer als eine Weltreise!

»Wo waren Sie vorgestern Nacht, Herr Sonnwieser?«

Der Bauer starrte nur stumm vor sich hin.

»Waren Sie beim Konzert?«

Er schüttelte den Kopf. »Ich gehe nicht in den Berg. Ich war da nie drin.«

»Aber Sie haben nicht geschlafen. Sie konnten nicht schlafen. Sie und zwei Ihrer Männer fuhren zur Fabrik, beschmierten die Hallenwand und einige der Steine mit Marillen. Mit den Früchten, die ein paar Tage zuvor vergiftet worden sind. Von Hinterpichler wohl. Glauben Sie, dass er es war?«

»Ich weiß es, aber ich kann es nicht beweisen.«

»Auge um Auge …«, sagte Grauner.

Der Mann versuchte sich an einem Lächeln, es gelang ihm nicht.

»Sie waren gestern Nacht in der Fabrik? War einer der Männer, der bei Ihnen war, Norbert Weissensteiner? Wir wissen, dass der Mann der Toten Hinterpichler angezeigt hat.«

Sonnwieser sah ihn überrascht an.

»War Weissensteiner dabei?«

»Der Norbert hat seine Methoden. Ich habe meine.«

»Was meinen Sie damit?«

Der Bauer schwieg.

»Kannten Sie Annabel Reiterer?«

»Persönlich? Nein.«

»Sie hatten nie mit ihr zu tun? Sie …«

Der Mann drehte sich zu Grauner. »Ich bin kein Mörder, Herr Kommissar.«

»Warum streiten Sie und Hinterpichler?«

»Weil er mich nicht in Ruhe lässt. Weil er nicht akzeptieren will, dass ich meinen Hof und meine Wiesen nicht verkaufe.«

»Er will Ihr Land?«

»Er geht mir damit ständig auf die Nerven. Und den anderen Bauern, die hier nebenan ihre Häuser haben, auch. Er will diesen Hang, die Bauernhäuser, alles. Den ganzen Berg.«

»Warum?«

»Weil er gierig ist. Vielleicht will er die Häuser zu Hotels umbauen. Ich weiß es nicht. Zuzutrauen ist es ihm allemal. Vielleicht ist er aber auch einfach auf die Marillenhänge scharf. Vielleicht will er nicht nur der Marmorkönig sein, sondern auch der Marillenkönig.«

»So wie Sie«, warf Grauner ein.

»Ich weiß, dass sie mich im Dorf so nennen. Ich finde das lächerlich.«

Sie standen auf, liefen die Wiese hoch zur Kiesstraße, Grauner hatte den Panda vor dem alten Gemäuer abgestellt. Das schöne Schindeldach, die dunklen Holzfenster, Jesus am Kreuz, der Gemüsegarten, der schiefe Zaun. Die Katze war verschwunden.

»Es tut mir sehr leid für den Herrn Staatsanwalt, ich wünsche ihm gute Besserung«, sagte der Bauer.

»Dankeschön«, brummte Grauner.

»Er sollte keine Marillen essen, die in irgendeinem Fabrikhof herumliegen.«

»Ja.«

Dann gaben sie sich die Hände, Grauner stieg in seinen Wagen, machte den Motor an, wendete, fuhr davon. Der Kies knirschte unter den Reifen. Als er noch einmal in den Rückspiegel blickte, stand Sonnwieser immer noch regungslos am Straßenrand.

10

Sie hatten am Time Square eine halbe Stunde lang staunend die riesigen leuchtenden Werbetafeln und das bunte Treiben bewundert. In einem Café hatten sie sich in das WLAN eingeloggt und auf Youtube nach Videos der Toten gesucht, waren auf zahlreiche Interviews mit ihr in Südtirol und in Deutschland gestoßen. Dann fanden sie das Promo-Video einer Vernissage in London. *The Circle of Evolution!*

Die Kamera filmte die Besucher, alle waren elegant gekleidet und standen in Grüppchen zusammen. Champagnergläser und Lachshäppchen in den Händen. Schließlich schwenkte sie zu den Objekten der Ausstellung, Reiterers Marmorfiguren, Affenkörper mit Menschenköpfen, schmelzende Handys, telefonierende Affen, eine implodierende Weltkugel.

Annabel Reiterer trug ein mattgelbes, langes Abendkleid, wirkte aufgeregt und glücklich zugleich.

»Mrs. Reiterer«, sagte ein Journalist im Smoking, er hatte einen starken britischen Akzent, »it is so exciting, isn't it? Finally we can celebrate your new exhibition here in Camden, High Street. Tell me: How do you feel?«

Reiterer strahlte. Sie antwortete in beinahe akzentfreiem Englisch. »Marvin, thank you so much for being here today. This is, as you may guess, one of the happiest days in my career so far.«

»You arrived a couple of days ago.«

»That's right, Marvin, together with my husband, Norbert, by the way, where is he?«

Sie schaute an ihrem Gesprächspartner vorbei, die Kamera schwenkte zu den Besuchern der Ausstellung.

»Norbert, my dear, come over here, say hello to our viewers.«

Ein Mann in einem etwas zu weiten dunkelblauen Anzug winkte schüchtern, lächelte verschmitzt.

Tappeiner pausierte das Video. Der Kellner brachte zwei Espressi.

»Also, gebrochenes Englisch ist das nicht«, sagte sie.

»So viel habe ich auch kapiert«, sagte Saltapepe. »Moore und seine Sekretärin haben uns angelogen. Ich nehme an, der Architekt hat sehr wohl mit der Toten gesprochen. Worüber? Und warum die Lüge?«

Tappeiner zog die randvolle Tasse mit der wässrigen schwarzen Flüssigkeit zu sich heran. Sie nahm einen Schluck, verzog das Gesicht. »Das ist kein guter Espresso«, sagte sie.

»Auch das habe ich kapiert, ohne einen Schluck trinken zu müssen«, antwortete der Ispettore, schob seine Tasse von sich weg.

11

Grauner hatte viele schöne Kindheitserinnerungen. Die meisten mit seinem Vater im Stall. Als er ihm beibrachte, wie man die Zitzen der Kühe hielt, wie man drückte, wie man zog, damit die Milch in einem dicken Strahl hervorschoss. Mit ihm auf der Alm, beim Hüten der Kühe, im Heu, wenn sie beide nebeneinanderlagen und den Geräuschen der Nacht lauschten. Dem Rauschen des Windes, dem Knacken des Holzes, den dumpfen Rufen eines Uhus. Frühmorgens, wenn es noch dunkel war, brachen sie auf, die eisige Luft kroch ihnen in die Kragen und rötete ihre Wangen. Als sie den Gipfel erreichten, holten sie die Speckbrote, die ihnen Mutter tags zuvor zubereitet hatte, aus den Rucksäcken. Nichts schmeckte besser als ein Speckbrot mit Gurke, am späten Vormittag mit Vater auf einem Gipfel.

Schulerinnerungen? Hatte Grauner kaum. Er wusste nicht, warum, er hatte als Knirps so viel Zeit in Klassenräumen verbracht, mindestens so viel wie im Stall. Alles wie gelöscht. Vielleicht weil ihm in der Schule immer wahnsinnig langweilig war, sodass er sich mit offenen Augen weggeträumt hatte, auf die Alm, in den Stall, auf einen Gipfel.

Er vermisste seine Kindheit nicht, er wollte nicht jünger sein, keinen Tag. Er wollte, dass Alba sich wieder mit ihm versöhnte. Hätte er noch einen Wunsch frei, wäre er gern noch ein paar Jahre lang genauso alt wie jetzt. Er fürchtete sich nicht vor dem Älterwerden. Nur davor, irgendwann vor sich hinzusiechen.

Grauner schüttelte den Gedanken ab. Die Kinder von Laas liefen um ihn herum, einem Ball hinterher. Heute fanden Proben für das Musical statt.

Die Kinder schrien. Der Commissario hatte nichts gegen Kinder. Aber Kühe waren ihm doch lieber. Die schrien nicht. Und spielten nicht Fußball. Er entdeckte eine Marmorbank, auf der zwei junge Frauen saßen. Vermutlich waren es Studentinnen, die das Musicalprojekt betreuten. Sie rauchten. Weiter links, unter einem Fenster, an dessen Scheiben Papiersonnen und Papiermonde klebten, saß Weissensteiner. Alleine. Er starrte vor sich hin.

Erst als sich der Schatten des Commissarios auf den Mann legte, hob er den Kopf. Blinzelte.

»Wir haben Sie zuerst in Ihrem Haus gesucht«, sagte Grauner, »wir dachten, Sie sind krankgeschrieben.«

Der Mann blinzelte. »Bin ich auch. Aber ich habe es da nicht ausgehalten. Also bin ich doch hergekommen. Auch wenn mir die anderen gesagt haben, ich solle lieber nicht kommen.«

»Warum?«, fragte der Commissario und glaubte, die Antwort zu kennen.

Der Mann verzog die Lippen zu einem Lächeln, das nicht recht gelingen wollte. »Weil sich einige Eltern gemeldet haben. Die wollen nicht, dass ich die Kinder weiter betreue, solange … solange der Mord nicht aufgeklärt ist. Weil sie wohl denken, ich wäre es gewesen. Doch die können mich nicht zwingen, zu Hause zu bleiben. Ich bin kein Mörder. Einige Eltern haben ihre Kinder wieder mitgenommen, als sie mich gesehen haben. Pah!«

Sein Blick verfinsterte sich. »Warum sind *Sie* hier? Warum haben Sie mich gesucht? Hat der Sebastian gestanden?«

Kopfschüttelnd antwortete Grauner: »Wir müssen uns noch einmal unterhalten.«

»Gut«, antwortete der Witwer.

»Hier?«

»Ja«, sagte er. »Die Pause ist gleich zu Ende. Die anderen können ohne mich weitermachen.«

Als hätte sie ihn gehört, klatschte eine der Studentinnen in die Hände und rief nach den Kindern, die andere drückte ihre Zigarette aus. Kurz darauf lag der Schulhof still vor ihnen, ein Spatz hüpfte auf dem sandigen Boden umher, zwei weitere landeten neben ihm. Sie hatten wohl in den umliegenden Kastanienbäumen gewartet, bis die Luft rein war. Nun suchten sie nach Brotkrümeln.

»Herr Weissensteiner, einer unserer Männer ist in New York. Er hat sich mit dem Architekten Sean Moore getroffen.«

»Der Arme«, entfuhr es dem Lehrer.

»Sie kennen Moore – und sind nicht gut auf ihn zu sprechen.« Grauner formulierte den Satz bewusst nicht als Frage.

»Pah!«, machte Weissensteiner wieder, stocherte mit der Schuhspitze im Sand herum.

»Ihre Frau hatte vor Jahren ein Verhältnis mit ihm.«

Weissensteiner sagte eine Weile nichts. Schließlich: »Das ist sehr lange her. Es war ein Ausrutscher. Ich habe ihr verziehen. Es zumindest versucht. Aber vergessen … Das ist natürlich schwer. Das verstehen Sie doch, oder?«

Grauner nickte. Ja, er verstand das.

»Aber ich habe sie geliebt. Und ich weiß, dass sie mich geliebt hat. Herr Kommissar, ich habe nicht eine Sekunde meines Lebens daran gedacht, sie umzubringen. Bitte glauben Sie mir das!«

»Ihre Ehe war kinderlos. Darf ich die Gründe erfahren?« Grauner setzte sich neben ihn, lehnte sich zurück.

»Annabel wollte keine Kinder«, sagte Weissensteiner schmallippig.

»Warum?«

»Weil es sich mit Kindern nicht so leicht von Vernissage zu Vernissage jetten lässt, nehme ich an.« Es klang verbittert.

»Und Sie?«, drängte der Commissario.

»Was?«

»Wollten Sie welche?«

»Ich habe Annabels Entscheidung akzeptiert. Was sollte ich tun? Ich habe jeden Tag die Schüler um mich. Die kleinen und größeren Engelchen und Teufelchen. Das gibt mir etwas Frieden.«

»Es heißt, manche der Kinder hätten Angst vor Ihnen.«

»Wer sagt das?«

Grauner schmunzelte.

»Angst, warum?«

»Weil Sie beängstigend lange schweigen können.«

Nun schmunzelte auch Weissensteiner.

»Kinder können beängstigend lange schreien. Schweigen irritiert sie. Aber Angst …« Er schloss die Augen, schien kurz nachzudenken. »Angst haben eher die Eltern als die Kinder. So ist es eigentlich immer.«

Die Spatzen näherten sich hüpfend der Bank, auf der sie saßen.

»Es heißt, Sie seien eine Nervensäge.«

Nun lachte der Lehrer. »Das wird wohl so sein, meine Frau sagt … sagte es auch immer.«

Grauner hörte auf zu lächeln und drehte sich zu ihm hin. »Es heißt, Sie würden ständig Anzeige erstatten, Sie laufen schnell zu den Carabinieri.«

Weissensteiner zog die Augenbrauen hoch. »Einer muss für Ordnung sorgen, wenn es der Bürgermeister schon nicht macht. Einer muss schimpfen, wenn es der Pfarrer schon nicht macht.«

»Sie haben auch Sean Moore angezeigt.«

Weissensteiner nickte.

»Arbeitete Moore mit Ihrer Frau zusammen – auch nach der Affäre?«

Wieder nickte er.

»Schanzte er ihr über die Jahre immer wieder Aufträge zu?«

»Ja, ja, verdammt!«

Endlich, dachte sich Grauner, begann da etwas zu bröckeln. Er hörte es auch an seiner Stimme, die nun ein wenig zitterte.

»Sie verachten ihn. Weil er das tat. Weil da vielleicht immer noch, nach all den Jahren, etwas war zwischen den beiden. Irgendetwas. Eine Verbindung. Ein …«

»Dass mich dieser Gedanke verrückt gemacht hat, ist auch sehr lange her, Herr Kommissar.«

»Haben Sie und Ihre Frau gestritten wegen dieser Aufträge?«

»Auch.«

Er malte mit der Schuhspitze einen Kreis in den Sandboden. Grauner versuchte, nicht an Alba zu denken, nicht jetzt.

»Warum haben Sie Moore angezeigt? Sprechen Sie!«

Der Mann richtete sich auf. »Es war vor etwa zwei Jahren. Moore hatte Annabel einen größeren Auftrag versprochen. Eine internationale Luxushotelgruppe hat ein neues Hotel in St. Kassian, im Gadertal, geplant. Sie sollte für den

Eingangsbereich ein riesiges Relief anfertigen. Mit Marmor aus Laas. Es sollte Gestalten aus der Südtiroler Sagenwelt zeigen. Annabel sagte zu, verschob dafür viele andere Aufträge.«

»Aber?«, drängte Grauner.

»Der Marmor wurde nie geliefert. Das Hotel steht mittlerweile. In der Lobby hängen Bilder eines New Yorker Fotografen.«

»Eine ungute Sache, die Auftraggeber wollten lieber Fotos als Marmor …«

»Tja, das dachte ich zuerst auch – und Annabel sagte, ich solle mich nicht in ihre Angelegenheiten einmischen.«

»Das hat Sie nicht davon abgehalten, es zu tun.«

»Wenn ich spüre, dass irgendwo was faul ist, kann ich keine Ruhe geben. Dann muss ich schnüffeln.«

»Also schnüffelten Sie.«

Der Mann nickte.

»Sie fanden heraus, dass Moore Aufträge zugeschanzt bekam, die ihm nicht zustanden.«

Weissensteiner stampfte auf. Die Spatzen schreckten auf, flogen ein paar Meter weiter weg, pickten dort weiter.

»Ja. Aber … Das war nicht alles. Ich habe einen Verdacht.«

»Welchen?«

»Dass nicht Moore daran schuld war, dass der Reliefauftrag nicht zustande kam.«

»Sondern?«

»Sondern Hinterpichler, dieser gierige Möchtegern-Gordon-Gekko, der sich im Dorf als guter Samariter inszeniert.«

»Für den Sie als junger Mann gearbeitet haben.«

Weissensteiner nickte beschämt. »Weil ich ein Trottel war. Ich habe nur das Geld gesehen und nicht verstanden, dass einer, der junge Männer ohne Ausbildung, ohne entsprechende Lizenz und ohne Versicherung mit Kränen hantieren lässt, kein guter Mensch sein kann.«

»Ihr Verdacht … sprechen Sie!«

»Wenn man recherchiert, stellt man fest, dass sich in den vergangenen zwei Jahren einige von Moores Projekten verzögert haben. Nun ist das nicht unüblich bei solchen Riesenaufträgen. Auffällig ist aber, dass für all diese verzögerten Projekte Marmor aus Laas bestellt worden war. Andere Projekte, für die er keinen Marmor gebraucht hat, wurden mehr oder weniger fristgerecht fertiggestellt.«

»Was glauben Sie …«

Achselzucken.

»Sie suchten nach Gründen?«

Der Mann kaute auf seinen Lippen herum, schien zu überlegen, ob er sprechen sollte oder nicht.

»Was, Weissensteiner, vermuten Sie?«

Er schüttelte den Kopf. »Vermuten kann man viel, auch absurdes Zeug. Es braucht Beweise, nicht, Herr Kommissar?«

Grauner nickte. »Der Marillenbauer, Sonnwieser, weiß der mehr?«

Der Mann starrte den Commissario mit großen Augen an. Grauner holte erneut sein Handy hervor und suchte nach den zwei Fotos, die er am Vormittag vom Inhalt des anonymen Briefes gemacht hatte. Die Zeichnung des Berges mit dem dunklen Fleck darauf, das Standbild, das den Lkw an der Fabrikeinfahrt zeigte. Er hielt Weissensteiner das Handy hin, scrollte von einem Bild zum anderen.

»Woher haben Sie das?«, fragte der Lehrer überrascht.

Der Commissario kniff die Augen zusammen.

»Dieser dunkle Fleck … ist das …«

»Ich stelle die Fragen!«

Weissensteiner senkte den Kopf. Die Schuhe des Lehrers waren voller Sand.

»Haben Sie mir das zugeschickt?«

Kopfschütteln.

»Diese Zeichnung? Haben Sie die schon einmal gesehen?«

Die meisten Spatzen waren verschwunden. Zwei spähten noch neugierig von einem Ast auf sie herab. Aus dem Inneren der Schule war Klaviergeklimper zu hören. *Eine kleine Nachtmusik* von Mozart. Dazu Kindergesang.

»Meine kleine Marille, wie schmeckst du gut, meine kleine Marillenfrucht, dein orangefarbenes Blut …«

Grauner stand auf, wieder legte sich sein Schatten auf den Witwer. »Sie verschweigen mir etwas, Weissensteiner, ich glaube, es wäre besser, Sie würden sprechen«, sagte er, drehte sich um, er machte einen ersten Schritt, der Sand knirschte unter seinen Sohlen.

»Ich habe mich …«

Der Commissario drehte sich geschwind wieder um.

Weissensteiner zeigte nach Süden, auf den Wald, auf die weiße Zickzackspur, die zum Bruch führte, »… immer schon für die Geschichte dieses Dorfes interessiert.«

Grauner näherte sich dem Mann wieder.

»Und für die Geschichte des Berges, ohne den das Dorf ein ganz anderes wäre. Ich habe vor einigen Jahren alte Unterlagen im Bibliotheksarchiv der Schule gefunden. Unten im Keller. Sie sind aus dem 14. Jahrhundert. Alte

Karten des Berges, auf denen die Stellen markiert worden sind, wo tief im Gestein weitere Marmoradern vermutet werden. Vor allem am Osthang. Da …«

»Da, wo die Sonnwiesers und andere Marillenbauern ihre Höfe und Wiesen haben.«

»Ja, da oben im Wald soll es Höhlen und unterirdische Gänge geben, die zu den Marmoradern führen.«

Grauner brummte. Weissensteiner stand auf, ging auf ihn zu. Mozart verstummte. Der Lehrer packte den Ermittler beim Kragen. Der ließ es geschehen.

»Hinterpichler will mehr. Immer mehr. Aber vielleicht will der Berg nicht mehr. Zumindest nicht da, wo er ihn aushöhlt. Und Sonnwieser will ihm seinen Grund nicht verkaufen.«

»Diese Unterlagen …«

»Sind weg. Sie sind irgendwann, vor einigen Jahren schon, aus der Schule verschwunden.«

»Wer hat sie?«

Weissensteiner zuckte mit den Achseln.

»Haben Sie Kopien?«

»Ich hatte welche. Die sind nun auch weg.«

»*Nun?*«, fragte Grauner, »Wie *nun?* Wann *nun?*«

Der Lehrer drehte sich um. »Seit vorgestern Nacht.«

»Ist diese Abbildung«, Grauner zeigte auf sein Handy, »eine Ihrer Kopien?«

Leichtes Nicken. »Die Zeichnung vom Berg, ja. Dieses Foto mit dem Lkw sehe ich zum ersten Mal.« Weissensteiner ging in Richtung des Schulhauses. »Ich bin nur eine Nervensäge. Ohne Beweise.« Er verschwand in der Tür. Zwei Spatzen hüpften auf der Marmorbank umher.

12

An den Wänden der Zaha-Hadid-Ausstellung im *Guggenheim* hingen zahllose Fotografien, auf weißen Sockeln standen winzige Nachbauten der Gebäude, die sie entworfen hatte. Terrassenförmige Hochhäuser, ein Feuerwehrhaus mit schrägen, spitz zulaufenden Betonwänden, schwerelos wirkende futuristische Betonklötze. Auch Alltagsgegenstände wurden hier ausgestellt: eine Sitzbank aus Aluminium, deformiertes Tischbesteck. Eine Konzertbühne für die *Pet Shop Boys* gefiel Saltapepe und Tappeiner am besten.

Nachdem sie eine Stunde durch die Säle spaziert waren, nahmen sie erneut die U-Bahn, liefen alsbald Hand in Hand die Lafayette Street entlang. Saltapepe hatte Silvia erklärt, dass sie einen Jugendfreund aus Neapel treffen würden, der schon lange in New York lebe. Der kenne sich in Manhattan aus und könne sich ein wenig für sie umhören. Wenn Moore etwas zu verbergen habe, wenn der Dreck am Stecken habe, dann könne es gut sein, dass Gianni etwas davon wisse.

Es war Tappeiner, als träten sie von einer Filmkulisse in die nächste. Die Straße war aus Kopfsteinpflaster, die Häuser aus Backstein, zwischen den Gebäuden hingen Wimpel in den Farben der italienischen Trikolore. In den Schaufenstern, auf denen in goldenen, geschwungenen Lettern italienische Namen standen, waren Lebensmittelkonserven gestapelt. Nudelpackungen, Olivenölflaschen. Es roch nach erhitztem Knoblauch. Von irgendwoher war eine Mandoline zu hören.

Tappeiner sah, dass Saltapepe lächelte.

»Da ist es«, sagte er.

Als sie eintraten, sprang ein kräftiger Typ an der Theke sofort auf, schob die Espressotasse beiseite und kam mit ausgebreiteten Armen auf sie zu. Die Holzdielen krachten.

»Claudio«, sagte der Mann.

»Gianni«, sagte Saltapepe.

Ihre Brustkörbe klatschten aneinander, sie hauten einander dreimal fest auf die Schulter, dann traten sie einen Schritt zurück, hielten sich jedoch weiter an den Armen fest.

»Ma come ce riesci, wie machst du das nur?«, fragte Saltapepe, »seje ancora cchiù brutte e na vota. Du bist noch hässlicher geworden, als du eh schon warst.«

Er sagte es in breitestem Neapolitanisch. Tappeiner verstand ihn kaum.

Der Ispettore grinste. Sein Gegenüber ebenso.

»E chesta ca fa cca no comme te? Und was will die mit einem wie dir?«, der Mann zeigte auf sie und zwinkerte ihr liebevoll zu. »Si è meritata coccose e meglio o sbaglio. Die hat doch etwas Besseres verdient, oder?«

Gianni Esposito ließ Saltapepe los, griff nach ihrer Hand, drückte ihr Küsschen links und rechts auf die Wangen. Dann legte er den Arm um sie, zog sie mit sich mit.

»Cara«, fuhr er fort, »komm, setz dich! Claudio, vieni! Vi faccio assaggiare la pasta con i friarielli più buoni di Manhattan. Di New York! Ti tutta l'America! I più buoni fuori dalla Campagna. Kommt, kostet die besten Nudeln mit wildem Brokkoli von Manhattan! Von New York. Von

Amerika. Die besten, die ihr außerhalb von Kampanien bekommt.«

Okay, wir essen also Pasta con i Friarielli, dachte Tappeiner, während der Koch an sie herantrat, ein dicker Mann, dreckige weiße Schürze, grauer Schnauzbart, Block und Bleistift in der rechten Hand. Okay, dann bestellen wir jetzt noch etwas Wein und Wasser und dann warten wir aufs Essen.

Sie hätte es besser wissen müssen. Nun ging das Schauspiel erst so richtig los. Die Aushandlung der Bestellung war eine gestenreiche, enthusiastisch ausgeführte Performance, die es mit jedem Broadwaystück hätte aufnehmen können.

Erst erkundigte sich der Koch, woher die beiden Gäste denn stammten. Als Gianni ihm sagte, Saltapepe sei aus den Quartieri Spagnoli, nickte der Dicke anerkennend. Als er ihm sagte, Tappeiner sei aus dem Norden, Sudtirolo, irgendwo da oben, zwischen Venedig, Slowenien und der Schweiz, bei den Gletschern in der Nähe des Matterhorns, verfinsterte sich das Gesicht des Mannes. Tappeiner meinte, Mitleid in seinem Blick zu erkennen.

»Was machst du uns heute Schönes?«, fragte Gianni schließlich.

»Ich mache euch einen guten Branzino mit ein paar Kartoffeln, Gemüse, Bohnen, Melanzane, Paprika. Vorab eine Suppe, ihr mögt doch Suppe, oder?«

Sie überlegte, ob sie Lust auf Suppe hatte, doch da sprach der Koch schon weiter.

»Eine Tomatensuppe, ein bisschen Basilikum. Olivenöl aus der Heimat. Einen kleinen Fritto Misto auch, nicht? Ich mache euch drei kleine Portionen?«

»Magst du Fritto Misto, Cara?«, fragte Gianni Esposito in Tappeiners Richtung. Ohne ihre Antwort abzuwarten, drehte er sich zu Saltapepe. »Hast du Lust auf Branzino? Nein, unser Poliziotto hat richtig Hunger, das sehe ich. Der ist ganz abgemagert. Der isst seit Jahren nur Canederli, der Arme. Es gibt gute Steaks hier, Claudio, ich meine, nicht so gut wie die von Antonios Macelleria in der Via Montecalvario, das nicht. Aber gut. Sehr gut. Die besten in Manhattan, ach was, die besten außerhalb von Kampanien! Nicht wahr?«

Er schaute wieder zum Koch. Der nickte.

»Mach uns ein paar Steaks, blutig. Du magst sie doch blutig, Silvia, oder?«

Wenn Silvia etwas nicht mochte, dann waren es blutige Steaks.

»Dann mache ich euch drei kleine Portionen Branzino, dann die Steaks«, entschied der Koch.

»Den Fritto Misto lassen wir weg? Oder? Die Leute aus den Bergen«, Gianni zeigte auf Tappeiner und drehte sich mit hochgezogenen Augenbrauen zu Saltapepe, »mögen das nicht, richtig?«

Der Koch verzog den Mund zu einer Schnute, nickte dann knapp.

Tappeiner fragte sich, ob sie dem Gespräch auch hätte folgen können, ohne ein Wort Italienisch zu verstehen. Sie glaubte schon.

»Wie lange sind deine Freunde denn in New York?«, fragte der Koch Gianni.

»Wie lange seid ihr in Manhattan, Claudio?«, fragte Gianni Saltapepe und haute ihm noch einmal fest auf die Schulter.

»Mah«, sagte der Ispettore, »due giorni al massimo. Zwei Tage, höchstens.«

»Eh, beh, wenn ihr nur so kurz bleibt, Madonna mia, dann mache ich euch gleich heute auch die Pasta con i Friarielli.«

»Va bene, Friarielli, perfetto. Wir würden sehr gerne deine Nudeln mit Friarielli probieren. Aber schön al dente, eh!«

Der Ispettore hatte sie nicht einmal angeschaut, was Tappeiner nun doch ziemlich verärgerte. Wenn dieser Koch und dieser Gianni sie übergingen, dann war ihr das einerlei. Aber ihr Ehemann sollte schon verstehen, dass sie für sich selbst sprechen konnte.

Sie öffnete die dicke Menükarte, die am Rande des Tisches lag, die Plastikseiten klebten aneinander, sie erntete drei böse Blicke, genau das hatte sie erwartet.

»Für mich einmal Spaghetti al Pomodoro.«

Der Koch senkte das Haupt, hob den kleinen Block, begann mit dem Bleistift darauf herumzukritzeln. »Allora, gut, Suppe, Friarielli, ein bisschen Fisch, ein bisschen Fleisch, ein paar Contorni, Patate, Grillgemüse, den Fritto Misto lassen wir weg, sonst wird's zu viel, die Herrschaften sind nicht besonders hungrig. Eine Pasta al Pomodoro für die Signora.«

Während er es sagte, nahm er Tappeiner die Karte aus der Hand. »Vino?«

Gianni nickte.

»Ich bringe euch den Primitivo della Casa, va bene?«

Gianni und Saltapepe nickten.

»Für die Dame auch ein Glas?«

Nun war Tappeiner wirklich wütend. Sie spürte, wie ihr Gesicht heiß wurde. »Haben Sie Fanta?«, fragte sie.

Der Koch verzog keine Miene, notierte den Getränkewunsch. »Bene?«, fragte er dann.

»Bene«, sagten Gianni und Saltapepe gleichzeitig und rieben sich synchron die Hände.

»Wegen der Nachspeise gucken wir später.«

Die beiden nickten.

»Es gibt hier eine Sfogliatella, Claudio, die beste außerhalb von Kampanien«, sagte Gianni Esposito.

Kaum war der Koch weg, drehten sich die beiden Männer verstohlen zueinander, obwohl sich außer ihnen niemand im Lokal befand, dann begannen sie zu flüstern.

Nun, dachte Tappeiner, redeten sie über den Fall, der sie nach New York gebracht hatte. Sie lehnte sich zurück, begutachtete das Lokal. An den Wänden hingen Bilder von Filmstars. Sie erkannte Marcello Mastroianni, Sophia Loren, den Regisseur Francis Ford Coppola, Marlon Brando als Don Corleone, Al Pacino als dessen Sohn Michael, den Boxer Rocky Marciano, Pavarotti am Time Square und im Schnee auf einem Pferd sitzend.

»Nein, wenn die Scheißjuve in der Nachspielzeit diesen Elfer nicht bekommt, dann spielen die gegen Bergamo nur eins zu eins, dann gehen wir ganz anders in das Heimspiel gegen …«

Sie schloss die Augen. Das konnte nicht wahr sein. Wenn sie jetzt nicht über Moore sprachen, dann würden sie hier ewig sitzen. Sie beugte sich nach vorne. »Napoli hätte einfach zu Beginn der Saison nicht so viele Punkte liegen lassen sollen, dann hättet ihr bei den letzten Spielen der Saison so weit vor der Scheißjuve gelegen, dass es sinnlos gewesen wäre, die Schiedsrichter zu schmieren, dann wärt ihr Meister.«

Mit offenen Mündern drehten sich die beiden Männer zu

ihr. Sie hatte keine Ahnung, ob an dem, was sie gerade gesagt hatte, irgendetwas dran war. Sie tat nur Saltapepe zuliebe so, als verfolge sie die Meisterschaft. Sie hatte schon genug damit zu tun, alle Klettereven ts anzuschauen. Aber sie hatte exakt diesen Satz in den vergangenen Jahren schon so oft aus dem Mund des Ispettore gehört, dass sie sich ziemlich sicher war, dass er auch in die jetzige Diskussion passte. »Aber es gibt Wichtigeres zu besprechen«, sagte sie schnell und erzählte diesem Gianni nun, was sie und Saltapepe in den vergangenen vierundzwanzig Stunden erlebt hatten.

»Du warst in jungen Jahren wohl auch bei dieser Mafia-Sondereinheit, nehme ich an?«, fragte sie abschließend.

Nur langsam öffnete und schloss sich Espositos Mund wieder. »Ich, wir, äh, also, bei der Sondereinheit, da war ich … nicht. Wir sind … Claudio und ich. Wir kennen uns aus dem Kindergarten …«

In diesem Moment trat der Koch mit einigen Tellern an den Tisch. Gianni war sichtlich erleichtert.

Sie aßen die Suppe schweigend. Auch den Branzino, das Fleisch. Tappeiner schmeckten ihre Spaghetti mit Tomatensoße ganz vorzüglich. Schließlich wurde die Sfogliatella aufgetischt. Es war das beste Blätterteigdessert, das sie je probiert hatte. Und der Espresso, der danach serviert wurde, war eine Offenbarung. Der Wirt stellte ihnen zuletzt noch drei Limoncelli hin, obwohl Tappeiner den Zitronenschnaps viel zu süß fand, trank sie ihn aus Höflichkeit.

Als sie wieder vor der Tür der Trattoria standen, hatten sich dicke Wolken wie eine Glocke aus Watte auf die Halbinsel gelegt. Es schien nur eine Frage von Minuten zu sein, bis sie platzen würden. Die Menschen von Manhattan liefen noch hastiger durch die Straßen, Tappeiner fragte sich, ob sie das aushalten würde, dieses Tempo, tagein, tagaus.

Gianni küsste sie zum Abschied. Wieder auf beide Wangen. Doch die Verabschiedung fiel weniger herzlich aus als die Begrüßung.

Gianni drehte sich zu Saltapepe, umarmte ihn, ließ ihn schnell wieder los. »Deiner Mutter, Elvira, wie geht es ihr?«, fragte er noch.

»Gut! Alles gut!«, sagte Saltapepe.

Die Knappheit seiner Antwort verwunderte sie. Irgendetwas stimmte da nicht. Schon vor ein paar Monaten war ihr aufgefallen, dass er nicht mehr so oft mit ihr telefonierte. Höchstens einmal pro Woche. Und auch dann nur kurz. Er sprach kaum noch über sie. Dann seine merkwürdige Reaktion am Abend der Hochzeit, als sie nach ihr gefragt hatte. Was war da bloß los?

»Moore. Sean Moore, richtig?«, sagte der Kindergartenfreund und riss Tappeiner aus den Gedanken.

Der Ispettore nickte.

»Ich höre mich um.«

»Danke.«

»Heute Abend, um sieben, wieder hier.«

Gianni Esposito zog den Kragen seiner Jeansjacke hoch und verschwand in einer schmalen Gasse zwischen einem Friseurladen und einem Gemüsestand.

Auch das junge Ehepaar machte sich auf.

»Was war da los, Claudio, warum war die Stimmung am Ende plötzlich so komisch?«

Der Ispettore legte den Arm um sie. Antwortete nicht.

Wortlos liefen sie nebeneinander her, ohne ein Ziel zu haben. Sie ließen das Viertel mit den Trikolorenfähnchen hinter sich, kamen zu einer vierspurigen Straße, ganz weit hinten sahen sie die spinnennetzartige Stahlkonstruktion einer Brücke, es musste die Williamsburg-Bridge sein. Die Ampel schaltete auf Grün, sie überquerten die Fahrbahn. Als sie in eine der Seitenstraßen bogen, fanden sie sich erneut in einer Filmkulisse wieder.

Menschen mit asiatischen Gesichtszügen hasteten an ihnen vorbei. Manche trugen lange, mit Ornamenten verzierte Kleider und Sandalen, andere eng geschnittene Anzüge und Aktenkoffer. Ein Sprachenwirrwarr aus Mandarin und Englisch umgab sie. Es roch nach Bratenfett und süßem Tabak. In manchen Schaufenstern türmten sich orientalische Gewürze in knalligen Farben. In anderen drehten sich gerupfte Hühnchen über dem Feuer. An den Geschäften und Restaurants waren chinesische Schriftzeichen angebracht, viele der Türen und Fenster waren mit rot-goldenen Schnitzereien verziert. Über ihnen spannten sich lange Leinen mit roten Lampions. Silvia fiel auf, dass Saltapepe sich immer wieder umdrehte, hinter sich blickte. Warum war er nur so nervös?

»In meiner Kindheit war Gianni mein bester Freund«, sagte Saltapepe plötzlich, »später haben wir uns beide an der Polizeischule beworben.«

Ein Mann hatte einen langen Holzstab geschultert, an dessen Enden Käfige baumelten. Hinter den Gittern flatterten Hähne auf und ab.

»Er hat es nicht geschafft. Also hat er in den Quartieri begonnen für seinen Onkel zu arbeiten.«

Tappeiner warf ihm einen schnellen Blick zu, er kniff die Lippen zusammen.

»Er hat versucht, sich rauszuhalten, am Anfang. Aber das geht nicht. Das weiß jeder in Neapel. Wir waren gerade volljährig geworden, da musste er ins Gefängnis. Er soll an einer bewaffneten Auseinandersetzung zweier Clans unten am Hafen beteiligt gewesen sein. Ein halbes Jahr in *Poggioreale*. Wenn du es vorher noch nicht bist, dann wirst du es da drin. Ein Krimineller! Gianni ging als guter Junge da rein, kam als Mafioso heraus.«

Ein Mann mit einem runden Strohhut zog einen Karren an ihnen vorbei, der mit alten, kaputten Elektrogeräten beladen war. Fernseher, Radios, ein Plattenspieler, ein Mixer, mehrere Antennen. Und ein gackerndes Huhn.

»Wir haben uns in den Jahren darauf noch manchmal getroffen. Zuletzt kurz bevor ich zur Sondereinheit kam. Ich hatte keine Ahnung, wie tief er drinsteckte. Wir vermieden das Thema, sprachen nur über früher. Über unsere Schülerstreiche. Wir waren acht, höchstens neun Jahre alt. Wir waren im Bananenbusiness ...«

»Im ... was?«, fragte Tappeiner.

»Wir klauten Bananen beim Gemüsehändler um die Ecke. Der eine verwickelte den Händler in ein Gespräch über die Aufstellung der Mannschaft beim letzten Heimspiel. Der andere steckte sich die Bananen unter die Jacke. Wir trugen selbst im Sommer Jacken, auch wenn wir darin wie Schweine schwitzten.«

Saltapepe lachte schelmisch. Er schien das bunte Treiben um sie herum gar nicht wahrzunehmen.

»Wir klauten immer nur so viele, dass der Händler nichts bemerkte. In der großen Pause verkauften wir die Bananen auf dem Schulhof. Fünf Centesimi das Stück. So hatten wir in einer Woche meistens knapp zwei Lire beisammen.

In einem Monat vierzig. Davon kauften wir uns gezuckerte Mandeln unten an der Piazza del Plebiscito. Wir waren glücklich damals, Silvia.«

Er blieb stehen, nahm ihre Hände, küsste sie. Sie spürte, wie ein erster Regentropfen ihre Nase traf.

»Wir waren knapp zwanzig, als der Boss des *Forcella*-Viertels eines Morgens in einer Mülltonne voller Fischreste gefunden wurde. Sofort wurde der Clan, dem auch Giannis Onkel angehörte, verdächtigt, ihn abgemurkst zu haben. Der Onkel kam ins Gefängnis. Gianni und einige andere verschwanden. Erst dachte ich, er hätte sich im Hinterland versteckt. Nach ein, zwei Jahren glaubte ich, er wäre tot. Sie hätten ihn erwischt. Seine Leiche an die Schweine verfüttert.«

»Und dann?«

»Nach drei Jahren erhielt ich eine Postkarte aus Manhattan. Die Freiheitsstatue darauf. Grinsend. Mit einem Auge zwinkernd. Typisch Gianni! Bald schrieben wir uns SMS hin und her. Er erzählte mir, dass es ihm gut gehe, dass er jetzt in Newark, New Jersey, lebe. Dass er bei einem Cousin zweiten Grades untergekommen sei.«

»Arbeitet er für die hiesige Camorra?«

Der Ispettore atmete tief ein. »Wir reden hauptsächlich über Fußball.«

»Was glaubst du?«

»Auch wenn du versuchst rauszukommen, sie ziehen dich immer wieder rein.«

Tappeiners Gesicht verfinsterte sich. »Claudio, du verheimlichst mir, dass dein Freund ein Mitglied des Mobs ist. Dass wir einen Mafioso um Rat fragen, sag mal, spinnst du?«

»Ich habe vor ein paar Jahren erfahren, dass Gianni ab und an mit dem FBI zusammengearbeitet haben soll …«

Sie packte ihn an der Jacke. »Claudio! Ein Mafioso!«

»Tsss«, er runzelte die Stirn, »naive, kleine Silvia. Dein ehrenhafter Polizistinnenkodex mag in Südtirol gut sein, wo ein Bauer einen anderen mit der Mistgabel ersticht. In Neapel und in New York sind andere Mächte am Hebel. Unser Auftrag lautet, Informationen über jemanden einzuholen. Herauszufinden, ob dieser Jemand Dreck am Stecken hat. Das geht nur, wenn du bei denen nachfragst, die noch mehr Dreck am Stecken haben. So einfach ist das. Gianni Esposito ist mein Jugendfreund, mehr nicht. Das ist ein Spiel. Das musst du spielen. Ist er ein Mafioso? Vielleicht, ich weiß es nicht, ich weiß nur, dass er der Einzige ist, den ich hier kenne, der von den Verwicklungen der italienischen Mafiosi in hiesige Bauprojekte weiß. Der wissen könnte, ob auch Sean Moore da drinsteckt. Gianni ist jemand, der sich für uns umhören kann. In Manhattan, drüben in New Jersey. Wir holen Informationen ein, nicht mehr, nicht weniger.«

Vom Himmel platschte es nun plötzlich wie aus Kübeln auf sie herab. Sie huschten in eine Gasse. Ein Neonlicht schimmerte über einer Tür. *House of Mirrors* stand darauf. Sie drückten sich in den Hauseingang, doch es half nichts, das Wasser schien ihnen aus allen Richtungen entgegenzuspritzen.

»Ein Spiegelkabinett«, sagte Tappeiner und zog Saltapepe mit sich, sie gaben dem Kassierer, der gelangweilt hinter einer Theke saß, ein paar Dollarscheine, dann schlugen sie den roten Samtvorhang zur Seite und traten ein.

13

Grauner hatte den Panda vor dem Eingangstor des Fabrikgeländes geparkt, war an den Marmorblöcken vorbei in Richtung der Halle gegangen. Die Kräne über ihm ließen große Steinquader hin- und herschwingen, sie hingen an dünnen Stahlseilen.

Ja, kein schlechter Tod, dachte er sich wieder, immerhin war es schnell vorbei. Alba würde an seinem Sarg weinen, ganz bestimmt. Grauner stoppte abrupt. Kniff sich mit Daumen und Zeigefinger in die Handinnenseiten. Was waren das für Gedanken. Grauner! Weg damit. Porcozoschttriga, zentusstiga, zazoschttrigga. Putannziganziga, zischtlottriga! Zinzouniga. Zalloschrtigga.

Die Sonne war im Westen bis zu den Bergspitzen hinabgerutscht, sie leuchteten golden. In Kürze würde sie dahinter verschwinden, ein Schatten hatte sich bereits über das Tal gelegt. In der Halle dröhnten laut die Maschinen, einige Arbeiter eilten an Grauner vorbei. Bald war Feierabend.

Auf den Marmorblöcken, die beschmiert worden waren, waren immer noch dunkle Flecken zu sehen. Der Schriftzug an der Wand war noch zu erkennen. *Gieriges Schwein.*

Es gab zwei Albträume, die den Commissario immer wieder ereilten. Der eine war schrecklich, auch wenn er sich recht harmlos anhörte: Plötzlich stand der Direktor der Oberschule vor seiner Tür, sagte ihm, man habe damals vor dreißig Jahren leider einen Fehler gemacht, man habe vergessen, ihn bei der Maturaprüfung auch in Mathematik abzufragen, das müsse nun leider, er verstehe, dass das jetzt unangenehm sei, nachgeholt werden. Grauner wachte stets schweißgebadet auf.

Der zweite Traum war schlimmer, viel schlimmer. Grauner irrte im Wald umher, er hatte gerade jemanden ermordet, das wusste er, aber nicht, wen und warum. Panisch kämpfte er sich voran. Auch im Traum war er Commissario, er hatte so viele Morde aufgeklärt, dass er sicher war, morden zu können, ohne erwischt zu werden. Aber darum ging es nicht. Es war ihm egal, ob er erwischt wurde oder nicht. Er wusste, er hatte etwas Schreckliches, Unumkehrbares getan, etwas, das ihn nie wieder loslassen würde. Er würde ein Mörder sein. Für immer.

Der Commissario musterte die Tür, die zu den Büroräumen führte. Über das Loch im Glas hatte jemand eine Folie geklebt, sie flatterte im Abendwind.

Der Commissario klingelte, doch niemand öffnete. Er drückte gegen die Tür, doch sie gab nicht nach. Als ein Arbeiter vorbeilief, winkte er ihn zu sich.

»Der Chef, Hinterpichler, ist der da?«

»Ich glaube nicht«, antwortete der Mann, in dessen Haaren eine Sonnenbrille steckte und Marmorstaub klebte. »Der ist in Abu Dhabi. Oder war's Moskau? So genau weiß ich das bei dem nie.«

»Wer weiß es denn genau? Ist jemand oben im Büro? Die Sekretärin? Lisa Prader?«

Der Mann konsultierte die Uhr. Grauner tat es ihm gleich, es war kurz vor sieben.

»Doch, die Lisa müsste noch da sein. Oder ist heute Donnerstag?«

»Heute ist Freitag.«

»Donnerstags hat die Prader nämlich Yoga. Aber wenn heute Freitag ist, ja, dann ist sie sicher da.«

»Ich habe geklingelt, niemand hat geöffnet.«

»Also hat sie vielleicht doch freitags Yoga. Jedenfalls kann ich Ihnen nicht weiterhelfen. Wir Arbeiter dürfen da nicht hoch.« Er zeigte zum Fenster. »Noch was? Wenn nicht, dann müsste ich nämlich weiter.«

Grauner schüttelte den Kopf.

»Ich habe nämlich in zwei Minuten Urlaub. Malle. Zwei Wochen.«

Grauner schaute den Mann erst mitleidig an, dann fiel ihm etwas ein, was der Firmenchef, Hans Hinterpichler, gesagt hatte. »Urlaub? Ich dachte, es gibt einen Urlaubsstopp?«

Der Mann zog die Augenbrauen hoch. »Wer sagt das?«

»Die Auftragslage erlaube es nicht, sagte der Hinterpichler mir. Urlaubsstopp bis Jahresende, dafür gebe es einen dicken Bonus.«

Sein Gegenüber starrte ihn entgeistert an, dann haute er sich auf die Schenkel. »Der war gut.« Er lachte aus vollem Hals. »Na dann«, sagte er schließlich, drehte ab und machte sich Richtung Eingangstor davon.

Der Commissario blieb etwas ratlos zurück. Erneut klingelte er. Wartete. Nichts. Nachdenklich musterte er die Tür, die flatternde Folie, hob sie an, betrachtete das Loch im Glas dahinter. Soweit er sich erinnern konnte, hatte er während seiner Ermittlungen nie gegen das Gesetz verstoßen. Manchmal war er in Versuchung gekommen, wenn ihm alles sinnlos erschienen war. Wenn er den Bösen zwar auf die Schliche gekommen war, sie trotzdem über die Guten gesiegt hatten. Weil sie sich nicht an Regeln halten mussten. Die Guten schon.

Behutsam betastete er das Klebeband. Er musste es nicht mal weiter aufreißen, um die Hand durch das Loch ins

Innere zu stecken, sagte er sich. Öffnete er eine Tür, ohne etwas zu zerstören, brauchte er doch keinen Durchsuchungsbefehl, oder? Er wollte nur schauen, ob jemand da war. Die scharfen Kanten des zerbrochenen Glases stachen in seine Haut, als ob sie ihn tadeln wollten. Da irgendwo musste die Klinke sein, er ertastete sie, drückte sie nach unten, die Tür sprang auf. Er trat ein.

Der Commissario stieg die Treppen im Dunkeln nach oben, lief den Flur entlang bis zu einer Tür, die einen Spaltbreit offen stand. Vorsichtig lugte er hinein. Er sah einen Schreibtisch, der vermutlich der Sektretärin gehörte, dahinter eine weitere Tür. Es war alles ruhig, und doch spürte Grauner, dass er nicht alleine war.

»Hallo«, sagte er in die Stille hinein. Was blieb ihm anderes übrig?

Nichts.

»Ist da jemand? Herr Hinterpichler? Frau Prader?«

Keine Antwort.

Kurz schloss er die Augen. Hörte ein Rauschen. Natürlich, schloss man die Augen, hörte man immer irgendetwas. Still, ganz still, war es nirgendwo. Doch da war noch etwas. Eine Melodie. Ein Bass. Er trat ins Zimmer, drehte sich nach rechts. Dann sah er sie.

Lisa Prader hatte Grauner den Rücken zugewandt. Sie trug ein rosafarbenes T-Shirt, schwarze Leggings, die Haare hatte sie zu einem Pferdeschwanz gebunden. Aus ihrem Kopfhörer drangen gedämpft dunkle Bässe. Hinterpichlers Sekretärin saß barfuß im Schneidersitz auf einer Yogamatte, die Arme in die Höhe gereckt. Vor ihr flackerte eine Kerze. Der Commissario konnte von hinten nicht sehen, ob sie die Augen geschlossen hatte oder das Aquarell vor sich an der Wand bewunderte, das eine weiße Moschee zeigte.

Grauner kannte die Moschee, er hatte das Bild im Internet gesehen, es war ein großes Bauprojekt, bei dem Laaser Marmor verwendet worden war. Sie stand, wenn er sich recht erinnerte, in Saudi-Arabien. Er räusperte sich, keine Reaktion. Vorsichtig schlich er an ihr vorbei. Das Dielenholz knarzte, er drehte sich noch einmal um, die Sekretärin bewegte sich nicht. Hastig stieß er die Tür auf und schlüpfte in das Büro, von dem er vermutete, dass es das von Hinterpichler war. Auf einem Schreibtisch türmten sich Mappen, Zettel. Eine Thermoskanne stand daneben. Ein Marmorkopf, der ihn angrinste. Hinterpichlers Fratze. Ein Computer, der Bildschirm war dunkel.

Er berührte das Mousepad. Der Bildschirm erhellte sich. Keine Passwortsperre. Er fragte sich, während ihm der Schweiß kalt über den Rücken lief, wie er das alles Belli erklären sollte.

Spotify war geöffnet. Eine *Slipknot*-Playlist. Grauner suchte das E-Mail-Postfach, scrollte nach unten. Fand drei Mails von Sean Moore. Und einige andere. Alle aus der vergangenen Woche. Rasch holte er das Handy heraus, machte Fotos. Mit zitternder Hand. Dann richtete er sich auf und besah sich das Durcheinander auf dem Schreibtisch.

Der Marmorkopf, die Thermosflasche. Die Mappen. Die Blätter. Das schienen Rechnungen zu sein, Bestellungen und Lagepläne. Er fotografierte alles, ohne etwas zu berühren. Öffnete die Schreibtischschublade. Stifte. Büroklammern. Eine Schere. Eine grüne Schachtel. Darin Patronenhülsen. Er griff danach, ein paar der Patronen kullerten heraus.

»Herr Kommissar, was machen Sie da?!«

Er schreckte auf. Schob die Schublade zu. Prader starrte ihn mit großen Augen an. Der Kopfhörer hing um ihren Hals.

»Ich, äh …«

»Wie sind Sie …«

»Ich … ich habe geklingelt, die Tür, sie stand … na ja, ich …« Er schluckte. Wurde man in einer Sackgasse gestellt, blieb einem nur eine Option. Angriff.

»Wo ist Hinterpichler?«

»Er, äh …«

»Abu Dhabi? Moskau?«

»Äh, ja, das müsste … Abu Dhabi …«

Grauner schnappte sich die Thermosflasche, öffnete sie, nahm einen Schluck.

»Lauwarm«, flüsterte er.

Prader senkte das Haupt. Sie hatte verstanden, dass er das Spiel gewonnen hatte.

»Wo?«, fragte er.

Sie räusperte sich. »Ich weiß es nicht.«

»Wann ist er weggegangen?«

»Vor zwei Stunden etwa.« Sie biss sich auf die Lippen. Kurz schien es, als wollte sie noch etwas sagen, doch sie schwieg. Als Grauner an ihr vorbeiging, schaute sie kurz auf das Handy in seiner Hand. Der Bass dröhnte aus dem Kopfhörer, er hörte ihn noch leise, als er eilig durch ihr Büro schritt, dann verstummte er, als er die Tür hinter sich zufallen ließ.

14

Spiegel lügen. Immer. Diese Spiegel hier, sie logen erst recht. Es war so schön und lustig, sich von ihnen belügen zu lassen. Der eine zog die Gesichter in die Länge. Saltapepe streckte die Zunge heraus, sie wirkte wie die eines Chamäleons, das nach einer Fliege schnappte.

Sie gingen weiter, wollten sich verirren. Dazu war ein Labyrinth schließlich da. Ein Spiegel vor ihnen, einer hinter ihnen. Tausend Klone reihten sich auf, immer kleiner werdend, in die Unendlichkeit abdriftend. Sie küssten sich. Tappeiner lief voran, erst nach links, dann nach rechts, dann wieder links. Der Ispettore nahm ihre Hand. Spiegel über ihnen, Spiegel unter ihnen. Es schien, als schwebten sie.

Aus unsichtbaren Boxen ertönten orientalische Klänge. Der Duft von Vanille lag in der Luft. Irgendwo weit entfernt waren Stimmen zu hören, Kichern, Kindergeschrei. Saltapepe holte das Handy hervor, sie fotografierten sich. Lachen, küssend, Grimassen schneidend.

»Hier!«, sagte Tappeiner, die schon weitergeeilt war.

Saltapepe stellte sich neben sie, der Spiegel zog ihr Abbild in die Breite. So, dachte er, sähe er also aus, wenn er sich gehen lassen würde. Er war kein Mensch, der sich im Alltag viele strenge Regeln auferlegte, er wäre sowieso nicht fähig, sie einzuhalten. Nur wenn es um seine Linie ging, da war er strikt. Er hatte sich ein paar Routinen angewöhnt: Jeden Tag machte er hundert Liegestütze und hundert Sit-ups. Manchmal gleich nach dem Aufstehen, manchmal heimlich im Büro, wenn sonst niemand da war, manchmal kurz vor dem Schlafengehen. Vor dem Fernseher, wenn Napoli gewann, hundertzwanzig. Wenn Napoli verlor, zweihundert. Mit Wut im Bauch.

Fruchtsäfte trank er keine, was ihm leichtfiel, da sie ihm sowieso nicht schmeckten. Er aß stets langsam. Auch wenn er in Eile war. Damit er nicht weiteraß, wenn der Magen bereits voll war, das Hirn es aber noch nicht registriert hatte. Er hielt seine Figur. Keine Ahnung, ob er sie auch halten würde, würde er das alles nicht mehr machen. Er hütete sich davor, es auszuprobieren.

Tappeiner betrachtete sich lächelnd im Spiegel. Er überlegte, was wäre, wenn sie nicht schlank, sondern … Er schämte sich, dass er überhaupt darüber nachdachte. Nein, es wäre ihm völlig egal. Mit der Hand streichelte sie sich über den dicken Bauch im Spiegel. »Na?«, sagte sie dann neckisch.

»Was? Hä, bist du … Du bist doch nicht …?«

Sie lächelte nur, küsste ihn. Er schloss kurz die Augen, sah Blitze im Dunkeln. Als Kind hatte er geglaubt, dass das die Gedanken waren, die im Hirn hin und her flitzten.

In der Sekunde, in der er die Augen wieder öffnete, sah er es. In den Spiegeln vor ihnen, über ihnen, neben ihnen. Ein verzerrtes Gesicht, über dessen Wange sich eine Narbe zog.

»Rühr dich nicht von der Stelle!«, flüsterte er Tappeiner zu, ließ ihre Hand los. Seine Gedanken rasten. Saltapepe drehte sich um die eigene Achse, lief den schmalen Spiegelweg entlang, den sie gekommen waren, sah weiter vorne, an einer Gabelung, einen Schatten, der Schatten verschwand nach rechts. Saltapepe hörte eilige Schritte, er bog nach links ab, dann noch einmal nach links, zweimal rechts, wieder links, er erreichte eine weitere Kreuzung. Hielt an. Ein paar Meter entfernt stand jemand stumm da, in einem dunkelgrünen Parka, ein Messer in der Hand.

Der Ispettore kniff die Augen zusammen, er versuchte zu begreifen, ob es nur eine Spiegelung war, die er da sah. Der Mann, der ihm den Rücken zugewandt hatte, rührte sich nicht. Er war sich nun sicher, es war eine Reflexion.

Saltapepe schlich näher heran, zählte in Gedanken bis drei, machte einen Sprung, hechtete um die nächste Ecke herum. Die Messingknöpfe seiner Jacke streiften über Glas, es klackerte leise, der Mann fuhr herum und starrte ihn überrascht an, das Messer blitzte auf.

Saltapepe packte ihn am Arm, drückte ihn nach unten, die Finger lösten sich nicht von der Klinge. Mit der freien Hand griff der Fremde in das Gesicht des Ispettore, die Fingernägel zerkratzten ihm Nase und Wangen. Saltapepe boxte ihm in die Milzgegend, stemmte sich fest gegen den Arm, der ihn auf Abstand zu halten versuchte, ging dann einen schnellen Schritt zurück. Der andere taumelte nach vorn, die Hand mit dem Messer flog durch die Luft.

Saltapepe öffnete den Mund und biss dem Mann in die Hand. Ein Schrei, das Messer fiel. Klirren. Er schob es mit dem Fuß beiseite. Erneut versetzte er ihm einen Boxhieb in die Milz. Noch einer. Der Fremde krümmte sich.

»Wer bist du?«, knurrte der Ispettore.

Mit einer Hand griff der Unbekannte wieder nach seinem Gesicht, bekam ein Ohr zu packen, zog daran. Der Ispettore haute die Stirn gegen die des Angreifers. Warmes Blut lief ihm über das Gesicht. Er stöhnte. »Wer hat dich geschickt?«

Der Mann stieß ihm mit dem Knie in den Unterleib.

»Moore? Der Architekt?«

»Son of a bitch!«, zischte sein Gegenüber.

Das verstand sogar der Ispettore. Und er hörte einen Akzent heraus, den er nicht zuordnen konnte. Französisch? Oder Osteuropäisch vielleicht? Italienisch jedenfalls nicht.

Saltapepe sah die Faust nicht rechtzeitig kommen, er taumelte, alles drehte sich, er sah verschwommen. Wie durch Watte vernahm er ein Klirren.

Langsam klarte sich sein Blick wieder auf. Glassplitter lagen auf dem Boden. Der Fremde hatte das Messer aufgehoben. Der Ispettore fasste nach einer großen Glasscherbe, spürte, wie sie ihm ins Fleisch schnitt, er schlug um sich und schrie. Der Mann ließ von ihm ab, verschwand. Erschöpft fiel er nach hinten. Wieder legte sich Dunkelheit um ihn.

Er hatte keine Ahnung, wie lange er ohnmächtig gewesen war. Sekunden? Minuten? Aus der Ferne hörte er ein Rufen.

»Hello?«

Eine fremde Stimme. Er rappelte sich auf, sah sein Gesicht verzerrt im zerbrochenen Spiegel vor ihm. Er wischte sich mit dem Ärmel das Blut von der Wange. Griff sich an den Unterleib. Auch das T-Shirt war voller Blut. Er spürte einen ziehenden Schmerz. Der Mann musste ihn am Bauch verletzt haben.

Mühsam schleppte er sich den Weg zurück. Er gelangte zu der Stelle, wo er Tappeiner zurückgelassen hatte. Sie war nicht da. Wieder ertönte ein Rufen aus der Ferne.

»Hello, is anybody in there?«

Nein, das war nicht die Stimme seines Widersachers.

»Silvia?«, flüsterte er. »Silvia!«

»Hello? Where are you? Hello?«

Eine fremde Männerstimme. Wohl der Mitarbeiter des Spiegelkabinetts. Saltapepe lief zurück zum Eingang. Zweimal verirrte er sich, dann sah er weiter vorne Tageslicht. An der Kasse war niemand, die Tür stand offen, er drehte sich noch einmal um. Rief ein letztes Mal: »Silvia?!«

Nichts. Schließlich trat er nach draußen. Das Licht brannte ihm in den Augen, hinter seiner Stirn pochte es – aber vor allem schmerzte sein Unterleib. Das T-Shirt klebte blutig am Körper, auch die Hose war dunkelrot verschmiert. Er überlegte kurz, was er tun sollte. Die Polizei rufen? Was sollte er ihnen sagen? Würden sie ihm glauben? Würde er sich überhaupt verständlich machen können mit seinen drei Brocken Englisch? Was, wenn der Unbekannte noch da war? Der Mann hatte ein Messer, Saltapepe hatte keins. Der Ispettore lief ein paar Schritte, hastete dann in eine Seitenstraße. Wäre Silvia noch im Spiegelkabinett, hätte sie auf seine Rufe reagiert, er hätte sie auf dem Weg nach draußen gesehen. Er musste zurück ins Hotel. Vielleicht war sie da. Sie war bestimmt da.

Saltapepe betastete seine Hosentaschen. Sie waren leer, sein Handy und sein Portemonnaie waren weg.

»Maledizione«, fluchte er.

15

Grauner waren die Wälder im Frühjahr und im Herbst lieber, wenn sie vom Regen feucht dampften. Nun roch es nach trockenen Tannennadeln. Er schob die weiß bepuderten Zweige beiseite, sie gaben den Blick frei auf den Parkplatz vor dem Bruch, der mit Flatterband abgesperrt war.

Auf das kleine Holzhäuschen. Auf den nicht besonders hohen Zaun, der alles absperrte. Nirgendwo brannte Licht, es war gespenstisch still.

Er erinnerte sich an die Worte Hinterpichlers. Keine Alarmanlage. Keine Überwachungskamera. Einen Tatort zu betreten war einem ermittelnden Commissario doch jederzeit erlaubt, rechtfertigte er sein Vorhaben.

Grauner trat zwischen den Stämmen hervor, lief zum Zaun, zog sich hoch, kletterte darüber und ließ sich auf der anderen Seite hinunterfallen. Moos dämpfte den Aufprall. Er ging weiter, bückte sich unter dem Absperrband der Spurensicherer hindurch. Er umklammerte das Handy in seiner Jackentasche, auf dem er sich zuvor die Fotos angeschaut hatte. Manche stechend klar, manche verschwommen. Mit zusammengepressten Lippen betrat er das dunkle Loch im Berg. Als er den Stromkasten ertastet hatte, legte er die kleinen Schalter um, mit einem Krachen gingen die Neonleuchten an und erhellten den Schlund. Langsam, Schritt für Schritt, ging er vorwärts. Das Geräusch seiner Schritte wurde von den Felsen hin- und hergeworfen. Das Atmen fiel ihm schwer, er versuchte, die Panik, die in ihm aufstieg, zu ignorieren.

Links und rechts stapelten sich weiße Quader. Bald tauchte vor ihm Hofers Schneideungetüm auf, er kam zu der Stelle, wo die zerschnittenen Leichenteile von Annabel Reiterer gefunden worden waren. Er ging weiter, immer weiter, erreichte die Höhle, in der das Konzert stattgefunden hatte. Noch immer lagen die Holzplatten, die für das Konzert ausgelegt worden waren, auf dem Boden, Stühle stapelten sich vor der dunklen Felswand neben den Marmorquadern. Eine Kette versperrte den Weg zum hinteren Teil des Stollens. Ein Schild hing daran.

Durchgang verboten.
Lebensgefahr!

Das Konzert, das er vor vielen Jahren hier besucht hatte, hatte weiter hinten im Schlund stattgefunden. Er schwang ein Bein über die Absperrung, spürte einen ziehenden Schmerz im Oberschenkel. Ihm wurde schwindelig, leise fluchte er, jetzt war es so weit. Die Lichter verschwammen, es fühlte sich an, als presste ihm jemand die Kehle zusammen, er japste und ließ sich auf den Boden sinken. Ihm war klar, dass er es nicht mehr nach draußen schaffen würde. Es war zu spät, die Panik übermannte ihn. Er hielt sich die Hände vor das Gesicht und riss den Mund auf. Schrie lautlos.

16

Vor der Tür atmete der Ispettore noch einmal tief ein. Gleich wäre alles wieder in Ordnung. Er würde klopfen, er würde gedämpfte Schritte hören, das Schloss würde knacken, die Tür würde sich öffnen, er würde in ihr Gesicht sehen. Ängstlich, verwirrt, überrascht, erleichtert. Sie würden sich umarmen. Sich aufs Bett setzen, er würde ihr alles erzählen. Vom Mann, der sie verfolgte.

Sie würden alles zusammenpacken. Das Hotel verlassen. Vielleicht in ein anderes einchecken, vielleicht bei Gianni Unterschlupf finden, vielleicht aber auch direkt ein Taxi zum Flughafen nehmen.

Doch nichts war gut. Niemand kam und öffnete die Tür. Er klopfte noch einmal. Eine Frau schob einen Wagen mit

Putzutensilien über den Flur, Saltapepe eilte zu ihr. Erst als er direkt vor ihr stand, schien sie ihn zu bemerken, sie zog sich einen Kopfhörerstöpsel aus dem Ohr. Er deutete auf seine Tür. Sie runzelte die Stirn.

»I … door …«, er überlegte, wie er ihr begreiflich machen sollte, dass er keine Zimmerkarte hatte.

Sie musterte die dunklen Flecken auf seinem T-Shirt, er hatte sich in der Toilette eines Starbucks gewaschen – so gut es ging. In der Ferne war eine Polizeisirene zu hören. Saltapepe zuckte zusammen. In diesem Land war er ein Niemand. Kein Polizist. Kein Bürger. Ohne Portemonnaie, ohne Handy, ohne Zimmerkarte.

»I … the room, please …«

Die Frau wirkte verunsichert.

»Please, Mister, sorry, no English. Español …«

Erleichtert atmete er auf. Ein Gemisch aus Spanisch und Italienisch sollte er hinbekommen.

»Señora, ich habe meine Karte im Zimmer liegen lassen, mich ausgesperrt, bitte, sperren Sie mir doch auf, seien Sie so nett!«

Ihr Gesicht erhellte sich. »Ningún problema.« Sie zog eine Karte aus ihrer Schürzentasche, hielt sie gegen den Sensor, die Tür sprang auf.

»Muchas gracias«, sagte Saltapepe.

Die Lichter gingen an, der Raum war leer. Saltapepe ließ sich aufs Bett sinken, versuchte, seine Gedanken zu sortieren. Vielleicht hatte Silvia das Spiegelkabinett verlassen, um ihn zu suchen? Vielleicht war sie … Verzweifelt rieb er sich das Gesicht, schlug sich auf die Wange. Er hatte keine Ahnung.

17

Der Commissario wusste nicht, wie lange er auf dem Boden gekauert hatte. Es war, wie immer, genauso plötzlich vorbei, wie es begonnen hatte. Nur die bleierne Müdigkeit, die er nun fühlte, zeugte davon, welchen Kampf er gerade durchgestanden hatte. Mit weichen Knien richtete er sich auf, tastete nach dem Handy in der Jackentasche, es war da, er dachte an die Fotos, die er in Hinterpichlers Büro gemacht hatte.

Eines zeigte eine Mail, die nur aus wenigen Zeilen bestand. In einer Sprache, die er nicht kannte. Eine Bestellung, vermutete er. Eine Adresse in der Türkei stand in der Signatur. Afyonkarahisar. Irgendwo war ihm der Name der Stadt schon mal begegnet. Doch so sehr er auch nachdachte, es fiel ihm nicht ein. Er versuchte, die englischen Sätze zu übersetzen. Ein Auftrag. Es musste sich schlicht um einen Auftrag handeln.

Die anderen Fotos zeigten Zahlungsaufforderungen. Schuldscheine. Da war auch das Schreiben einer Firma aus der Nähe von Padua, die Bohr- und Schneidemaschinen herstellte. In dem Brief stand, dass die Bestellung *23/2024* nicht ausgeliefert werde, da die vereinbarte Anzahlung über zehntausenddreihundert Euro immer noch nicht eingegangen sei.

Grauner atmete tief durch und lief weiter, den schwarzen Felsenweg entlang. Weiter vorne war ein Schimmern zu sehen, es wurde von Schritt zu Schritt heller. Der Schlund beschrieb eine Kurve, plötzlich stand der Commissario vor einer Grube, leuchtend weiße Wände ragten in die Höhe, von feinen hellgrauen Streifen durchzogen. Wasser rann am weißen Gestein herab, sammelte sich in einem kleinen See, der türkis leuchtete. Daneben standen drei Marmorklötze. Er hatte die Abbruchstelle erreicht.

Ein paar Sekunden lang stand Grauner regungslos da, den Kopf in den Nacken gelegt, und starrte mit offenem Mund auf die weiße Wand. Dann schüttelte er sich, trat näher heran, berührte das Gestein, ließ das Wasser über seine Hand fließen. Ein Schacht führte in den Fels hinein. Der Commissario schaltete die Taschenlampe seines Handys an, er biss die Zähne zusammen und ging los.

Über ihm Marmor, neben ihm Marmor, unter ihm Schlamm und feine Gesteinsbrocken. Weiter, immer weiter. Nicht an die Enge denken. Lieber an die Kühe. Josefine, Margarete. Oder am besten an gar nichts. Gar nichts ging nicht. Maja, Susanna. Nach etwa zweihundert Metern erreichte er das Ende des Schachts. Am Boden lag ein halbes Dutzend Marmorstäbe. Etwa zwei Meter lang. In der Wand entdeckte er mehrere schneeballgroße Löcher. Er verstand. Das waren Probebohrungen. Er besah sich die Stangen genauer. Manche waren komplett weiß. Andere zum größten Teil grau. Schiefergestein.

Grauner stellte sich vor die feuchte Wand, fuhr mit der Hand darüber, betastete die Löcher.

»Tatsächlich«, flüsterte er, der Verdacht, den er seit einigen Stunden mit sich herumtrug, bestätigte sich. »Kein Marmor mehr.«

18

Die wichtigsten Spiele von Neapel nahm Saltapepe auf. Ganz traditionell – mit einem Videorekorder. Diese Spiele schaute er sich zweimal oder dreimal oder fünfmal an. Andere mochten das verrückt finden, er fand das ganz normal. Man konnte sich schließlich nicht auf alles gleichzeitig konzentrieren.

Wenn man das Spiel zum ersten Mal schaute, rasten die Minuten, wenn Napoli hinten lag, und schleppten sich träge dahin, wenn Napoli führte. Da hielt Saltapepe es manchmal nicht mehr aus. Ließ den Fernseher stumm weiterlaufen, verschwand im Schlafzimmer, Licht aus, Decke über den Kopf. Betete zu San Gennaro.

Schaute er es dann zum zweiten Mal, wenn er das Ergebnis bereits kannte, konnte er sich den Details widmen, das Verhalten der Spieler in den Schlüsselszenen analysieren, um im Anschluss online in unterschiedlichen Napoli-Foren zu diskutieren.

Um zu den entscheidenden Momenten zu gelangen, drückte Saltapepe auf die *Fast forward*-Taste. Er ließ das Band in zweifacher Geschwindigkeit laufen. So, dass er dem Spiel noch immer folgen konnte.

Nun war es, als hätte jemand diese Taste gedrückt, die Welt bewegte sich in doppelter Geschwindigkeit. Die New Yorker hasteten durch die Straßen, dem Feierabend entgegen, während Saltapepe sich merkwürdig taub und unbeteiligt fühlte.

Er lief den Broadway hinab, nach einer Dreiviertelstunde erreichte er Little Italy. An den Tischen vor den Lokalen saßen heiter schwatzende Gäste, tranken Wein, ließen sich Pizzas und Nudelgerichte reichen. Es duftete nach Heimat.

Der Ispettore setzte sich an ein kleines Tischen vor dem Eingang des *Posillipo.* Der Wirt eilte umher, als er ihn erblickte, breitete er die Arme aus, bückte sich zu ihm hinab, küsste ihn, als würden sie sich bereits seit Jahren kennen.

»Amico mio, was bringe ich dir?«

Saltapepe erklärte ihm, dass er auf Esposito warte, er verschwieg, dass er überhaupt nichts essen wollte. Ihm war übel, die zum Glück nicht sehr tiefe Wunde am Bauch schmerzte, er hatte sie mit Pflastern aus seiner Reiseapotheke mehr schlecht als recht verbunden. Der Wirt nickte, entfernte sich, kam bald mit einem kleinen Weinkrug und mit Olivenpastete beschmierten Brötchen zurück. Der Ispettore rührte nichts davon an, er lauschte den Stimmen an den Nachbartischen. Ein Gemisch aus Englisch und Italienisch. Auch ein paar Fetzen Neapolitanisch hörte er heraus. Er dachte kurz darüber nach, warum man in die Fremde fuhr, um das Altbekannte zu suchen, dann trug der laue Sommerwind Parmesan- und Tomatensoßenduft herbei, und er verstand.

Saltapepe hatte den Blick auf die Passanten gerichtet und Gianni sofort erkannt, als der zwischen den Anzugträgern und Touristengrüppchen auftauchte. Einen Neapolitaner erkannte er sowieso immer. Da konnte der noch so lange in New York gelebt haben.

»Claudio!«, sagte Gianni Esposito, zog den Stuhl zurück, beugte sich zu ihm hinunter, Küsschen links, Küsschen rechts, und setzte sich.

»Gut, dass du da bist. Es gibt Probleme.«

»Dimmi!«, sagte der Jugendfreund. Sprich!

In wenigen Sätzen erzählte der Ispettore nun, was nach ihrem Treffen geschehen war. Er beschrieb Gianni, wie der Mann aussah, der ihn bereits seit San Francisco verfolgte. Schwarzes Outfit, Halbglatze, die vernarbte Wange.

»Hm, nach einem harmlosen BWL-Studenten auf Urlaubsreise klingt das wirklich nicht«, kommentierte sein Jugendfreund.

»Könnte das einer von den Clans aus Neapel sein? Un paesà? Un napulitan?«

»Nein.« Gianni schien noch zu überlegen, legte sich dann endgültig fest. »Nein, die Narbe, das ist … ich denke … eher einer von den Russen.«

Wie ein Blitz durchfuhr es den Ispettore.

»Die Russen?«

»Die Russen. Da gibt es einen, sie nennen ihn Montana. Du weißt schon, wegen *Scarface*.«

»W… wa…?«, stammelte Saltapepe. Natürlich wusste er, woher der Spitzname kam. Wie oft hatte er *Scarface* mit Al Pacino gesehen? Wahrscheinlich über hundertmal. Zum ersten Mal zusammen mit Gianni, da waren sie zehn, höchstens zwölf Jahre alt gewesen.

»Ich habe mich umgehört, mein Freund. Sean Moore, der Architekt, er hat Beef mit den Russen.«

Saltapepe lehnte sich nach vorne. Seine Lippen zitterten. Gesichter tauchten vor seinem inneren Auge auf. Gesichter, von denen er hoffte, sie niemals wiederzusehen.

Es waren die Gesichter der ehemaligen neapolitanischen Clanchefin Cleo Garebani und ihres russischen Verlobten, Igor Koloff. Beide hatten ihn vor einigen Jahren verfolgt, da er einst Garebanis Vater, U Lunatico, hinter Gitter gebracht hatte. In Gröden war es zum Showdown gekommen. Dort waren sie in Drogengeschäfte verwickelt gewesen. Saltapepe hatte gewonnen. Das Gute hatte gesiegt.

Sie waren tot. Alle beide. Doch was hieß das schon. Ja, er hatte zu hoffen gewagt, dass es mit ihrem Tod vorbei war. Dass er nun in Sicherheit war. Er und … und seine Liebsten. Silvia! Mamma! Er hätte es besser wissen müssen.

»Es geht um irgendwelche Schutzgeldzahlungen für Baustellen.«

»Wo?«

»In New York.«

»In Hell's Kitchen?«

»Nein, Hell's Kitchen kontrollieren die Iren.«

»Wo?«

»Draußen am Brighton Beach, auf Coney Island.«

Gianni erklärte Saltapepe kurz, um welches Stadtgebiet es sich handelte. Coney Island war eine lang gezogene Halbinsel am Atlantik, im Süden Brooklyns. Mit Stränden, Piers, Vergnügungsparks. Fest in russischer Hand. Der Ispettore hatte noch nie davon gehört.

»In der Hand von Akulina Koloff …«

»Akulina Ko … Koloff!« Saltapepe hätte beinahe geschrien.

»Die Halbschwester von Igor Koloff …«

Die Gesichter in seinem Kopf grinsten teuflisch. »Santo Gennaro«, flüsterte der Ispettore.

Esposito erzählte von der russischen Patin, die vor über zehn Jahren nach New York gekommen sei. Den Gerüchten zufolge hatte sie in Moskau den Chef eines konkurrierenden Clans entführt und umgebracht. Um an ihn heranzukommen, hatte sie sich in seinem Lieblingslokal als

Putzkraft beworben. Ihm nach einigen Wochen auf dem Klo aufgelauert, ihn zum Hinterausgang geschleppt, wo ein Wagen gewartet hatte.

»Und dann?«, fragte Saltapepe.

»Sie fanden seine Leiche in den Wäldern vor der Stadt. An einen Baumstamm gebunden. Der Bauch aufgeschlitzt. Das Gedärm halb von den Wölfen aufgefressen. Die Finger abgeknabbert.«

Der Ispettore spürte einen Kloß im Hals. Esposito erzählte weiter, dass Koloff ein Phantom sei, dass es kein Foto von ihr gebe, dass sie kaum Spuren hinterlasse. »Sie soll eine Verwandlungskünstlerin sein, Claudio«, sagte er, »sie liebt es wohl, mit ihren Widersachern zu spielen. Vor allem mit der Polizei. Es heißt, sie hat eine kleine Schar an Vertrauten um sich versammelt. Killer. Wie Montana. Es heißt aber auch, dass sie am liebsten selbst mordet. Bestialisch. Die ist eine Sadistin. Coney Island hat sie zu ihrem Rückzugsort erkoren. Von dort aus verwaltet sie ihre weltweiten Geschäfte. Drogen, Erpressung, Immobilien. Auf Coney Island kann niemand auch nur einen Finger rühren ohne den Schutz der Russen, ohne Akulina Koloffs Zustimmung. Moore baut da einen Fünf-Sterne-Hotelturm.«

»Ich muss dahin«, sagte Saltapepe. Er spürte den kalten Schweiß auf seiner Stirn. Silvia war dort, das spürte er.

Gianni lachte laut auf. »Was willst du da? Da leben fünfzigtausend Menschen. Jetzt im Sommer tummeln sich da doppelt so viele. Das ist wie das Suchen eines Nickels im Sand.«

»Ich muss …«

»Claudio!« Gianni beugte sich ein zweites Mal zu ihm vor, fasste ihn an den Händen, »ich konnte dir bis hierhin helfen – als Freund. Da unten endet mein Einflussbereich. Da unten …« Er räusperte sich. Dann sprach er wieder. Mit brüchiger Stimme. »Ich könnte natürlich zu Leuten gehen, Leute, die Leute kennen, das übliche Spiel …«

Saltapepe kannte das Spiel, natürlich, es war dasselbe wie in Neapel. Gianni Esposito kannte Leute, die Leute kannten, die man besser nicht kannte. Die ihm und Silvia helfen konnten. Ganz gewiss. Leute, die alles mitbekamen. Wenn eine junge Polizistin aus Italien verschwand, wenn ein junger Ispettore blutbeschmiert aus einem Spiegelkabinett in Chinatown trat. Sie halfen gerne. Doch du musstest dich entscheiden. Sie oder die Polizei.

»Nein, Gianni«, sagte Saltapepe, »nein, du hast bereits genug für mich getan.«

Der Wirt trat wieder an sie heran. Schaute etwas beleidigt. Sie hatten weder die Olivenbrötchen noch den Wein angerührt.

»Ragazzi«, sagte er, »Jungs, kostet die Brötchen, die Oliven sind …«

Gianni schnappte sich eines, schob es in den Mund, kaute. Dann kramte er ein paar Scheine aus der Jackentasche, drückte sie dem Ispettore in die Hand. Saltapepe zerdrückte die Scheine in der Faust, schloss die Augen. Er musste sich entscheiden. Sein Bauch wollte das eine, sein Kopf sagte ihm etwas anderes. »Ich, Gianni, du …« Er musste versuchen, seine Frau zu retten. Koste es, was es wolle. Und wenn er für den Rest seines Lebens dafür büßen musste, seinen Job verlor. Immer noch besser, als den Rest seines Lebens ohne sie zu verbringen. Oder?

19

Grauner hatte sich den Marmorstaub abgewaschen, den Schweiß und den Stallgeruch. Er hatte unter der Dusche die vergangenen Stunden Revue passieren lassen. Er hatte noch weitere Stollengänge gefunden, in denen Probebohrungen durchgeführt worden waren. Es bestand kein Zweifel. Dem Bruch ging der Marmor aus. Weissensteiner hatte recht, er erinnerte sich an seine Worte: Der Berg will nicht mehr.

Er hatte auch eine Mail von Weiherer erhalten. Der Fleck auf dem Blatt mit der Zeichnung vom Berg, das ein Unbekannter in die Questura geschickt hatte, war tatsächlich Blut. Annabel Reiterers Blut. Auf dem Foto der Überwachungskamera, das den LKW nachts vor der Marmorfabrik zeigte, waren Fingerabdrücke sichergestellt worden. Von unterschiedlichen Personen. Ein Abdruck konnte zugeordnet werden, er stammte ebenso von ihr. Was hatte das zu bedeuten?

Nun duftete er nach Albas Aloe-Vera-Shampoo, sein eigenes war wieder einmal leer gewesen. Er hatte bereits zweimal in einem Supermarkt in der Nähe der Questura vor dem Shampooregal gestanden, hatte verschiedene Flaschen aus dem Regal geholt und wieder zurückgestellt, hatte schließlich aufgegeben. Grauner fand, dass die Welt heute viel zu kompliziert war und dass sich diese Kompliziertheit nirgends deutlicher manifestierte als in den ewig langen Regalreihen viel zu großer Supermärkte.

Vorsichtig öffnete er die Tür zum Schlafzimmer und trat ins Dunkle, die Dielen knarzten, vom Ende des Flurs drang gedämpft Musik, Sara und Micky waren wohl noch wach oder waren eingeschlafen, während die Musik noch lief. Das würde ihm nie passieren. Bei Mahler einzuschlafen. Bei anderer Musik vielleicht schon, das konnte er nicht sagen. Andere Musik interessierte ihn nicht. Es war bereits nach Mitternacht. Er hörte Alba leise schnarchen, er hob die Bettdecke an, legte sich zu ihr. Kurz hielt er die Luft an, dann nahm er allen Mut zusammen, umarmte sie, drückte sich fest an sie.

»Johann«, murmelte sie schlaftrunken.

»Alba, geh nicht so lange weg!«

»Komm doch mit!«

Sie nahm seine Hand, dann richtete sie sich auf, schaltete ihr Nachttischlämpchen an und schaute ihn ernst an. Er schaute verliebt. Er konnte nicht anders. Im buttrig-gelben Licht war sie so schön, noch schöner als am ersten Tag.

»Johann, ich liebe dich, ich werde dich immer lieben. Ich liebe unser Leben, ich liebe den Hof, alles! Aber manchmal habe ich das Gefühl, dass mir die Luft wegbleibt, dass …« Sie schien nach den richtigen Worten zu suchen.

»Dass ich nicht mehr atmen kann, Johann, verstehst du?!«

Er verstand. Vorhin im Berg, da hatte er das Gefühl auch gehabt.

»Dann habe ich das Bedürfnis wegzugehen. Irgendwohin. Fremde Orte zu sehen, fremde Menschen zu beobachten, fremde Gerüche einzuatmen.«

Das verstand er nun wiederum überhaupt nicht.

»Um dann, irgendwann, das alles, das Schöne, das wir haben, zu vermissen, zurückzukehren, es wieder schätzen und lieben zu können. Wir waren seit drei Jahren nicht mehr am Meer, Johann. Wir schmieden Pläne, aber dann kommt immer etwas dazwischen. Ich brauche das, Urlaub, ich brauche es genauso, wie ich dich brauche, den Hof, die Berge, den

Stall, die Kühe. Ich werde auf Weltreise gehen, Johann. Ein Jahr lang! Zuerst Südamerika. Argentinien, Chile, Brasilien. Dann Madagaskar. Dann Australien. Dann Neuseeland. Dann Japan. Dann zur Chinesischen Mauer. Dann nach Jerusalem. Zur Grabeskirche Jesu. Da wollte ich immer schon hin. Eine Kerze anzünden.«

»Ich … ich …«

»Ich würde mich so freuen, wenn du mitkommst, Johann. Aber ich verstehe auch, wenn du es nicht machst. Wir sind erwachsene Menschen. Wir übergeben diesen Hof und die Alm unserer Tochter. Aber vorher werde ich noch diese Reise machen. Mit oder ohne dich. Ich habe mich entschieden. Im Oktober geht es los. Ich …«

»Ich war wieder im Marmorbruch, Alba, ich hatte eine weitere Panikattacke. Ich fürchte …«

»Gegen Panikattacken kann man etwas tun. Bis Oktober ist noch Zeit. Wir suchen nach einem guten Arzt für dich. Du machst eine Therapie.«

»Ich fürchte, ich bekomme gleich wieder eine, wenn ich nur daran denke: Flugzeuge! Fremde Hotelzimmer, so weit weg vom Hof. Argentinien. Neuseeland. Die Kühe alleine, ohne mich …«

»Um die kümmern sich Sara und Micky. Sie unterbrechen ihr Studium für ein Jahr. Ich habe bereits alles mit ihnen besprochen. Sie wollen in diesem Jahr auch die Baustellen auf dem Hof und der Alm betreuen. Sobald wir uns endlich für eins der Projekte entschieden haben.«

»Ich … du … wir … wir können doch weder Spanisch noch Englisch.«

»Ich übe seit über einem Jahr. Mit einer Sprachen-App.«

»Ich … ich …«

Alba beugte sich zu ihm hinüber. Küsste ihn auf den Mund. Legte ihm dann den Zeigefinger auf die Lippen.

»Löse diesen Mordfall. Danach entscheidest du dich. Ich werde dir keinen Vorwurf machen, so oder so. Aber ich habe mich entschieden. Ich will die Welt sehen.«

Sie drehte sich um, knipste das Licht aus. Grauner rührte sich nicht.

»Südamerika, Neuseeland, Jerusalem«, flüsterte er. Dann fluchte er sich murmelnd in den Schlaf. »Madionniga, zenzinziga, chileottonzziga, neuseelandoschrtigga, chinesichepapattliggazischzoschrtiggamauerlattiga, jerusalamsi … chrrchrrrchrr …«

20

Saltapepe war aufgestanden, Gianni ebenso. Sie hatten sich umarmt und geküsst. Auf beide Wangen. Dann hatte sich der Ispettore beeilt wegzukommen. Bevor er die Entscheidung bereute.

Es war ein einziger Gedanke gewesen, der ihn dazu gebracht hatte, Giannis Hilfe abzulehnen. Die Erkenntnis, dass sie ihm das nie verziehen hätte. Wenn er alles verraten hätte, wofür sie standen. Wenn er sich mit dem Bösen eingelassen hätte. Auch wenn er es für sie getan hätte – sie hätte es nicht verstanden.

Der Ispettore hatte Little Italy hinter sich gelassen, war in einem großen Bogen um Chinatown herum nach Süden gelaufen, hatte die Wall Street erreicht. An einer Bushaltestelle hatte er eine Karte von South Manhattan studiert. Ihm war aus vielen Polizeifilmen bekannt, dass es da unten irgendwo sein musste. Als er es gefunden hatte, setzte er sich noch kurz in ein Diner. Durch ulkige Armbewegungen und Gesten schaffte er es, ein Mineralwasser, ein Chicken Sandwich und einen Espresso zu bestellen.

Das Sandwich schmeckte nach nassem Karton, das Wasser so, als hätte es zwei Wochen auf einem voll aufgedrehten Heizkörper gestanden, der Espresso stank schlimmer als das Innere einer Parfümerie nach einem Erdbeben. Doch er war viel zu aufgewühlt, um sich darüber aufzuregen. Er durchdachte die nächsten Schritte, machte sich Notizen.

Dann verließ er das Lokal, streifte durch die Wolkenkratzerschluchten Richtung Westen, stand bald vor einem Haus, das aussah, als gehöre es zu *Gotham City*. Ein brauner Klotz. Kleine Fenster, dicht aneinandergereiht. Das Polizeipräsidium.

Er fragte sich, ob sie ihm glauben würden. Ohne Ausweis. Ohne Handy. Wie viele Spinner kamen wohl täglich her, die abgewimmelt werden mussten. In der Questura in Bozen waren es mindestens drei bis vier pro Woche.

Er musste irgendwie an dem Pförtner vorbeikommen, zu einem der Büros vorgelassen werden, ruhig wirken, überzeugend. Er flüsterte die Worte, die er sich zurechtgelegt hatte, immer wieder vor sich hin.

»My name is Claudio Saltapepe. I am an Italian police officer. I have a problem.«

21

Es gab da diesen Zustand, das hatten ihm andere, ältere Lkw-Fahrer anfangs erzählt, als er noch jung gewesen war, in dem man weder richtig schlief noch richtig wach war. Halb Realität, halb Traumwelt. Er hatte ihnen nie geglaubt, bis er es zum ersten Mal erlebt hatte. Auf einer seiner ersten längeren Fahrten durch den Balkan.

Man merkte es immer erst im Nachhinein. Wenn man wieder zu sich kam, die Sinne erwachten. Wenn man das Hupen wieder hörte, die Lichtkegel der Scheinwerfer wieder klar sah, den Geruch von Benzin und vom halb gegessenen Köfte-Sandwich auf dem Beifahrersitz wieder wahrnahm.

Wie lange er wohl gefahren war in diesem Dämmerzustand? Die älteren Kollegen sagten, in diesen Stunden würden die Dämonen das Steuer übernehmen, die Dämonen entschieden, ob der Lkw in der Spur blieb oder die Leitplanke durchbrach.

Manche der älteren Fahrer erzählten, dass sie in diesem Dämonenzustand sogar über Grenzen gefahren seien, ohne sich daran zu erinnern. Es gab so viele Geschichten. Wahre. Halbwahre. Erfundene. Lustige. Traurige. Was wusste er schon. Er wusste nur, dass er sich an die Regeln halten wollte, die er sich selbst auferlegt hatte. Nichts Illegales machen. Nur Marmor transportieren. Niemals Heroin. Auch wenn Heroin ihm viel mehr Geld bringen würde. Geld, das seine Familie in dem anatolischen Dorf bei Afyonkarahisar dringend gebrauchen könnte.

Doch da war ihm das Risiko zu hoch. Was, wenn sie ihn erwischten? Marmor, immer nur Marmor. Auch wenn ihn das Gefühl beschlich, dass da irgendetwas nicht stimmte.

Fahr nicht an der *Tangenziale* von Verona raus, sagten die älteren Fahrer immer, jene, die Heroin schmuggelten. Jene, die öfters nach Italien fuhren. Auch nicht in *Bozen Süd*. Da stehen sie. Da kriegen sie dich. Fahr lieber ein Stück weiter auf der Staatsstraße. Das ist sicherer. Früher war er immer da rausgefahren, wo es ihm passte. Er transportierte nur Marmor. Er hatte nichts zu befürchten. Eigentlich.

6. August

1

Das Brennen in ihrem Bein war kaum noch auszuhalten. Sie hatte den Drang, es auszustrecken, doch sie wagte es nicht. Lautlos schrie sie in das muffige Tuch hinein, das sie ihr in den Mund gesteckt und mit Klebeband festgemacht hatten.

Rutschte sie etwas tiefer, schürfte das Seil mit den rauen Fasern die Haut an ihren Handgelenken auf. Versuchte sie, das Gewicht nach links oder rechts zu verlagern, ebenso. Der Wasserkrug auf dem Tisch war zwei Meter entfernt. Wann würde der Mann mit der Maske wieder ins dunkle Zimmer treten, um ihr den Krug zu reichen?

Durch die geschlossenen Fensterläden stach ein schmaler Streifen Licht. Geräusche drangen ins Innere. Möwengekreische. Geschrei von Menschen, als ob sie von Klippen gestoßen würden. Eine Sirene. Das Quietschen von Reifen. Ein Rattern. Wenn es ratterte, dann wackelte der ganze Raum. Eine Straßenbahn? Blick auf die Tür. Obwohl sie nicht an

Gott glaubte, betete sie, dass sie sich öffnete, dass jemand eintrat. Irgendjemand. Dass etwas passierte. Irgendetwas.

2

Da war diese Mauer, dick und scheinbar unüberwindbar. Da waren die weißen Berge dahinter, mächtig und hoch, viel höher als die, die Grauner kannte. Da war das Wasser, das über die Berge zu schwappen drohte. Die Wellen hatten Augen, Albas Augen. Um die Augen herum schwammen Haie. Große Haie mit großen Mäulern, die sie hungrig öffneten und schlossen. Spitze Zahnreihen darin.

Da war diese Kuh, auf der er saß. Die Kuh rammte den Kopf gegen das Gestein, sie rammte ein Loch hinein, sie verschwand mit ihm auf ihrem Rücken im Dunkeln. Plötzlich fielen sie ins Bodenlose. Dann packte sie eine Windböe, trug sie fort, in der Ferne brannte eine Kerze. Sie flogen darauf zu. Um sie herum schwebten weitere Kühe, nein, es waren nur abgesägte Kuhstücke, Hufe, Beine, Mägen, Gedärm, Kuhköpfe. Grauner erkannte die Köpfe. Es waren die *seiner* Kühe! Mitzi! Josefina! Marianna! Kunigunda!

»Nein! Oh, Gott, nein!« Der Commissario schreckte auf, schrie, er war schweißgebadet. Auf dem Nachttisch neben ihm leuchtete das Handy auf. Er griff danach. Eine unbekannte Nummer. Ein Anruf aus Amerika. New York. Er hob ab.

»Äh, yes, yes, I am Grauner, hallo, *wer* ist da?«

Der Commissario wischte sich den Schweiß von der Stirn, der Traum verflüchtigte sich. Alba neben ihm stöhnte schlaftrunken.

»Malcolm McDonald, New York Police Department.

I am sitting here with your colleague Mr. Saltapepe. Commissioner, something terrible …«

»New York Police?«

Grauner rüttelte an Albas Arm, hielt ihr das Telefon ans Ohr.

»Johann, was soll das?« Sie schaute ihn entgeistert an.

3

Malcolm McDonald hatte einen Kollegen mit italienischen Wurzeln dazugeholt. Saltapepe hatte gesprochen, der Mann übersetzt, so waren sie nach und nach weitergekommen. Bald fanden sich weitere Polizisten des NYPD im Polizeipräsidium ein. Sie gehörten einer Antimafiaeinheit und einem Sondereinsatzkommando an. Auch drei Typen in schwarzen, viel zu eng sitzenden Anzügen kamen dazu. FBI, tippte der Ispettore, noch bevor sie den Mund aufmachten. Er lag richtig.

Sie berieten sich, Saltapepe verstand kaum etwas, am Ende fasste der italienische Kollege den Stand der Dinge noch einmal für ihn zusammen. Seine Aussagen bestätigten ihre Ermittlungsergebnisse. Sie waren über Verbindungen der russischen Mafia und dem Architekturbüro von Sean Moore informiert. Sie vermuteten, dass der Stararchitekt von den Männern einer gewissen Akulina Koloff zu Schutzgeld- und Schmiergeldzahlungen gezwungen wurde.

»Noch mal, Ispettore Saltapepe, Sie haben diese Info, die Sie uns gegeben haben, von dem Mann, der Sie im Spiegelkabinett in Chinatown überwältigt hat?«

Saltapepe nickte.

»Von dem Mann mit der Narbe auf der linken Wange, der Ihre Frau mutmaßlich entführt hat?«

»Ja, ich habe ihn gezwungen, mir seinen Namen zu sagen«, log der Ispettore.

»Er sagte Ihnen, man nenne ihn Montana.«

»Als ich ihm die Scherbe an den Hals gehalten habe, hat er mir den Namen seiner Chefin verraten.«

»Und er sagte Ihnen: *Koloff*.«

Ein paar Sekunden schwieg der Polizist, schaute zu den anderen, dann wieder zu Saltapepe. »Sie haben diese Information von ihm. Von niemand anderem?«

Erneut nickte der Ispettore. »Ja, danach schaffte er es jedoch, sich aus meinem Griff zu befreien und … rammte mich gegen eine der Spiegelwände.«

Die Skepsis stand ihnen ins Gesicht geschrieben, aber sie ließen sich schließlich von ihm Grauners Nummer geben. Nach dem Telefonat versorgte ihn eine Ärztin, ein Polizist führte ihn in einen Raum, in dem sich ein Bett und ein kleines Bad mit Dusche befanden. Sie sagten ihm, er solle sich ein wenig ausruhen, sie würden ihn wecken, wenn es losgehe.

Im Morgengrauen waren sie in einen Polizeibus gestiegen, der vor dem Präsidium auf sie gewartet hatte. Ein Müllwagen hatte gepiept, Dampf war aus einem Kanaldeckel aufgestiegen.

»Wohin?«, hatte der Ispettore gefragt.

»Zu Moore«, hatte sein Übersetzer gesagt, »wir haben ihn aus den Federn geholt. Wir haben ihm ein Angebot gemacht.«

Die kleine künstliche Insel sah aus wie eine Pilzkolonie. Weiße Betonstelzen ragten wie Stiele aus dem Hudson River und stützten die Hüte, auf denen Wiesen und Bäume gediehen. Der Ispettore drehte sich im Kreis, zog den Jackenkragen hoch. Drüben im Westen lag New Jersey im Nebel.

Er fragte sich, was sein Freund Gianni wohl gerade machte. Ob er schon wach war. In Manhattan gingen mehr und mehr Lichter in den Wolkenkratzern an. Ein neuer Tag.

Sie wanderten über den märchenhaften Stelzenpark, *Little Island,* der für Besucher um diese Zeit eigentlich noch geschlossen war, stiegen Treppen hinauf und hinab, hinter einem Gebüsch und einigen Trauerweiden saß der Architekt, das graue Haar zerzaust, die Augen hinter einer Sonnenbrille versteckt, obwohl die Sonne noch nicht hinter den Häusern hervorgekrochen war.

»Ispettore«, sagte Moore, als Saltapepe ihn erreichte. »Ihre Kollegin, ich …«

»Sie ist meine Frau.«

Moore nahm die Sonnenbrille ab und sah ihn überrascht an.

»Sie haben uns angelogen«, fuhr Saltapepe fort. »Sie und die Tote, Annabel Reiterer …«

»Ja«, sagte Moore leise. Dann erzählte der Architekt endlich, dass er mit Reiterer seit Jahrzehnten eine Affäre gehabt habe. Dass sie nicht miteinander gekonnt hätten, aber auch nicht ohne einander. Dass sie sich immer wieder getroffen hätten. In Südtirol, in New York, in einer der Städte, in denen sie eine Ausstellung gehabt habe.

Er erzählte, dass Reiterer schon seit Jahren nichts mehr für ihren Mann empfunden habe. Dass sie mit ihm, Moore, in

New York leben wollte. Er sagte ihr, dass das nicht gehe, dass er seine vierte Frau und seine Kinder liebe, sie nicht einfach so verlassen könne. Sie stritten sich, sie versöhnten sich, sie verabschiedeten sich. Sie sahen sich trotzdem wieder.

»Was haben Sie mit ihr am Telefon besprochen?«, ging Saltapepe irgendwann dazwischen.

»Ich hatte ihr bei einem Treffen vor rund zwei Jahren in Hamburg von meinen Problemen mit der russischen Mafia erzählt. Von meinen Problemen mit einigen Aufträgen. Dass auch eine größere Zusammenarbeit in Südtirol mit ihr ins Wasser fallen würde. Ein Marmorrelief. Es hatte Lieferschwierigkeiten gegeben, mal wieder. Ich wusste nicht mehr weiter. Sie sagte, sie würde eine Lösung finden. Sie würde Geld besorgen. Sie sagte, wir sollten abhauen, irgendwohin, für immer. Sie redete wirres Zeug. Ich versuchte, ihr das alles auszureden. Ich wollte endlich einen Schlussstrich ziehen. Änderte zuletzt sogar meine Handynummer. Ich wollte sie nicht mehr belasten. Es tut niemandem gut, mich zu lieben.«

Der Mann schluchzte. McDonald räusperte sich, trat näher an den Ispettore heran.

»Herr Moore hat sich dazu bereit erklärt, mit uns zusammenzuarbeiten. Akulina Koloff hat ihn seit vier Jahren in der Hand. Sie bewachen seine Baustellen, sie zwingen ihn, Firmen Aufträge zuzuschanzen, die sie kontrollieren. Sie zwingen ihn, Gutachten zu fälschen.«

»Was für Gutachten?«, fragte Saltapepe in Moores Richtung.

»Materialgutachten. Ich sollte nicht so genau hinschauen, was für Marmor geliefert wird.«

Das Hirn des Ispettore raste, er erinnerte sich an das

Telefonat mit Grauner, das er im Polizeipräsidium in South Manhattan geführt hatte, versuchte, die einzelnen Bausteine zusammenzusetzen.

»Wir haben Moore klargemacht, dass eine Zusammenarbeit mit uns seine einzige Chance ist, um sich aus den Klammern der Russen zu befreien. Um Ihre Kolle… äh Frau …«

»Silvia.« Saltapepe packte Moore am Trenchcoat. »Was ist mit ihr? Ist sie …?« Er drehte sich zu McDonald. »Ist sie …?«

Der NYPD-Mann schüttelte den Kopf. Saltapepe runzelte die Stirn. Was sollte dieses Kopfschütteln bedeuten? Die beiden FBI-Typen, die stumm und regungslos ein paar Schritte entfernt standen, schauten genervt, als ob sie nur darauf warteten, dass das hier endlich vorbei war.

»Ist sie …?«

»Wir vermuten, dass sie irgendwo auf Coney Island, in Brighton Beach ist. In Koloffs Stadtgebiet.«

Wieder drehte sich der Ispettore um sich selbst, eine salzige Brise spielte mit den dürren Zweigen und kleinen Blättern der Trauerweiden, der Dunst drüben in New Jersey hatte sich aufgelöst, die ersten Sonnenstrahlen brachten die Fenster der Wolkenkratzer von Manhattan zum Glitzern.

»Ich …«, der Architekt wischte sich den Schweiß von der Stirn, »… als Koloff zum ersten Mal diesen Mann mit der Narbe zu mir geschickt hat, habe ich ihn ausgelacht. Ihm gesagt, er solle verschwinden.« Er zog den Rotz hoch, der Polizist, der Saltapepe alles ins Italienische übersetzte, reichte ihm ein Taschentuch. »Eines Abends zogen sie mich vor meiner Wohnung in der Upper East Side in einen Lieferwagen. Sie fesselten meine Hände und verbanden mir die Augen. Sie fuhren mich etwa eine Stunde durch die Stadt.«

Moore schnäuzte sich, dann sprach er weiter.

»Als wir ausgestiegen sind, haben sie mich eine Treppe hochgeschubst. Haben mich dann auf einen Stuhl gesetzt und das Tuch von meinem Gesicht genommen. Das Licht war gedimmt. Die Wände waren holzvertäfelt. Es roch nach kaltem Zigarettenrauch und Schimmel. Ich hörte das Rattern einer U-Bahn, vermutlich war das in der Nähe einer Überlandtrasse. Ich hörte Kindergeschrei und das Krächzen von Möwen. Und dann eine Melodie und eine Stimme, die ich kannte. Die Melodie. *Let's spend the night together* von den *Stones*. Papapapapapapapa … Und die Stimme rief: *Come to the ferris wheel. Come, you big ones and you little ones. Let us be birds, let us be giants up there …*« Die Augen des Mannes waren rot. »Ich war mit meinen Eltern früher oft auf dem Rummel von Brighton Beach. Wir sind dann immer Riesenrad gefahren«, er begann zu weinen. »Der Narbenmann erklärte mir genau, was ich zu tun habe. Sonst …«

Ein FBI-Agent warf einen Blick auf seine Uhr.

»Einer der Männer trug eine Wurstschneidemaschine ins Zimmer, stellte sie auf den Schreibtisch, steckte das Kabel in die Steckdose und schaltete die Maschine an. Ich … ich sagte sofort, ich würde alles tun, was sie wollten. Sie … sie wollten wohl auf Nummer sicher gehen.«

Moore hob die rechte Hand, streckte vier Finger in die Höhe. Und den Stumpf des Daumens. Dann setzte er die Sonnenbrille wieder auf, schlug den Kragen des Mantels hoch. Die FBI-Männer traten heran, Moore stand auf.

»Koloff besitzt einige Straßenzüge in Coney Island. Direkt

an der gelben *Q*-Linie der Subway. Gleich hinter dem Vergnügungspark, der über Mittelsmänner ebenso in der Hand ihrer Leute sein soll. Das Sondereinsatzkommando steht bereit. Wenn Ihre Frau dort ist, werden wir sie finden.«

»Gut, fahren wir los!«, drängte Saltapepe und setzte sich in Bewegung.

»*Wir* fahren los, Ispettore, *Sie* nicht.« McDonald kam näher. »Wir bringen Sie in ein anderes Hotel, Sie bleiben dort, bis Sie wieder von uns hören.«

»Ich …«

»Keine Widerrede.« Der Mann schaute ihm ernst in die Augen.

Saltapepe wandte sich an den Übersetzer, der zuckte nur entschuldigend die Schultern.

»Sprechen Sie mit niemandem, versuchen Sie nicht, Kontakt zu uns aufzunehmen.«

McDonald reichte ihm zum Abschied die Hand, entfernte sich ein paar Schritte, drehte sich dann noch einmal um.

»Auch nicht mit Ihren Landsleuten von da drüben.« Er zeigte zum anderen Ufer des Hudson Rivers. Nach Newark, New Jersey.

4

Sie hatte immer noch den Geschmack der groben Salami im Mund, Fettstücke hingen ihr zwischen den Backenzähnen. Tappeiner versuchte, sie mit der Zunge zu lösen, doch es gelang ihr nicht. Zumindest hatte sie Beschäftigung. Beschäftigung war gut. Beschäftigung ließ die Zeit schneller vergehen. Beschäftigung ließ sie den Schmerz in den Händen vergessen.

Sie vermutete, dass es früher Morgen war. Weil es heller wurde zwischen den Spalten der Fensterläden. Weil es etwas lauter wurde, mehr Stimmen, mehr Hupen. Jedoch nicht so laut wie in den Stunden, bevor sie an der Wand hockend eingeschlafen war. Trotz der lauten Musik. Trotz des Bimmelns und Schreiens. Diese nervtötende Melodie. Papapapapapapapa … Und diese Stimme, die immerfort rief: »*Come to the ferris wheel. Come, you big ones and you little ones. Let us be birds, let us be giants up there …*«

Zumindest hatten sie ihr für das Abendbrot das stinkende Knäuel aus dem Mund genommen und sie nicht wieder geknebelt, als sie fertig war.

Es waren nur wenige Worte gefallen. In gebrochenem Englisch mit russischem Akzent.

»Wenn du schreist«, hatte der mit der Narbe gesagt, und die anderen beiden hatten genickt, »dann …« Er hatte auf die Wurstschneidemaschine gezeigt, mit der er zuvor die Salami geschnitten hatte. »Schnipp, schnipp.« Ein kehliges Lachen hatte die unmissverständliche Geste begleitet. »Und wenn du uns nicht verrätst, was wir wissen wollen«, hatte er hinzugefügt, »dann: schnipp, schnipp!«

5

Wo war Belli? Er sollte langsam mal auftauchen, wenn er mit ihm nach Laas fahren wollte. Grauner hatte ihn mitten in der Nacht angerufen, ihn über die beunruhigenden Vorkommnisse in New York informiert, sie hatten sich für halb neun in der Questura verabredet. Er war nicht erschienen. So war der Commissario ohne ihn zum Gefängnis gegangen, hatte in Anwesenheit des Anwalts noch einmal versucht, Hofer zu vernehmen. Nichts, kein Wort. Der Anwalt hatte siegessicher gegrinst, auf die Uhr geschaut, theatralisch laut bis neun gezählt. Neun Stunden noch, dann waren die achtundvierzig Stunden um. Dann musste Hofer freigelassen werden, wenn es bis dahin keine Beweise für seine Schuld gab. Bislang hatten sie nichts.

Grauner hatte auch wegen des Hustens nachgefragt. Ja, hatte ihm einer der Wärter bestätigt. Der Häftling habe die halbe Nacht durchgehustet. Und ja, am Morgen sei das Handtuch am Waschbecken wieder voller Blut gewesen. Hofer weigere sich jedoch, sich vom Gefängnisarzt untersuchen zu lassen. Da könne man nichts machen. Leider.

Zurück in der Questura beauftragte Grauner einen der Polizisten, mit dem Dorfarzt von Laas Kontakt aufzunehmen, sich nach Hofers Gesundheitszustand zu erkundigen. Im Büro las er den *Südtirol Kurier*. So wie jeden Morgen. Die Titelseite und die ersten vier Doppelseiten hatte Charly Weinreich vollgeschrieben. Mehrere Artikel über den Mord von Laas. Der Commissario überflog sie lediglich. Was sollte da schon stehen, was ihm noch nicht bekannt war.

Er warf einen kurzen Blick auf den Politikteil, im Iran war ein einundzwanzigjähriger Youtuber erhängt worden, bei einer Kundgebung am Waltherplatz in Bozen hatten sich ein paar Idioten zu einer Demonstration versammelt, sie hatten ein härteres Durchgreifen der Landesregierung gegenüber Flüchtlingen gefordert. Der Commissario überblätterte den Sport, davon verstand er nichts, das interessierte ihn nicht, auf der Seite mit den bunten Meldungen blieb sein Blick an einer Überschrift hängen. Einer der beiden *Torri degli Asinelli* in Bologna, die schon seit Jahrhunderten schief in die Höhe ragten, drohe nun einzustürzen. Er solle von Stahlbalken gestützt werden, dürfe nicht mehr erklommen werden.

Grauner lugte zu seinem Poststapel, der ebenso schräg emporragte, kurz überlegte er, ihn mit Bleistiften zu stützen, verwarf den Gedanken schnell wieder. Er dachte an die Patronenhülsen, die er in Hinterpichlers Schreibtischschublade gefunden hatte. Verdammt, er hätte sie einstecken sollen. Sie mussten vorsichtig sein, sehr vorsichtig!

Es war eigenartig ruhig in der Questura, er spähte hinüber zu den leeren Schreibtischen von Saltapepe und Tappeiner. Wie oft hatte er sich gewünscht, im Büro seine Ruhe zu haben. Nun war die Ruhe beinahe unerträglich. Und es war unerträglich, dass er von Bozen aus nichts machen konnte.

Nicht nur, dass er die beiden nicht hier an seiner Seite hatte. Nun hatte sie in New York auch noch die Vergangenheit eingeholt. Es deutete alles darauf hin, dass die russische Mafia, dass eine gewisse Akulina Koloff, von deren Existenz Grauner bis vor wenigen Stunden noch nichts gewusst hatte, hinter Saltapepe her war. Hinter ihm – und hinter Tappeiner. Dass diese russische Patin den Ispettore wohl schon länger beobachten ließ. Vielleicht schon seit den Vorkommnissen damals in Gröden.

Mit den Intrigen und Verbrechen in den Südtiroler Dörfern kannte Grauner sich aus. Waren international agierende Mächte im Spiel, war er auf Saltapepes Expertise angewiesen. Der Commissario konnte in die Seele eines mordenden Bauern schauen, Claudio in die eines mordenden Mafioso. So viel aber hatte er inzwischen verstanden: Mafiosi töteten, weil es ihnen Freude bereitete. Vor allem wenn es um Rache ging. Noch lieber als den Feind töteten sie jene, die dem Feind am nächsten standen. Weil Tote keinen Schmerz empfanden. Weil der Schmerz, eine geliebte Person verloren zu haben, kaum auszuhalten war. Es schien, als hätte diese Akulina Koloff nur geduldig darauf gewartet, bis Saltapepe eine Frau an seiner Seite hatte, die er liebte. Wer liebte, machte sich angreifbar. Eine gemeinsame Reise in die Ferne, das war die beste Gelegenheit.

Er machte sich große Sorgen um Tappeiner – und er fühlte sich so hilflos. Grauner versuchte, sich abzulenken. Er schaltete den Computer an und googelte. Zuerst suchte er nach Artikeln über die Machenschaften der russischen Mafia in New York und Brighton Beach. Er erfuhr nichts, was ihm dieser McDonald aus New York nicht schon erzählt hätte. Schließlich informierte er sich über die Marmorvorkommen in anderen Ländern, er wollte herausfinden, ob es andere Abbaugebiete gab, denen das weiße Gold ausging. Er fand wenig.

Er breitete die Drucke der Fotos, die er in Hinterpichlers Büro gemacht hatte, vor sich aus, versuchte dabei, den Poststapel, der sich gefährlich zur Seite neigte, nicht zu berühren. Er nahm das Foto in die Hand, das das Schreiben des Maschinenherstellers aus Padua zeigte, dann schaute er sich den Internetauftritt der Firma an, scrollte ein wenig durch den Katalog dieser Monstermaschinen, fand tatsächlich ein Modell, das Hofers Baby ähnlich sah. Nur noch ein wenig größer.

Er schluckte, als er den Preis sah. Für das Geld konnte er sich zwei Dutzend neue Melkmaschinen kaufen. Und zwei Dutzend Kühe gleich dazu.

Länge: 3,4 Meter
Breite: 2,2 Meter
Höhe: 2,2 Meter
Gewicht: 4,1 Tonnen
Höchstgeschwindigkeit: 20 km/h
PS: 73,8

Kurz ärgerte sich Grauner, wie immer, wenn er etwas über Pferdestärke las, warum nicht in Kuhstärke gemessen wurde. Das wäre doch viel logischer. Dann wendete er sich vom Bildschirm ab. Er zog die Fotokopien der beiden Blätter zu sich heran, die jemand in die Questura geschickt hatte. Die Zeichnung vom Berg und das Foto vom Lkw, mit Annabel Reiterers Fingerabdrücken darauf. Dann besah er sich die Mail aus Hinterpichlers Postfach mit den wenigen Zeilen in der fremden Sprache. Er war sich mittlerweile ziemlich sicher, dass das Türkisch war.

Er stand auf, ging zur Tür und öffnete sie, rief einen der beiden Polizisten herbei, die vorhin mit ihm bei Hofer gewesen waren. Er bat ihn, die Zeilen übersetzen zu lassen.

»Im Internet, da gibt es mittlerweile Möglichkeiten, dass man das schnell …« Er stockte.

»Sie meinen *Google Translate,* Commissario«, antwortete der Mann.

»Klar, genau das meine ich«, sagte Grauner schnell.

»Warten Sie«, der Polizist zog sein Handy hervor, tippte darauf herum, »das haben wir gleich.«

Als er sich wieder auf seinen Bürostuhl setzte, passierte es, Grauner touchierte den Poststapel leicht, er brach in sich zusammen, die meisten Briefe landeten auf dem Boden, ein paar rutschten auf die Papiere, die der Commissario auf der Tischplatte ausgebreitet hatte.

Hektisch wühlte er in dem Haufen, bekam den Brief mit der Einladung zum Sommerfest der Polizia di Stato in Verona zu fassen, das heute Abend stattfand. Belli sollte nun wirklich langsam mal auftauchen, wenn er mit nach Laas kommen und sich danach noch nach Verona chauffieren lassen wollte. Dass das der Plan war, daran bestand kein Zweifel.

»Äh, Commissario …«, sagte der Polizist, der immer noch mit dem Handy in der Hand in der Tür stand, »… also die Übersetzung bei *Google Translate* sagt …«

Grauner hörte nur mit einem Ohr hin, betrachtete wieder das Foto des Lkw, versuchte, das verschwommene Nummernschild zu entziffern. Was …

»… dass da Folgendes steht. Also: *Wir freuen uns …*«

Grauner schrie auf, verwundert trat der Polizist einen Schritt zurück.

»Das ist, was ist das für … Sagen Sie, Ihr Handy … hat das auch eine Lupe?«

Grauner ließ das Foto sinken, sah in das Gesicht des Polizisten, der mit offenem Mund starr dastand. »Äh, nein, aber …«, der Mann räusperte sich, »… in meiner Schreibtischschublade, da habe ich eine.«

»Holen! Sofort!«, schrie Grauner und versteckte das Gesicht wieder hinter der Fotografie.

6

Weissensteiner streifte um die weiße Couch im Gartenhäuschen, das seine tote Frau zu ihrem Atelier umgebaut hatte. Um ihn herum die Kunstwerke aus Marmor, der Steinbock, das Schachbrett, die dazugehörigen Figuren, Schüsseln, Grabsteine, Töpfe, Kugeln, eine Sitzbank. Die betenden Engelchen. Auf dem Tisch Meißel, Hammer, Nägel, Sägen, Bleistifte, Schmirgelpapier. Auf dem Boden das ausgelegte Zeitungspapier, die herausgerissenen Holzdielen.

Der Dorflehrer berührte die Flügel eines der Engelchen sanft, dann strich er über das Gesicht des Steinbocks.

»Meine Frau erklärte mir mal, da saßen wir bei einer Flasche spät abends hier im Atelier«, er drehte sich zum Commissario um, »was guten Marmor von schlechtem Marmor unterscheidet.«

Vor dem Fenster flanierte Belli durch den Garten. Er telefonierte wild gestikulierend und trug einen Smoking, weil er anschließend direkt nach Verona wollte. In seinem Blut hatte die Gerichtsmedizinerin tatsächlich Spuren von Pflanzengift gefunden, ein seit einigen Jahren verbotenes Insektizid, Chlorpyrifos. Ihren Rat, sich ein paar Tage freizunehmen, hatte der Staatsanwalt schnaubend abgelehnt.

Grauner nahm einen Schluck Kaffee, Weissensteiner hatte ihn auf dem Gasherd gebraut, er schmeckte bitter.

»Guter Marmor ist widerstandsfähig, schlechter ist brüchig«, sagte der Lehrer, »guter Marmor ist kompakt, schlechter ist durchlässiger. Guter …«

»Durchlässiger«, murmelte Grauner.

»Wenn du in der Küche eine Marmorplatte hast und Tomatensoße darauf verschüttest, dann dürfen keine Flecken entstehen.«

»Tomatensoße.« Grauner nickte. Er hatte sich entschieden, mit offenen Karten zu spielen und dem Mann von seinem Verdacht erzählt.

»Oder was auch immer. Soße, Saft, Marmelade …«

»Marmelade.«

»Ja.«

»Marillenmarmelade.«

»Ja.«

Auf den mit Marillen beschmierten Marmorsteinen waren dunkle Flecken zurückgeblieben. Obwohl zwei Arbeiter sie gereinigt hatten. Der Fruchtsaft musste sich in den Stein gefressen haben. Er dachte an die Tatwaffe, den faustgroßen Marmorbrocken, und fragte sich, wer ihn aufbewahrte. Filippi oder Weiherer. Hoffentlich die Gerichtsmedizinerin. Sie würde sich weniger dagegen wehren, ihn zu waschen. Er würde sie gleich anrufen.

»Der Marmor geht zur Neige«, rekapitulierte Grauner.

Weissensteiner nickte.

»Hinterpichler will neue Ländereien am Berg kaufen, weil er sonst nicht mehr liefern kann. Weil vielerorts schon die Baustellen ruhen. In New York etwa …«

»Ja.«

Grauner trat zum Tisch und legte das Foto der E Mail aus der Türkei darauf. Unter den computergeschriebenen Zeilen hatte der Polizist die Übersetzung gekritzelt.

Vielen Dank!. Wir gehen davon aus, dass die Lieferung, Inshallah, ihr Ziel Samstagnacht zur vereinbarten Zeit erreicht. Übergabe wie immer.

Alles Gute,
AB

Weissensteiner nahm das Papier, las, schaute ihn dann mit gerunzelter Stirn an.

»Ich habe auf der Fahrt hierher über diese Mail nachgedacht. Und über die Kopien, die jemand anonym in die Questura geschickt hat.«

Er schob ihm das Bild hin, das den Lastwagen nachts vor der Fabrikeinfahrt zeigte. Weissensteiner nahm es in die Hand.

»Ich ging zunächst davon aus, dass es sich bei der Mail um eine Bestellung aus der Türkei handelte. Dass Marmor aus Laas in diese Stadt Afyonkarahisar geliefert werden sollte. Aber dann habe ich mir diese Aufnahme noch einmal genauer angeschaut, ich habe das hier entdeckt.« Er zeigte auf den Lkw.

Was?«, fragte der Lehrer und beugte sich über das Foto.

»Das Kennzeichen.«

»Ein *T* und ein …«

»Und ein *R*. *TR* für Türkei.«

Der Lehrer schaute auf, mit großen Augen. »Die kommen aus der Türkei.«

Grauner nickte. »Ja, und mir ist eingefallen, woher ich den Namen der Stadt kenne. Ich bin im Internet darauf gestoßen, als ich recherchiert habe. In Afyonkarahisar, in Zentralanatolien, gibt es riesige Marmorvorkommen. Und zahllose Opiumfelder. Der Stoff wird von dort illegal in alle Welt geliefert. Ebenso der Marmor, das ist natürlich legal. Dort werden verschiedene Marmorarten abgebaut. Weißer, der dem Laaser Marmor ähnlich ist, und auch schwarzer. Gestein in sehr guter Qualität. Aber auch welches mit minderer Qualität, bei dem, schüttet man Marillensaft darüber, Flecken bleiben. Einer unserer Männer ermittelt gerade in New York. Er hat mit Sean Moore gesprochen. Der Architekt hat ausgepackt. Moore ist erpresst worden. Er sollte bei Marmorlieferungen nicht so genau hinschauen, bescheinigen, dass es sich um Laaser Marmor handele …«

Die Augen des Lehrers wurden größer und größer. »Hinterpichler! Er bezieht Marmor aus der Türkei, damit das Geschäft weiterläuft. Damit er die Lieferengpässe überbrücken kann, bis … bis er Sonnwieser zum Verkauf seines Besitzes zwingen kann, weil er dort im Berg weiteren Marmor vermutet. Mit welchen Mitteln auch immer.« Weissensteiner sprang auf.

Der Commissario brummte, lief ein paar Schritte auf und ab.

»Das mag alles sein. Vielleicht ist Hinterpichler ein Betrüger, ich bin aber nicht für Betrüger zuständig, sondern für Mörder. Ich weiß immer noch nicht, was in der Nacht im Berg geschehen ist. Wer Ihre Frau umgebracht hat. Ein Zeuge berichtete uns gestern, Ihre Frau habe beim Konzert im Stollen eine Mappe voller Papiere dabeigehabt.«

Weissensteiner schaute zu Boden.

»Die Mappe ist unauffindbar.«

Der Mann rührte sich nicht.

»Die Mappe war blau.«

Weissensteiner streichelte die Marmorbüste, die neben ihm stand.

»Ich nehme an, das ist die Mappe mit den Unterlagen und Informationen über Hinterpichler, die Sie gesammelt haben.«

Der Mann flüsterte. »Das ist … sie hat sie mir wohl … das ist anzunehmen.«

»Sie sagten mir, die Zeichnung vom Berg war Teil Ihrer Unterlagen.«

»Ja.«

»Sie sagten mir auch, das Foto vom Lkw hätten Sie gestern zum ersten Mal gesehen.«

Weissensteiner hob den Kopf. »Ja.«

»Wir haben auf dem Foto Fingerabdrücke Ihrer Frau gefunden. Ich frage mich: Wie bekam sie dieses Foto in die Hände? Und woher stammt es bloß?«

Der Mann zuckte mit den Schultern.

»Kann es sein, dass sie das Foto in die Mappe gelegt hat, die sie Hinterpichler zeigen wollte? Oder es jemandem, einem Vertrauten, überlassen hat? Wer könnte das sein?«

Erst wieder das Schulterzucken, dann sprach er langsam, stockend. »Moore, Hinterpichler … ich … ich habe mich in diese Sache reingesteigert. Zu sehr. Ich … wenn es um unser Dorf geht, um Laas, dann kann ich nicht anders. Ich wollte es nicht mehr hinnehmen, dass dieser aalglatte Fabrikbesitzer mit seinem falschen Gönnergetue das halbe Dorf an der Nase herumführt. Ich habe lange versucht, jemanden im Umkreis von Hinterpichler zur Zusammenarbeit zu bewegen. Ich hatte Kontakt mit Lisa Prader, seiner Sekretärin. Sie hat früher in der Schule als Aushilfslehrerin gearbeitet, wir haben uns stets gut verstanden. Aber …«

»Aber?«, drängte Grauner.

»Nichts. Sie sagte mir immer, ich solle nicht Detektiv spielen. Sie ist die Einzige, die ›Detektiv‹ sagte, nicht ›Nervensäge‹ wie alle anderen.« Weissensteiner lächelte freudlos. »Sie sagte, wenn sie etwas wüsste, wenn es etwas gäbe, dann würde sie zur Polizei gehen. Nicht zu mir. Sie …«

»Kannten Prader und Ihre Frau sich?«, unterbrach der Commissario ihn.

»Nicht, dass ich wüsste.«

Grauner schloss kurz die Augen.

»Prader wäre zur Polizei gegangen …«, murmelte er schließlich, gab Weissensteiner die Hand und warf einen letzten Blick auf die Marmorkunstwerke, den Steinbock, das Schachbrett mit den Figuren, Jesus am Kreuz, die betenden Engelchen, die Grabsteine. Sie waren alle unbeschriftet. Bis auf einen. Vier Wörter standen darauf. *My life so far.*

Grauner versuchte, die Gedanken zu sortieren, während er das Atelier verließ und durch den Garten bis zur Straße lief, wo Belli und die Polizisten an den Wagen gelehnt auf ihn warteten.

Hatte Reiterer sterben müssen, weil sie Hinterpichlers Machenschaften aufgedeckt hatte? Hat Hofer für den Fabrikbesitzer, der für ihn wie ein Vater war, die Drecksarbeit verrichtet? War das Motiv nicht Liebeskummer, sondern krankhafte Loyalität zu seinem Chef? Hat er dann, nach dem Mord, die Polizei gerufen, damit sie glaubten, er hätte die Tote nur gefunden? Aber warum hat er die Leiche nicht einfach weggeschafft? Wurde er gestört? Beobachtet? Von Lisa Prader? Hat sie ihm das Kuvert geschickt? Woher hatte sie die Unterlagen? Was hatte es mit dieser Marmorlieferung aus Anatolien genau auf sich? Samstagnacht sollte die Lieferung eintreffen. Er überlegte, welche Route der

Transporter wohl nahm. Istanbul, Bulgarien, Serbien, Triest. Oder? Venedig, Verona, Bozen. Wenn die Übergabe, wie jene auf dem Foto, weit nach Mitternacht stattfinden sollte, dann war noch Zeit. Genügend Zeit. Dann war der Lkw vielleicht noch …

»Und?«, fragte der Staatsanwalt.

Der Commissario berichtete ihm vom Gespräch mit Weissensteiner.

»Und jetzt?«, fragte Belli, nachdem Grauner geendet hatte, »fahren wir zur Marmorfabrik? Nehmen wir diese Sekretärin in die Mangel? Und dann ihren Chef!«

»Nein«, sagte Grauner zähneknirschend.

»Warum nicht?«

»Weil Prader uns nicht wegläuft. Weil sie sich verhalten soll wie immer. Und weil Hinterpichler nicht da sein wird. Weil er nicht auftauchen wird, solange wir da herumschnüffeln. Wir lassen uns da nicht blicken. Auf keinen Fall. Es soll den Anschein haben, als interessiere uns die Fabrik nicht.«

»Aber wir schreiben eine Fahndung aus?«

»Nein.«

»Nein?«

»Ich will ihn auf frischer Tat ertappen.«

»Was … wie?«

»Wir fahren nach Verona. Sie wollten doch so schnell wie möglich nach Verona, nicht, Dottore?«

»Ja, aber … aber …«

»Zum Sommerfest der Polizisten.«

7

Dass da einer stand, der eigenartig wirkte, der so unauffällig tat, dass es schon wieder auffiel, hätte den Ispettore nicht weiter beunruhigt. Gott, er saß in einem U-Bahn-Waggon in einer Acht-Millionen-Stadt, es wäre eigenartiger, würde sich niemand auffällig unauffällig verhalten.

Aber es war nicht nur einer. Da waren vier. Sie waren bereits im *Grand Central Terminal* um ihn herumgeschwänzelt. Er hatte sich in den hohen Hallen des Bahnhofs verlaufen, es konnte kein Zufall sein, dass alle vier trotzdem ständig in seiner Nähe waren. Die zwei vorne mit Schirmmütze, Jeans und Lederjacken, einer der beiden hinter ihm mit Sonnenbrille, der andere mit Hut. Beide trugen dünne, sommerliche Trenchcoats. Der mit dem Hut hatte sich eine Zeitung unter den Arm geklemmt. Eine Zeitung, tatsächlich, auffälliger ging es kaum.

Was waren das für Typen, zu wem gehörten sie? Vermutlich Polizisten, die auf ihn aufpassen sollten, die verhindern sollten, dass er Blödsinn machte. Was er natürlich vorhatte. Vielleicht waren es auch Russen. Er hoffte es fast.

Die Polizisten hatten ihm nach dem Treffen mit Moore auf Little Island angeboten, ihn in ein anderes Hotel zu bringen. Er hatte abgelehnt. Sie hatten erst zu zweit, dann zu dritt auf ihn eingeredet. Er hatte sie schließlich gefragt, ob sie ihn zwingen könnten. Einer hatte verlegen mit dem Kopf geschüttelt. Dann hatte sich Saltapepe für alles bedankt und war gegangen. Nein, er konnte nicht einfach in so einem Hotel herumsitzen, während Silvia da draußen …

Sollten die Russen ihn doch schnappen. Er würde widerstandslos mit ihnen gehen. Solange sie ihn nur zu Silvia brachten. Damit er sehen konnte, dass sie noch lebte, dass es ihr gut ging. Damit er sie in den Arm nehmen konnte. Dann würde ihm schon etwas einfallen, wie sie sich aus dieser misslichen Lage befreien könnten.

Wieder starrte ihn einer der Männer weiter vorn an, senkte den Blick auffällig schnell, als Saltapepe zurückstarrte. Der Ispettore drehte sich um, beide Trenchcoatträger schauten schnell weg, der eine an die Decke, der zweite zum Fenster hinaus, auf die Dächer der Backsteinhäuser von Brooklyn, die vorbeizogen, auf die Wassertanks, die Antennen, auf das Meer, das am Horizont glitzerte. Drei Stationen noch.

8

Keine Karawane. Nur ab und an ein einzelner Traktor, ab und an ein einsam dahinkriechender Mercedes, ab und an ein Wohnwagen. Sie machten in der Questura halt, setzten die beiden Polizisten ab, sie sollten in Bozen die Stellung halten. Dann stiegen Belli und der Commissario in den Fond des Lancia, der Staatsanwalt schaute stirnrunzelnd auf Grauners ausgeleierte Windjacke, auf das am Kragen abgewetzte Hemd, auf die ausgetretenen Bergschuhe. Schließlich schloss er die Augen und atmete geräuschvoll ein und aus. Grauner vermutete, dass diese Psychologin aus Haslach ihm dazu geraten hatte. Wofür diese Tante wohl alles gut war? Blutprobleme, Tablettenprobleme, Klaustrophobie, Eheprobleme, Keine-Lust-auf-Weltreise-Probleme.

Sie schossen mit Blaulicht und Sirenengeheul über den Verdi-Platz, auf die Eisackuferstraße, die Autobahn, an der

Etsch entlang den Mitterberg hinab, durch das Unterland und das Trentino. Bei der Ausfahrt von Affi fragte Belli zum dritten Mal, ob es denn wirklich nötig sei, Manfredo Panebianco auf dem Sommerfest anzusprechen. Ob sie ihm nicht lieber aus dem Weg gehen sollten. Er wolle wirklich nicht erneut riskieren, ihn zu erzürnen, das würde ihm den Wechsel nach Mailand womöglich für immer ... Als die Stadt vor ihnen auftauchte, die in der tiefstehenden Sonne glitzernden Dächer Veronas, fragte er ein letztes Mal, danach gab er Ruhe.

Grauner begutachtete die Männer und Frauen, die sich im Innenhof des wunderschönen Palazzo Sant'Angelo an der Piazza Brà zusammengefunden hatten. Sie trugen Smokings, dunkelblaue Anzüge mit bunten oder schwarzen Krawatten oder festliche Polizeiuniformen mit schweren Abzeichen an der Brust. Die Frauen steckten in mattgelben, altrosafarbenen oder lila Abendkleidern, dicke Schichten Schminke bedeckten ihre Gesichter.

Sie standen an weiß gedeckten Tischchen, knabberten Häppchen mit Parmaschinken, Sardellen oder Olivenpaste und tranken aus schmalen Sektgläsern. In einer Ecke plätscherte ein Marmorbrunnen, in einer anderen, vor einigen kunstvoll zurechtgestutzten Buchsbäumchen, saßen drei Musiker, zwei Geigen, ein Kontrabass, die Melodie vermischte sich mit dem Stimmengewirr und dem Gelächter. Grauner tippte auf Verdi.

Er schaute auf die cremefarbene Wand des Palazzo, da oben, im dritten Stock, das zweite Fenster von links, da musste das Büro von Panebianco sein, da hatte er vor gut einem Dreivierteljahr gesessen und sich zum Narren gemacht. Er spürte ein Tippen auf der Schulter.

»Entschuldigen Sie mein Herr, geschlossene Gesellschaft. Kein Zugang für Touristen. Gehen Sie lieber die Arena besichtigen.«

Ein Mann mit Frack und Knopf im Ohr baute sich bedrohlich vor ihm auf.

Noch ehe Grauner das Tesserino, das ihn als Commissario auswies, aus der Jackentasche holen konnte, stellte sich Belli vor ihn, er hatte bereits ein Olivenhäppchen und ein Sektglas in der Hand, und fuhr den Mann giftig an.

»Der gehört zu mir. Mein Name ist Dr. Martino Belli, Staatsanwalt.«

Sein Gegenüber blinzelte verlegen. »Äh, Dottore, Staatsanwalt, ich ... Entschuldigen Sie bitte. Trotzdem muss ich Ihre Begleitung bitten, das Fest zu verlassen. Es ist ...« Der Mann schien nach den richtigen Worten zu suchen, »... die Kleiderordnung.«

Belli musterte den Commissario von oben bis unten, machte ein verblüfftes Gesicht, trank einen Schluck, griff dann nach Grauners alter Jacke, befühlte den Stoff.

»Bitte sagen Sie mir, mein Herr, was ist an diesem Outfit auszusetzen? Das ist der neue *waste look* von Prada. Exzellenter Stoff aus Pisa. Dieses Teil kostet dreitausend Euro im Einzelhandel, aber da bekommen Sie es schon lange nicht mehr. Alles ausverkauft. Letztens habe ich auf Ebay ein Angebot gesehen. Elftausend. Verrückt, nicht?«

Der Mann im Frack trat einen kleinen Schritt zurück, verbeugte sich, murmelte eine Entschuldigung und verschwand hinter zwei Kellnern, die den Gästen nun kleine Schälchen mit panierten Garnelenschwänzchen reichten.

»Äh, danke, Dottore«, sagte Grauner und bemerkte, dass der Staatsanwalt auf etwas starrte, das sich hinter ihm befand.

»Dottore?!«

»Da ist er, Grauner. Jetzt hoffen wir mal, dass er nicht mehr allzu böse auf uns ist.«

Der Commissario drehte sich um, sah Manfredo Panebianco ein paar Meter entfernt an einem Tisch stehen. Der Leiter der *Polizia dell'immigrazione e delle frontiere, IV zona, Friuli Venezia Giulia, Veneto, Trentino-Alto Adige,* der in wenigen Wochen in Pension ging, schlug die Hände über dem Kopf zusammen, dann trat er auf die beiden zu. Die Abzeichen an seiner Brust klimperten.

»Belli«, sagte der Mann und stöhnte, »du und dein Bauerncommissario, eigentlich hatte ich gehofft, euch beide bis zu meinem Abschied nicht mehr sehen zu müssen.«

»Es tut mir so leid, Manfredo, dass ich dir diesen Wunsch nicht erfüllen kann«, antwortete der Staatsanwalt unterwürfig.

Grauner kapierte nicht so recht, ob das, was Belli da säuselte, wirklich so gemeint war oder ob er Theater spielte.

Panebianco reichte dem Commissario nicht die Hand, hob nur die Nase in die Luft. Er schnüffelte. Wie ein Hund, der eine Fährte aufnahm.

»Zumindest hat er sich jetzt mal gewaschen, dein Murmeltierpolizist, Belli, den Stallgeruch beim Bewerbungsgespräch habe ich wochenlang nicht aus meiner Amtsstube bekommen. Ich habe Tag und Nacht gelüftet, ich habe zwei Monate lang doppelt so viele Zigarillos geraucht, erst als mir in der dritten Dezemberwoche aus Versehen der geschmückte Weihnachtsbaum in Brand geraten ist, hat der Gestank der angekohlten Tannenzweige den des Kuhmists überdeckt.«

Der Mann lachte grölend und holte einen Zigarillo aus seiner Jackentasche. Belli lachte mit und tätschelte mit einer Hand Grauners Unterarm, der Commissario spürte, wie der Zorn in ihm hochkroch, er öffnete den Mund, um eine Fluchtirade auszustoßen, wie sie diese feine Gesellschaft noch nie gehört hatte. Unterdrückte sie dann doch.

»Wir brauchen deine Hilfe, Manfredo, es geht um …«

»Um was?« Panebianco haute sich auf die Schenkel. »Hat ein Wanderführer aus dem einen Tal einen Skilehrer aus dem Nachbartal mit einer Ziehharmonika den Kopf eingeschlagen, weil der Skilehrer mit einer der Ziegen des auf den Almen hausenden Bruders des Wanderführers …«

»Kennst du den Clan der Koloffs?« Belli sprach ganz leise und tätschelte weiter Grauners Hand, die dieser zur Faust geballt hatte.

Panebianco kniff die Augen zusammen, er war mit seiner Tirade wohl noch lange nicht fertig gewesen. »Natürlich kenne ich die Koloffs. Ihr neapolitanischer Ispettore Saltolungo oder Sale e Pepe oder wie der heißt, der hat damals in Gröden heldenhafte Arbeit geleistet. Das hat sogar meinen lieben Schwiegervater in Mailand beeindruckt. Kaliber wie Igor Koloff und Cleo Garebani zur Strecke zu bringen, obwohl man so einen Misthaufencommissario wie den hier als Klotz am Bein hat, Hut ab!«

Der Mann entzündete den Zigarillo, paffte Rauch aus dem Mundwinkel.

»Ispettore Saltapepe ist in New York. Streng geheimer Sondereinsatz. Wir sind Igors Halbschwester Akulina Koloff auf den Fersen. Wir brauchen deine Hilfe, Manfredo, wir brauchen deine Männer an der Grenze von Triest zu Kroatien. Heute Nacht.«

Panebianco klemmte die feuchte Zigarillospitze zwischen die Lippen, hob die Augenbrauen.

»Ich sehe schon die Pressekonferenz morgen früh. In Bozen. Du und ich, Manfredo. *Rai Uno. Corriere. New York Times.* Dein allerletzter und gleichzeitig allergrößter Coup.«

Belli trat einen Schritt nach vorne, klopfte sanft auf die Auszeichnungen an der Brust des Mannes. Sie klimperten wieder.

Panebianco setzte ein zufriedenes Grinsen auf. Grauner schaute sich um. Die polierten Uniformen, die seidenen Abendkleider, die steifen Smokings und Abendroben. Die lachenden Gesichter. Er war so froh, dass er nur ein kleiner Bauerncommissario war.

»Kommt mit!«, sagte Panebianco verschwörerisch. »Wir gehen in mein Büro.«

9

Die Menschenmenge teilte sich in zwei Gruppen, die eine marschierte zum linken Ende des Bahnsteigs, die andere zum rechten. Saltapepe war früh zur mittleren Tür des Waggons gegangen, noch bevor sich andere Passagiere erhoben hatten.

Hastig liefen alle zu den Treppen. Der Ispettore lugte nach rechts, sah, dass die Männer mit den Schirmmützen stehen geblieben waren und an ihm vorbeistarrten.

Er runzelte die Stirn, drehte sich um. Dort standen die anderen beiden Männer, die ihn verfolgt hatten. Sie schienen sie erst jetzt bemerkt zu haben. Im nächsten Moment waren sie in der Menge verschwunden.

»Maledizione«, schnaubte Saltapepe, »die vier gehören nicht zusammen.« Zwei Russen. Zwei Männer vom NYPD. Doch wer war wer?

»Keine Alleingänge haben wir gesagt.« Die Männer im Trenchcoat waren von hinten an ihn herangetreten. Saltapepe erkannte den Polizisten, der für ihn übersetzt hatte, als dieser die Sonnenbrille abnahm.

»Habt ihr die Russen gesehen, die beiden Männer mit den Schirmmützen?«

Die Polizisten nickten.

Der Übersetzer berührte ihn am Ärmel. »Kommen Sie brav mit, Ispettore, wir passen jetzt ein bisschen auf Sie auf. Unsere Spezialeinheiten suchen gerade die Appartements in der Straße am Rummelplatz ab.«

Saltapepe packte den Mann am Kragen. »Sie haben euch gesehen. Sie wissen jetzt, dass ich nicht alleine bin. Dass ihr ihnen auf den Fersen seid.«

Der zweite Zivilpolizist hob beschwichtigend die Hand. »Beruhigen Sie sich, Kollege, wir werden sie finden. Vertrauen Sie uns. Kommen Sie mit uns mit!«

Saltapepe sackte in sich zusammen. Er hatte keine Kraft mehr.

»Wir kommen zu spät. Sie werden verschwinden.«

»Sie können nicht verschwinden, wir haben alle Straßen rund um das Wohnviertel von Coney Island, die Strandpromenade und den Vergnügungspark abgesperrt.«

Saltapepe heulte auf. »Wenn sie sich bedrängt fühlen, dann werden sie Silvia … sie werden … sie werden …«

10

Filippi hatte sich gemeldet. Sie hatte das Blut vom Stein abgewaschen, mit dem das Opfer ermordet worden war. Es war nur ein leichter Schatten zurückgeblieben. Die Gerichtsmedizinerin hatte sich, auf Grauners Geheiß, einen Brocken aus dem Bruch und eine Probe der für New York bestimmten Marmorblöcke in der Fabrik bringen lassen. Beide tief in Farbe getunkt, sie wieder abgewaschen. Tatsächlich! Die Flecken auf der Gesteinsprobe aus der Fabrik waren deutlich dunkler. Die Marmorblöcke stammten definitiv nicht aus Laas.

Jetzt galt es zu warten. Und nachzudenken. Grauner lehnte sich zurück, starrte auf das Chaos auf seinem Schreibtisch, auf das Durcheinander aus Papieren, Mappen, Stiften, auf den schwarzen Bildschirm im Schlummermodus. Würde ihr Plan aufgehen? Was, wenn alles anders käme? Wenn es Panebiancos Männern nicht gelingen würde, den Lkw rauszufischen? Was, wenn Weissensteiner, mit dem er vorhin noch telefoniert hatte, sich nicht meldete? Wenn Hinterpichler nicht zurückkehrte? Sie hatten alle Polizisten aus Laas abgezogen. Was, wenn der Fabrikbesitzer trotzdem Verdacht schöpfte?

Hinterpichler kehrte in die Fabrik zurück. Weissensteiner rief an. Er teilte dem Commissario mit, dass er vom Wald aus beobachtet hätte, wie der Hubschrauber gelandet wäre. Wie der Marmorkönig im Fabrikgebäude verschwunden wäre.

»Was jetzt?«, fragte Weissensteiner den Commissario aufgeregt.

»Wie, was jetzt?«, fragte Grauner zurück.

»Was mache ich als Nächstes?«

Grauner ermahnte den Lehrer ausdrücklich, gar nichts mehr zu machen. Nun würden sie, die Profis, übernehmen. Er solle nach Hause gehen und warten. »Haben Sie verstanden, Weissensteiner?«

Der Witwer brummte, dann knackte es in der Leitung. Weissensteiner hatte aufgelegt. Grauner biss die Zähne zusammen. Es durfte nichts schieflaufen in den nächsten Stunden. Nichts.

Ein Polizist trat ins Büro. Er informierte ihn, dass er mit dem Dorfarzt von Laas gesprochen habe. Er habe dem Arzt verordnet, die Schweigepflicht nun mal schön für eine halbe Stunde zu vergessen. Schließlich gehe es um Mord. Der Arzt habe ihm nach einigem Zögern mitgeteilt, dass Hofer ihn aufgesucht habe. Vor wenigen Wochen. Er habe den Brucharbeiter unverzüglich zu weiteren Untersuchungen nach Bozen geschickt. Doch er befürchte, dass alles zu spät sei.

»Alles zu spät«, murmelte Grauner, während er im Handy nach der Nummer des Gefängnisdirektors suchte.

»Und?«, meldete der sich sofort nach dem Erklingen des Freizeichens.

»Nichts«, antwortete Grauner.

Die achtundvierzig Stunden waren abgelaufen. Hofer war ein freier Mann. Sie hatten nichts gegen ihn in der Hand. Der Commissario konnte nur hoffen, dass sie Hinterpichler tatsächlich auf frischer Tat ertappten. Dass sie ihn des Betrugs überführen und zum Sprechen bringen würden. Er war sich sicher, dass er etwas wusste. Hatte er den Brucharbeiter, der zu ihm aufsah wie zu einem Vater, gar zum Mord angestiftet?

»Lasst ihn gehen.«

Grauner legte auf. Seufzend hob er ein paar der Blätter auf dem Schreibtisch an, sah den Schlüssel mit dem weißen Bändchen in der Klarsichtfolie, den er längst Weiherer hätte zurückbringen müssen. Er berührte die Computermaus, der Bildschirm erhellte sich, die Webseite des Maschinenherstellers war noch geöffnet.

Länge: 3,4 Meter

Breite: 2,2 Meter

Höhe: 2,2 Meter

Gewicht: 4,1 Tonnen

Höchstgeschwindigkeit: 20 km/h

PS: 73,8

Er scrollte nach unten.

Garantie: 4 Jahre

Lieferung frei Haus

Bonus: jährliche Wartung, Schärfung der Säge und Reifenwechsel bei Bedarf, 1 Reservesäge, 1 Poliesterschutz für die Säge, 1 Set Polierschaum, 3 Schlüssel, 2 Paar Schutzhandschuhe, 2 Leuchtwesten

Grauner musste schmunzeln, bei einer Maschine, die so viel kostete wie zwei Dutzend Melkmaschinen und zwei Dutzend Kühe, war es wohl das Mindeste, dass es Polierschaum, Schutzhandschuhe, Leucht… Er sog scharf die Luft ein.

»Drei!«, schrie er, »drei Schlüssel!«

Hektisch schob er die Unterlagen beiseite, zog die Plastiktüte mit dem Schlüssel hervor. Mit einem Schlag kapierte er, was damit nicht stimmte.

Der Commissario griff nach dem Hörer, wählte mit der Rückruftaste. Wartete. Ungeduldig. Hörte die Stimme des Gefängnisdirektors.

»Hofer! Ist er noch … wartet! Ich komme rüber.«

»War er es also doch?« Die Stimme des Direktors klang erstaunt.

»Nein, eben nicht«, sagte Grauner, »es ist … wenn, ich … muss noch schnell etwas recherchieren. Wenn es so ist, wie ich denke, dann … Es war wohl doch alles ganz anders.«

11

Die gespenstische Stille im Inneren eines Polizeibusses. Wenn alle in voller Schutzmontur warteten, die Waffe griffbereit, kaum wagten zu atmen. Das hatte Saltapepe immer geliebt. Früher, als er noch Teil der Spezialeinheit war. In Neapel. Die Nervosität, das Adrenalin. Die Spannung, die irgendwann kaum noch auszuhalten war. Wie kostbar das Leben war, wurde einem erst bewusst, wenn man damit rechnen musste, es zu verlieren.

Heute spürte er nur Verzweiflung. Und Angst. Die Männer um ihn herum rührten sich nicht, starrten meditativ vor sich hin. Atmeten ruhig. Er konnte kaum still sitzen. Weil er nicht lockergelassen hatte, hatten sie ihn mitgenommen, ihm eine schusssichere Weste gegeben, ihm gesagt, er solle sich im Hintergrund halten.

Dann kam das Signal. Alle sprangen auf und rannten auf die Straße. Die Passanten wichen erschrocken zur Seite, die U-Bahn ratterte auf der Trasse hoch über ihren Köpfen vorbei, er lief hinter den anderen in einen dunklen Hauseingang, sie schlichen die Treppen hoch, beinahe lautlos, nur ab und an knarrte das Holz unter den schweren Schritten.

Geflüster vorne, dann ein Krachen, sie mussten eine Tür eingeschlagen haben, Geschrei.

»NYPD! NYPD!«

Getrampel. Erneut Geschrei. Keine Schüsse. War das gut?

»Clear!«

»Clear!«

»Clear!«

Clear! Das war doch gut, oder? Kein Schuss! Hatten sie Silvia gefunden? Lebte Silvia? Wo war sie?

Als Saltapepe hinter McDonald in die Wohnung trat, schauten die Polizisten, die dort warteten, bedrückt zu Boden. Kalter Schweiß brach ihm aus.

Am Ende des Flurs standen zwei Kollegen mit finsteren Mienen vor einer Tür. Saltapepe rannte los, nein, das durfte nicht passieren, er konnte sie nicht verlieren, nicht jetzt, nicht so. Mit einem großen Satz sprang er ins Zimmer.

Nichts. Nur ein Teppich. Staub. Eine aufgeschlagene Zeitung. Ein Teller, Reste von Tomatensoße darauf. Ein Wasserkrug. Dann erblickte Saltapepe den Schreibtisch. Die rot glänzende Wurstschneidemaschine. Langsam bewegte er sich darauf zu. Kurz keimte Hoffnung in ihm auf, als er ein zerschnittenes Seil entdeckte. War sie entkommen? Versteckte sie sich?

Dann sah er den Finger. Einen Zeigefinger. Abgebröckel tes Pink. Das Pink ihrer Hochzeitsnacht. Ihr Nagellack.

Am Fenster stellte sich McDonald neben einen der Polizisten, er hielt einen Feldstecher in der Hand. Er winkte den Ispettore heran. Saltapepe wurde schwarz vor Augen. Er hörte eine Melodie. *Let's spend the night together* von den *Stones*. Papapapapapapapa. Eine Stimme, die rief: »Come to the ferris wheel. Come, you big ones and you little ones. Let us be birds, let us be giants up there …« Das Rattern der U-Bahn. Geschrei. Es klang panisch.

»They left«, hörte Saltapepe den Polizisten sagen, »and they took her with them.«

Der Ispettore griff nach dem Feldstecher, den ihm nun jemand reichte, mit zitternden Händen hielt er ihn sich vor das Gesicht.

Zuerst sah er nur verschwommene Punkte. Bunt. Er drehte am Schärferegler, das Bild klarte auf. Die Stände des Vergnügungsparks, die Promenade dahinter, der Strand, das Meer, der Pier, der ins Wasser hineinragte. Zwei Motorschlauchboote, einige Gestalten in schwarzen Jacken und Hosen, die Schirmmützen tief ins Gesicht gezogen. In den Händen hielten sie Pistolen.

Wieder vernahm er die panischen Schreie, versuchte, den Ursprung des Lärms zu finden. Menschen liefen eilig in verschiedene Richtungen davon. Nur zwei Gestalten bewegten sich langsam voran. Saltapepe stellte den Feldstecher scharf, sah sie nun deutlich vor sich. Ein Mann, er zerrte eine Frau mit sich und drückte ihr eine Pistole an den Hals.

Eine lange Narbe zog sich über seine linke Wange. Er spürte eine Berührung an der Schulter. McDonald zeigte auf den Rummelplatz, Saltapepe runzelte die Stirn.

»The wheel«, sagte der Polizist schließlich und bewegte die Hand im Kreis, »one of our snipers is up there.«

Das Riesenrad, mehr hatte der Ispettore nicht verstanden. Er hob den Feldstecher wieder, suchte die Kabinen ab, da, jetzt sah er es. Der Lauf eines Gewehrs ragte aus dem Fenster.

»Nein!«, schrie er. »Nein! Das ist viel zu riskant.«

Der Lärm einer U-Bahn, die vorbeiratterte, das bunte Blinken, das panische Schreien der flüchtenden Menschen, die Melodie. Papapapapapapapa. Eine Stimme: »Come to the ferris wheel. Come, you big ones and you little ones. Let us be birds, let us be giants up there …« Der Ispettore starrte wieder auf Montana und Silvia. Der Narbenmann zerrte sie voran, sie stemmte sich dagegen, er hob die Waffe, hielt sie ihr an den Hals, sie stolperte weiter, widerwillig. Er senkte die Pistole. Papapa … »Let us be birds …«

Montana sackte zu Boden, blieb regungslos liegen. Der Scharfschütze hatte getroffen. Silvia war mitgerissen worden, rappelte sich hastig auf. Das Kreischen war kurz lauter geworden, einige der Flüchtenden stoppten, drehten sich um, liefen dann rasch weiter. Silvia beugte sich über den Toten. Papapapapa. *»Let us be giants up there.«*

Drüben am Strand schoben die Gestalten in Schwarz die beiden Boote ins Wasser und sprangen hinein. Eine von ihnen blieb stehen, drehte sich zum Park um. Saltapepe schaute angestrengt durch den Feldstecher, das Gesicht war hinter der tief sitzenden Mütze versteckt, die blonden Haare hingen bis zu den Schultern.

12

Sie spazierten im Dunkeln die Talferwiesen hoch, sie setzten sich ins Café des *Museions,* bestellten drei Espressi. Grauner trank um diese Uhrzeit normalerweise keinen Kaffee mehr, aber er ahnte, dass es so oder so eine Nacht ohne Schlaf werden würde. Hofer hustete, die fröhlichen Gäste an den anderen Tischen drehten sich besorgt um. Er fasste sich wieder.

»Als ich diesen Schlüssel zum ersten Mal in der Hand hielt, war mir, als stimme etwas nicht damit«, sagte Grauner. »Jetzt ist mir klar, was. Er glänzt. Er hat nicht den kleinsten Kratzer. Die Rillen sind nicht voller Marmorstaub. Das Bändchen ist nicht ausgefranst, es ist strahlend weiß. Schlüssel und Bändchen sind wie neu. Es handelt sich weder um den Erstschlüssel noch um den zweiten Schlüssel, den Sie seit einiger Zeit benutzen. Es ist der Drittschlüssel. Ich habe mithilfe eines Commissario aus Padova den Fabrikanten erreichen können. Dieser bestätigte mir, dass das Modell mit drei Schlüsseln ausgeliefert wurde. Dieser dritte Schlüssel, er wurde nie verwendet! Bis zu dieser Nacht …«

Der todkranke Brucharbeiter und dessen Anwalt starrten den Commissario mit großen Augen an.

Grauner fuhr fort. »Ihnen war nicht bekannt, Hofer, dass es einen dritten Schlüssel gab. Dass Ihr Baby mit diesem dritten Schlüssel als Mordmaschine benutzt wurde. Nicht von Ihnen gelenkt. Sondern von jemand anderem.«

Hofer öffnete den Mund, doch er sagte nichts.

»Wenn alle glauben, dass man es war, alle im Dorf, alle Polizisten, der ermittelnde Commissario, der Staatsanwalt, ja, selbst der eigene Anwalt …«, Grauner würdigte den Mann neben Hofer keines Blickes, »wenn man kein Alibi hat, wenn man einfach nicht versteht, wie so etwas Schreckliches passieren konnte, dann schweigt man lieber. Mord! Weil nun eh alles egal war. Weil man eh bald sterben würde. Da denkt man sich, dass das nun wohl die gerechte Strafe ist. Weil man den, der ein ganzes Leben lang für einen gesorgt hat, verraten hat. Aus Liebe zu einer Frau, die unerreichbar war. Weil sie jemand anderen geliebt hat. Eine Frau, für die man trotzdem alles getan hätte.«

Hofer saß wie versteinert da.

»Ich weiß, Hans Hinterpichler, Hansi, war wie ein Vater für Sie.«

Grauner sah, dass eine Träne über Hofers Wange rann.

»Sprechen Sie, Hofer, erzählen Sie mir alles, was Sie wissen. Jetzt.«

Der Brucharbeiter begann hemmungslos zu weinen. Wieder schauten die Gäste besorgt, der Commissario reichte ihm ein Taschentuch. Vielleicht war es doch keine so gute Idee gewesen, sich hier hinzusetzen, überlegte der Commissario und bot an, den Fluss entlangzuspazieren.

Hofer nickte. Sie legten das Geld für die Espressi auf den Tisch und gingen.

Das Rauschen und Toben der Talfer schienen Hofer Mut zu geben. Als ob das wilde Wasser die Worte, kaum waren sie ausgesprochen, wegtragen würde.

Hofer redete. Und wollte gar nicht mehr aufhören. Was für eine Erleichterung er nun verspüren musste. Der Anwalt ging schweigend neben ihm her.

Hofer erzählte von seiner unbändigen Liebe zu Annabel. Dass sie ihm den Kopf verdreht habe, als er sie zum ersten Mal gesehen habe. Eines Nachmittags, auf dem Wiesenfest von Schlanders, hatten sie sich tatsächlich ein wenig näher kennengelernt. Nachdem er sich etwas Mut angetrunken hatte. Sie hatten geredet, gelacht. Er hatte ihr von seiner Arbeit im Bruch erzählt, sie hatte ihn eingeladen, sie in ihrem Atelier zu besuchen, um ihre neuesten Werke zu sehen.

Bald verstand er, dass sie seine Gefühle nicht erwiderte. Dass sie ihn dennoch brauchte. Als Freund. Sie hielten ihre Freundschaft geheim. War besser so. Bei dem vielen Gerede im Dorf. Er wollte einfach nur bei ihr sein. So viel wie möglich. Von ihren Reisen und Ausstellungen in aller Welt hören, sie trösten, wenn sie ihm weinend von ihren Streitigkeiten mit ihrem Mann erzählte. Selbst wenn sie ihm von *ihm* vorschwärmte, Moore, hörte er ihr geduldig zu. Alles hätte sie für den Architekten getan. Alles. Ihren Mann verlassen. Nach Amerika ziehen.

Zwei Frauen mit Hunden liefen an ihnen vorbei, Hofer hustete, die Viecher knurrten. Der Brucharbeiter sprach weiter.

Annabel hatte ihm von den Recherchen ihres Mannes erzählt. Ihm verraten, dass Weissensteiner von Hinterpichlers Plan wusste, Sonnwieser den Hof und den Grund abzukaufen. Hofer verteidigte seinen Chef. Anfangs zumindest. Er hatte ihm doch so viel zu verdanken. Er bedeutete ihm so viel.

Dann, vor einem Jahr etwa, wurde das mit dem Husten schlimmer. Das Blut kam dazu. Im Bad, im Bruch, einmal sogar vor allen anderen am Tresen des *Goldenen Lamms*. Er ging letzthin also doch zum Dorfarzt, dann zu den Onkologen im Spital von Bozen. Die sagten ihm, die Metastasen seien überall, da könnten sie kaum noch etwas machen. Sie empfahlen ihm einen Spezialisten in einer Privatklinik in Innsbruck, doch so viel Geld, wie der haben wollte, konnte Hofer nicht aufbringen.

Also ging er zu Hinterpichler. Bat ihn um Geld. Da gäbe es doch diesen Versicherungsfonds, den der Fabrikbesitzer für ihn und die anderen Arbeiter eingerichtet habe.

Da gebe es gar nichts, habe der geantwortet. Er solle sich gefälligst mit seinem Schicksal abfinden. Wie so viele vor ihm. Er habe doch immer gut verdient. Er habe doch gewusst, dass das der Preis sei. Der frühe Tod. Er solle ihn in Ruhe lassen. Für Hofer brach eine Welt zusammen. Wie konnte er sich nur so in einem Menschen getäuscht haben?

Und sie war für ihn da. Sie hörte ihm zu. Vor zwei Wochen, sie waren gemeinsam in den Marillenhainen vor dem Dorf spazieren, fragte Annabel Reiterer ihn ein weiteres Mal, ob er bereit sei, Hinterpichler zu überführen. Er sagte, er würde ihrem Mann helfen. Sie sagte, um ihren Mann gehe es nicht. Es gehe um sie. Und Moore. Und ihn, Hofer. Sie schlug ihm vor, den Fabrikbesitzer zu erpressen. Mit dem Geld wolle sie mit Moore ein neues Leben anfangen. Irgendwo. Er könne damit den Spezialisten in Innsbruck bezahlen.

Er willigte ein und schlich sich in Hinterpichlers Büro. Immer wieder. Entwendete Unterlagen. Überspielte Videos der Überwachungskameras und speicherte sie auf einem USB-Stick. Reiterer kopierte alles. Mit den Kopien wollte sie Hinterpichler am Abend des Konzerts zur Rede stellen.

»Was dann genau passiert ist, weiß ich nicht«, sagte Hofer, als sie am Minigolfplatz am oberen Ende der Wiesen angelangt waren, umdrehten, wieder südwärts gingen.

»Und die originalen Beweisunterlagen, wo sind sie?«, fragte Grauner.

Der kranke Brucharbeiter zuckte mit den Achseln. »Sie liegen im Atelier begraben«, murmelte er dann, das habe sie ihm gesagt, bevor sie aufgebrochen sei.

13

Er hatte alles richtig gemacht. Und doch war alles falsch gelaufen. Er hatte vorgehabt, an der Ausfahrt *Egna/Neumarkt* abzufahren. So wie letztes Mal. Weil man in *Bozen Süd* nicht rausfuhr. Weil das nur Amateurschmuggler machten, von denen es natürlich einige gab. Was gut war. Weil die Polizei mit denen beschäftigt war. Eigentlich.

Nun stand er da. Sie hatten ihn an der Grenze rausgefischt. Was ihm Angst machte, war, dass dieses hohe Tier mit der Zigarre im Mundwinkel da bei den Grenzpolizisten stand und freudestrahlend telefonierte.

Verdammt, was hatte das zu bedeuten? Egal, was sie von ihm wollten, er würde mit ihnen kooperieren. Er war doch kein Verbrecher. Nur ein armer Lkw-Fahrer. Er transportierte Marmor. Es war doch nur Marmor. Immer nur Marmor. Er war auf das Geld angewiesen. Nun war es futsch. Der Bonus sowieso.

»Dottore«, hörte er den Zigarrenmann ins Handy sagen. Und dann ein paar Sätze auf Italienisch, die er nicht verstand.

Ihm zitterten die Knie. Was ging hier vor? Wo war er da bloß hineingeraten?

14

Das Licht der Straßenlaternen leuchtete einen Teil des Ateliers aus. Das Sofa. Den Tisch mit dem Werkzeug. Den Steinbock, das Schachbrett. Die betenden Engelchen. Die Sitzbank.

Sie hatten den Panda und das Fahrzeug der Spurensicherer eine Straße weiter geparkt, waren im Dunkeln zu Weissensteiners Haus gegangen. Hinter den Fenstern brannte kein Licht. Niemand reagierte, als sie klopften. Weissensteiner ging auch nicht ans Telefon. Wo war der Mann bloß?

Grauner schaute auf Weiherer und dessen Mitarbeiter, die Holzdielen anhoben und stapelten. Er besah sich die namenlosen Grabsteine. Fuhr mit der Hand über den glatten Stein. Über die Inschrift des einzig beschrifteten. *My life so far.*

»Im Atelier begraben«, flüsterte der Commissario, betastete die Marmorplatte, spürte eine Rille, bückte sich, trat zur Seite, sodass das Licht der Laterne den Stein zum Schimmern brachte. »Max«, flüsterte er, »komm her. Ich habe etwas gefunden.«

Wenige Minuten später erreichten sie den Lkw, der am Dorfrand auf sie wartete. Sie schoben die Plane zur Seite und kletterten auf die Ladefläche. Zu den Marmorblöcken, den Polizisten und Manfredo Panebianco, der sie mit einem knappen Nicken begrüßte.

Sie fuhren los, in Richtung der Fabrik. Panebiancos Männer setzten ihre Helme auf, zogen ihre Berettas aus den Halftern, entsicherten sie.

Der Lkw hielt an. Stille. Nur das Rauschen des Windes war zu hören, der die Plastikplane des Lkw flattern ließ. Belli hatte sich hinter einem Stein verkrochen, Grauner stand auf. Die Männer aus Verona hatten das Kommando übernommen, er ließ sich in die zweite Reihe schieben, gut, er war keine Kampfmaschine, aber er ließ sich nicht zum Zuschauer degradieren. Das war sein Fall. Sein Revier.

Plötzlich waren Schritte zu hören. Eine Stimme. Ein Gruß. Die Stimme forderte den Fahrer auf, den Lkw zu wenden. Der Anhänger setzte sich ruckelnd in Bewegung, die Männer hielten sich an den Blöcken fest. Grauner vermutete, dass sie nun vor dem Eingang der Halle standen, in der sich die Büros befanden.

Panebiancos Männer standen bereit, Grauner suchte seine Jacke nach seiner Dienstwaffe ab, ertastete die Beretta 92FS, komischerweise beruhigte es ihn. Normalerweise machte es ihn nervös, sie bei sich zu tragen.

Zwischen Ladefläche und Plane klaffte ein schmaler Spalt, der Commissario sah den sandigen Boden, weiß gefärbt, dann Bergschuhe und ein Stück Hosenbein, daneben stand jemand in Sneakers. Ob denn alles gut gelaufen sei, fragte eine Stimme. Grauner konnte sie nicht zuordnen, aber es war ihm, als hätte er sie schon einmal gehört. Keine Antwort. Der Fahrer hatte wohl nur genickt. Das war das Beste, das hatten sie ihm eingebläut.

Das Zittern seiner Stimme hätte sie verraten können. Einer der Kampfpolizisten vorne links hob den Arm. Die Bergschuhe draußen vor dem Anhänger drehten sich zu ihnen hin, Grauner lugte über die Schulter eines der Riesen vor ihm, dann wurde die Plane von außen zur Seite gezogen, der Arm des Polizisten senkte sich, nun ging alles ganz schnell.

Mit Gebrüll sprangen sie von der Ladefläche. Berettas und Taschenlampen nach vorne gerichtet. Der Polizist in der Mitte stieß den Mann mit den Bergschuhen mit voller Wucht zurück. Er fiel zu Boden. Grauner erkannte ihn. Es war Sulzenbacher, der rothaarige Marmorarbeiter. Er lag mit verblüfftem Gesichtsausdruck im weißen Staub, einer der Polizisten hatte den Fahrer gepackt, ihn zur Seite geschoben und aus der Schusslinie gebracht. Die anderen umkreisten den Fabrikbesitzer und seine Männer.

Grauner beobachtete Hinterpichler genau. Der ließ sich seine Überraschung nicht anmerken, regungslos stand er da und starrte ihn an. Ein paar Sekunden lang. Dann kletterte auch er von der Ladefläche, Belli blieb zurück. Panebianco nickte seinen Männern zu, sie traten an die Brucharbeiter heran, tasteten sie ab. Nichts. Einer ging auf den Fabrikbesitzer zu.

»Sie glauben doch nicht, dass ich bewaffnet …«

»Doch!«, unterbrach ihn Grauner, dachte an die Munition im Schreibtischfach.

Hinterpichler grinste, zog eine Pistole hervor, eine Glock, hielt sie ihnen hin, den Lauf zu Boden gerichtet. Den zweiten Arm reckte er in die Höhe.

»Halt! Keine weitere Bewegung!«, schrie einer der Polizisten.

Hinterpichler ließ die Glock fallen, stieß sie mit dem Fuß im weißen Sandboden von sich weg.

»Gut«, sagte der Polizist.

Grauner behielt Hinterpichler im Auge. Nun musste alles so laufen, wie er es geplant hatte. Ein sanftes Grinsen zog sich über das Gesicht des Fabrikbesitzers. Er breitete die Arme aus. »Ein Kommissar der Mordkommission, eine bis auf die Zähne bewaffnete Einsatztruppe …«, Hinterpichler klatschte, einmal, zweimal, dreimal, »… bisschen viel

Aufwand, um eine kleine Marmorschwindelei aufzudecken, finden Sie nicht?«

Alle schwiegen. Es herrschte gespenstische Stille. Doch Grauner konnte Stille ertragen. Besser als andere. Ganz sicher besser als dieser eitle Fatzke. Nach knapp zehn Sekunden kam die Bestätigung.

»Bin ich ein Betrüger, Kommissar?« Hinterpichler kam langsam auf ihn zu, bevor die Polizisten einschreiten konnten, hielt er inne, zuckte die Schultern. »Mein Berg will nicht mehr.« Er zeigte nach links, dorthin, wo sich der Waldhang mit der weißen Zickzackstraße im Dunkeln versteckte. »Pah! Das akzeptiere ich nicht. Die Welt will Marmor. Ich liefere Marmor. Ich …«

Der Moment war gekommen, Grauner trat einen entschlossenen Schritt nach vorne. Sah im Augenwinkel, dass die Polizisten, die ihre Waffen hatten sinken lassen, sie wieder anhoben.

»Ihr Marmor interessiert mich nicht, Hinterpichler. Für Ihre Marmorbetrügereien werden Sie sich vor anderen verantworten müssen. Dass Sie Marmor minderer Qualität als guten Laaser Marmor labeln und verkaufen, dass Sie dafür mit Typen zusammenarbeiten, die Stararchitekten erpressen …«

Hinterpichler biss sich auf die Lippen, er erbleichte.

»… das hat alles nur am Rande mit dem zu tun, was mich beschäftigt.«

»W … was …?«

»Ich will wissen, was im Berg geschehen ist. Wer Annabel Reiterer getötet hat. Wer ihre Leiche zerstückelt hat. Und warum.«

Die folgenden Sekunden waren entscheidend.

»Hofer, hat er immer noch nicht gestanden? Schweigt die Sau immer noch?«

Grauner rührte sich nicht. Fixierte den Firmenchef mit seinem Blick. Der kam langsam näher, Panebianco bedeutete seinen Männern mit einer unauffälligen Handbewegung, nicht einzuschreiten.

»Bin ich ein Betrüger, Kommissar? Vielleicht«, Hinterpichler schrie nun, »wie Millionen andere. Aber ich bin kein Mörder. Der Hofer war's. Weil er sie geliebt hat, der Idiot. Viel zu sehr geliebt. Wer so sehr liebt, kann nur verlieren.«

Grauner schwieg weiter.

»Sie selbst, Kommissar, haben ihn doch festgenommen. Weil Sie doch auch wissen, dass er es war. Er war's doch. Deshalb verweigert er die Aussage.«

Der Mann stand nun direkt vor Grauner, auf seinem Gesicht waren ein paar Speicheltropfen gelandet. Er wischte sie nicht weg.

»Aber ihr habt ihn doch überführt. Er ist dran! Seine Monstermaschine! Der Schlüssel, der lag doch vor seinem Haus! Hofer, er …«

Als das Stichwort gefallen war, zog Grauner die Plastiktüte mit dem Schlüssel aus seiner Jackentasche. Hinterpichler verstummte.

Der Commissario sprach ganz leise. »Ein Schlüssel. Einer von dreien. Zwei davon hatte Hofer. Einen hat er verloren. Den zweiten …«

»Das ist der hier!«, schrie Hinterpichler.

»… hat Hofer am frühen Vormittag, nachdem er die Leiche gefunden hat, in die Etsch geworfen. Weil er in Panik war.«

Der Fabrikchef erstarrte.

»Dieser Schlüssel sieht aus wie neu. Es haften keine DNA-Spuren von Hofer daran. Das ist nicht der Schlüssel, den er all die Jahre benutzt hat.«

Grauner wartete ein paar Sekunden, bevor er weitersprach.

»Wer liebt und keine Liebe zurückbekommt, der kann zum Mörder werden. Das kommt leider vor in unserer schrecklichen Welt.«

Die Brucharbeiter, die von den Polizisten umzingelt waren, brummten.

»Manche morden aus Liebe, manche tun alles für den Menschen, den sie lieben, selbst wenn diese Liebe nicht erwidert wird.« Nun fasste Grauner in wenigen Worten zusammen, was Hofer ihm erzählt hatte.

Das Gesicht Hinterpichlers verfinsterte sich von Satz zu Satz. »Sie kriegen mich wegen dieser Marmorsache dran, Kommissar«, knurrte er, als Grauner geendet hatte, »aber ich bin doch kein Mörder! Was erzählen Sie da? Die Reiterer soll mich erpresst haben? Davon weiß ich nichts! Unterlagen, welche Unterlagen? Ich weiß nichts von Unterlagen, ich …«

»Sie liegen im Atelier begraben«, sagte Grauner ruhig, »aber nicht unter den Holzdielen, wie Hofer zuerst vermutete, als er in der Mordnacht vom *Goldenen Lamm* nicht zu sich, sondern zum Haus von Annabel Reiterer fuhr. Nachdem er eine Weile vergeblich auf sie gewartet hatte, wurde er misstrauisch und suchte nach den Originalen. Reiterer hatte nur die Kopien bei sich, als sie zum Konzert ging, um Sie zu treffen.«

Nun kletterte Belli vom Lkw und hielt die Unterlagen in die Höhe, die sie im Inneren des Grabsteins mit der Inschrift *My life so far* gefunden hatten. Grauner sprach weiter.

»Aus der Sache kommen Sie nicht mehr raus, Hinterpichler. Wir …«

»Ich wollte für alle immer nur das Beste«, unterbrach ihn Hinterpichler schreiend, »für meine Leute, für das Dorf.« Er schlug die Hände zusammen, als ob er betete. »Wer für alle das Beste will, muss manchmal harte Entscheidungen treffen, der muss Opfer bringen. Der darf nicht zulassen, dass ein Verräter und eine kleine Erpresserin alles kaputt machen. Der muss die Starken stärker machen, die Schwachen …«

Grauner spürte, wie die Wut in ihm brodelte. Mühsam beherrschte er sich. Das war sein verdammter Job.

Die Polizisten kamen näher, Hinterpichler warf einen schnellen Blick über die Schulter, griff sich an den hinteren Hosenbund, als die Hand wieder zu sehen war, hielt sie einen kleinen Revolver umklammert.

»Alle weg, sofort!«, schrie er.

»Verdammt«, zischte Grauner.

Die Polizisten schauten unschlüssig zu Panebianco. Der nickte. Sie wichen zurück.

»Waffen runter, dalli!«

Sie senkten die Dienstpistolen.

Hinterpichler lief in schnellen Schritten rückwärts. Hinter ihm gingen plötzlich grelle Lichter an, dann war ein ohrenbetäubendes Dröhnen zu hören. Grauner stöhnte. Der Hubschrauber. Die Propeller begannen langsam und beschwerlich sich zu drehen.

Der Scheinwerfer beleuchtete die Marmorsteine, auf denen dunkle Flecken prangten. Er erhellte die Fabrikwand, auf der immer noch der Schatten der Schmiererei zu sehen war. *Gieriges Schwein.*

Über sich nahm der Commissario eine Bewegung wahr, er legte den Kopf in den Nacken und schaute in den Himmel. Der gelbe Kran schwenkte langsam nach rechts, an dem langen Stahlseil baumelte ein Marmorblock.

Auch Hinterpichler schaute nun nach oben, erstarrte. Ein paar der Polizisten setzten sich in Bewegung, vorsichtig, schlichen auf den Fabrikbesitzer zu. Der Strahl einer Taschenlampe leuchtete in den Himmel, erfasste die Krankabine. Ein Kopf war zu sehen. Weissensteiner. Grauner fluchte leise.

Die Rotorenblätter drehten sich immer schneller, Hinterpichler rannte los.

»Nicht schießen«, rief Panebianco.

Schon hatte der Fabrikbesitzer den Hubschrauber erreicht, öffnete die Seitentür und kletterte ins Innere.

»Nein, nein!«, rief Grauner in den Himmel.

Der Hubschrauber hob ab, schwebte wenige Zentimeter über dem Boden.

»Nein!«

Der Marmorblock kam in der Luft zum Stehen. Dann fiel er.

7. August

1

Alles lag im Dunkeln. Der Sand, das Meer. Die Lichter des Vergnügungsparks waren erloschen. Die Massen weg. Nur das Rauschen der Wellen war zu hören. Einige Spurensicherer in weißer Schutzkleidung irrten vorne am Wasser umher. Saltapepe streichelte vorsichtig die verbundene Hand, Silvia legte den Kopf auf seine Schulter.

Er küsste sie. Vor ihnen breitete sich das schwarze Meer aus. Irgendwo da draußen waren sie. Er hatte ihr alles erzählt. dass Montana sie verfolgt hatte. Dass der russische Clan der Koloffs ihn wohl schon seit einer Weile beobachtete. Dass Akulina Koloff, Igor Koloffs Schwester, hinter allem steckte. Dass sie eine geduldige Sadistin war, die ihn nicht einfach töten, sondern ihm vorher alles nehmen wollte, was er liebte.

»Dich«, flüsterte er.

»Und deine Mutter«, sagte sie.

Er zuckte zusammen. »Mamma! Was …«

»Sie haben mir erzählt, dass sie zu ihrer Wohnung gefahren sind, um sie zu töten, doch sie ist nicht da gewesen. Sie wollten von mir wissen, wo sie sich versteckt. Ich …«

Sie hob die verbundene Hand. Er verstand sofort.

Er küsste sie. »Sie haben verloren, Silvia. Wir haben gewonnen. Mutter, sie … sie hatte einen Schlaganfall, vor zwei Monaten …«

»*Deshalb* bist du nach Neapel gefahren? Nicht wegen der Fortbildung?«

»Es gab keine Fortbildung. Eine Nachbarin hat mich angerufen. Mutter war im Krankenhaus, dann habe ich sie in einem Pflegeheim unterbringen können. Sie kann nicht mehr alleine wohnen.«

»Claudio! Warum hast du mir das nicht gesagt?! Du bist trotzdem mit mir …«

»Weil du … weil wir uns so auf diesen Urlaub gefreut haben.«

Sie umarmten sich, Saltapepe weinte lautlos.

»Wir können für sie sorgen, Claudio«, sagte sie schließlich.

Er lächelte, schüttelte den Kopf. »Ich kann Mutter nicht nach Bozen verfrachten, Silvia, das würde sie mir nie verzeihen.«

Sie lachte. »Wir könnten in den Süden ziehen. Ans Meer.«

»Du? Ohne Berge?«

Tappeiner legte den Kopf schief. »Mit neun Fingern kann man nicht mehr gut klettern, schwimmen aber schon.«

Hinter ihnen räusperte sich jemand. Sie fuhren erschrocken herum.

2

»Das ist wie Autofahren«, sagte Weissensteiner, als sie am frühen Nachmittag in Grauners Büro seine Aussagen protokollierten, »das verlernst du nicht.«

Der verwitwete Dorflehrer, der in jungen Jahren für Hinterpichler als Kranfahrer gearbeitet hatte, hatte das Stahlseil mit dem Marmorklotz gelöst, als der Hubschrauber in die Höhe gestiegen war. Gerade noch rechtzeitig hatte er den Hebel wieder umgelegt, das Seil hatte sich knarzend gespannt, war nicht gerissen. Der Marmorblock hatte bedrohlich über dem Propeller gebaumelt. Hinterpichler war in Panik aus dem Helikopter gesprungen, Panebiancos Männer hatten ihn sogleich gepackt.

Als Grauner die Sekretärin Lisa Prader verhörte, gab sie zu, dass sie es war, die ihm den anonymen Brief geschickt hatte. Sie habe die beiden Blätter am Morgen nach dem Konzert auf dem Boden in Hinterpichlers Büro liegen sehen, der Fleck auf der Zeichnung sei ihr sofort aufgefallen. Marmelade, habe sie vermutet. Dann habe sie Blutspritzer in der Bürotoilette entdeckt und sich gewundert. Ein paar Stunden später, als sie von dem Mord im Bruch erfuhr, wurde ihr klar, dass es da einen Zusammenhang geben musste. Sie steckte die beiden Zettel in ein Briefkuvert und schickte es in Schlanders ab.

»Ich … ich«, sagte sie, »ich wollte nicht in irgendwas hineingezogen werden.«

Hinterpichler ließen sie zunächst in der Zelle schmoren und holten ihn gegen Mittag in den Verhörraum der Questura. Er gestand. Mit regungslosem Gesicht erzählte er, was in der Nacht geschehen war, beinahe so, als hätte das alles nichts mit ihm zu tun, als wäre er nicht der Täter, sondern nur ein Zeuge.

Annabel Reiterer hatte ihn nach dem Konzert abgepasst und mit den Beweisunterlagen konfrontiert.

Kopien von Rechnungen. Von Schuldscheinen. Die ausgedruckte E-Mail-Korrespondenz mit einem türkischen Marmorunternehmen in Afyonkarahisar, Zentralanatolien. Bilder der Überwachungskamera, die das nächtliche Abladen des türkischen Marmors dokumentierten.

»Sie verlangte eine Million Euro. Die Hälfte via Schnellüberweisung auf ein Konto in Belize. Die andere als Bitcoin-Transfer«, sagte der Firmenchef. »Sie sagte, sie habe die Originale an einem sicheren Ort versteckt. Ich würde sie bekommen, nachdem ich alles überwiesen habe.«

Er habe sie angeschrien, ihr gedroht. Von ihr verlangt, alles herauszurücken. Sie habe nur gelacht. Da sei er durchgedreht. Er habe sie geschlagen, sie sei hingefallen. Als sie am Boden lag, schnappte er sich einen Marmorbrocken und schlug auf ihren Kopf ein. Immer und immer wieder. Als er realisierte, was er getan hatte, bekam er Panik. Da sah er die Marmorschneidemaschine und erinnerte sich an den dritten Schlüssel, den er im Materialhäuschen vor dem Bruch verwahrte. Der Verdacht würde sofort auf Hofer fallen. Nachdem er die Leiche zerteilt hatte, warf er den Drittschlüssel neben die Vespa, die an der Straße vor Hofers Haus geparkt war. Es sollte aussehen, als ob er ihm aus der Tasche gefallen wäre.

»Dann bin ich ins Büro gefahren und habe die Mappe auf den Schreibtisch gelegt, dabei müssen die zwei Seiten rausgefallen sein«, erklärte er.

Er wusch sich im Bad das Blut ab und fuhr in den Wald,

um die Unterlagen zu verbrennen. Dann weiter nach Hause. Am frühen Morgen, um sechs Uhr, ließ er sich vom Hubschrauber nach Florenz fliegen. In dem Wissen, dass er an der Konferenz, die dort stattfand, nicht teilnehmen würde. Dass er, sobald ihn die Schreckensnachricht aus dem Bruch erreichte, zurückkehren und so tun musste, als würde ihn das alles überraschen.

»Wie konnte ich mich nur so in einem Menschen täuschen«, sagte Hofer, als er sich vor der Tür der Questura von Grauner und Belli verabschiedete, »nie hätte ich gedacht, dass Hansi zu so etwas fähig ist.«

Sie reichten sich die Hände.

»Weil er wie ein Vater für Sie war«, sagte Grauner.

»Ja, vielleicht«, Hofer nickte. »Erstaunlich, dass er sie selbst getötet hat. Normalerweise hat er immer uns die Drecksarbeit erledigen lassen.«

3

McDonald stand da, die Schuhe voller Sand. Er machte ein ernstes Gesicht. Saltapepe stand auf, reichte Tappeiner die Hand, zog sie hoch. Die Promenade war leer. Ein Auto fuhr einsam die Straße entlang und zog an ihnen vorbei.

»Was?«, fragte Saltapepe nur.

»Ihr Freund aus Neapel.«

Er wusste Bescheid.

»Was ist mit ihm?«, fragte der Ispettore vorsichtig.

McDonald senkte den Blick. Schüttelte den Kopf.

»Wer war es?« Saltapepe spürte, wie sich Silvia an ihn schmiegte. »Wer? Die Russen oder …«

»Ich denke, es waren deine Landsleute aus New Jersey … Man hat ihn in einem Restaurant gefunden, in der Kühltruhe im …«

»Im *Posillipo*.«

McDonald nickte.

»Der Koch?«, fragte Saltapepe mit zitternder Stimme.

»Untergetaucht.«

Der Ispettore ließ Silvias Hand los und drehte sich um, wie betäubt lief er los, bis er das schwarze Wasser erreichte. Er schluchzte auf. Es würde nie vorbei sein. Nie, nie, nie. Er schrie.

4

»Das Bild, gefällt es Ihnen?«

Es gefiel ihm nicht, doch er nickte.

»Ich habe es im letzten Sommer gemacht. Auf den Malediven. Wissen Sie, Herr Kommissar, wenn ich ausgepowert bin, dann lege ich mich manchmal selbst auf die Couch und betrachte es. Die Palmen. Der Strand. Das Wasser. Das beruhigt mich.«

Bei Grauner war es andersherum. Wenn er schwitzend am Strand lag, Sandkörner überall, sogar in den Ohren und Nasenlöchern, dann holte er das Handy hervor und scrollte durch das Album, in dem er Fotos seiner Kühe gespeichert hatte. Die Mitzi, die Margarete, die Josefina. Nur das ließ ihn den Wahnsinn irgendwie aushalten.

Vor ein paar Jahren hatte er die Idee, im Stall eine Kamera zu installieren. Er hatte im *Kurier* gelesen, dass man solche Kameras heutzutage mit dem Handy verbinden konnte. So hätte er stets gucken können, ob es seinen Liebsten in seiner Abwesenheit auch gut ging. Ob der Nachbarbauer sie rechtzeitig melkte. Alba hatte es ihm verboten. Auch die Kühe hätten ein Recht auf Privatsphäre. Er hatte ihr zugestimmt, wenn auch nur zähneknirschend.

»Herr Grauner, Sie müssen schon mit mir reden. Ihre Frau hat mir gesagt, Sie seien zu mir gekommen, weil Sie eine Art Urlaubstrauma hätten.«

»Und Flugangst«, brummte er. »Und neuerdings wieder Panikattacken. Wenn ich allein in dunklen Räumen bin.«

Frau Dr. Dr. Frick schaute erst überrascht, dann nickte sie zufrieden. Sie hatte wohl nicht damit gerechnet, dass er so schnell sprechen würde.

Alba, Sara, Micky und Belli hatten ihn vor einer halben Stunde in Haslach abgeliefert. Das war die Bedingung gewesen. Für die Versöhnung. Er musste seine Ängste überwinden, er musste auf Reisen gehen. Mit ihr.

Alba hatte den Staatsanwalt in der Questura abgefangen. Ihm gesagt, dass es nun genug sei. Dass ihr Mann eine Pause brauche. Ein Sabbatical. Vielleicht sei es auch Zeit für die Rente. Das werde man dann schon sehen. Sie würde ihn erst mal mit auf Weltreise nehmen. Flugangst, Urlaubsangst, Platzangst hin oder her. Belli hatte sich nicht getraut, ihr zu widersprechen. Wer traute sich das schon.

Dann hatte der Staatsanwalt ihr von seiner Psychologin erzählt, sie war begeistert gewesen und hatte gleich angerufen. Da ein Patient gerade abgesagt hatte, hatte Frau Dr. Dr. Frick ihn gleich heute zum Probegespräch eingeladen.

Komplexe, multiple Ängste, sagte sie nun und Grauner schaute so, als würden ihn die Ausführungen tatsächlich interessieren, seien meist auf Traumata zurückzuführen. »Gibt es da etwas in Ihrer Biografie, Herr Kommissar, ein Ereignis, an das Sie sich erinnern können, welches der Auslöser gewesen sein könnte?«

Grauner schwieg. Nein, er würde dieser Frau nicht vom bestialischen Mord an seinen Eltern erzählen. Von den grausamen Erinnerungen, die er tief in sich begraben hatte.

»Also gut«, sagte sie schließlich nach einer halben Ewigkeit.

Eine bleierne Müdigkeit befiel ihn. Die Anstrengungen der letzten Tage machten sich bemerkbar.

»Gut«, sagte sie noch einmal, »wir müssen auch nicht gleich damit anfangen. Erzählen Sie mir von Ihrem Leben. Von Ihrer Arbeit. Was auch immer Sie teilen möchten.«

Er musste ihr etwas geben. Früher oder später. Das war ihm schon klar. Sonst würde sich das alles nur unnötig in die Länge ziehen. Die Kühe warteten, sie mussten versorgt werden. Seine Familie, die zusammen mit Belli im Wartezimmer hockte, musste zufriedengestellt werden.

Grauner erzählte Frau Dr. Dr. Frick vom Mord an Annabel Reiterer im Marmorbruch, davon, dass der Staatsanwalt beinahe vergiftet worden sei. Er erzählte ihr vom Streit zwischen den Brucharbeitern und den Marillenbauern. Von der Russenmafia, die einer Kollegin mit einer Wurstschneidemaschine den Zeigefinger der rechten Hand abgetrennt habe.

Er sah, wie Frau Dr. Dr. Frick blasser wurde. Er erzählte, dass er am Vormittag noch einmal beim Marillenbauern vorbeigeschaut habe, Peter Sonnwieser, ihm sei aufgefallen, dass Sonnwiesers Hände gezittert hätten. Das komme davon, wenn man immerfort diese Bäume hochklettere, Marillen pflücke. Er habe ihm mitgeteilt, dass sein Widersacher überführt worden sei. Und dass er sich wegen Bellis Vergiftungserscheinungen keine allzu großen Sorgen machen solle. Er würde mit dem Staatsanwalt reden, ihn davon überzeugen, von einer Anzeige abzusehen.

Grauner sagte der Psychologin noch, er habe dem Mann zwei Kisten Marillen abgekauft, die schmeckten ganz vorzüglich. Er habe sie dabei, draußen im Kofferraum des Panda, sie könne gerne, wenn sie wolle … Der Commissario beendete den Satz nicht, lehnte sich erschöpft zurück. Der Fall war gelöst, der Mörder gefasst. Saltapepe und Tappeiner in Sicherheit. Sie lebten. Welch eine Erleichterung. In Laas war das Böse besiegt worden. Es würde sich erst einmal zurückziehen. Die Wunden lecken. Dann wiederkommen. So war es immer.

Nach einem Moment der Stille sprach Frau Dr. Dr. Frick wieder.

»Puh, Herr Kommissar«, sagte sie, »ich glaube, Sie brauchen wirklich Urlaub.«

Grauner dachte an die Kühe. »Kann ich jetzt gehen?«, fragte er.

Frau Dr. Dr. Frick nickte. »Wir sehen uns nächsten Mittwoch wieder. Wir haben eine Menge Arbeit vor uns.«

Epilog

Neben dem alten Ofen tickte die beinahe ebenso alte Standuhr. Über der Eckbank hing Jesus am Kreuz. Peter Sonnwieser schloss die Augen, er zitterte. Der Mann mit dem Spitzbart, der sich bei den Laasern als Olaf Nowak ausgegeben hatte, trat von hinten an ihn heran, packte ihn am Arm und drückte seine Hand flach auf den Küchentisch.

»Nein, ihr Schweine, das mache ich nicht, ich gebe meinen Hof nicht auf, niemals«, zischte der Bauer.

Der Spitzbärtige zückte ein Messer und hielt es ihm vors Gesicht. »Erst den kleinen, dann den Ringfinger, dann alle fünf. Dann die andere Hand«, flüsterte er.

»Nein.« Sonnwieser schüttelte verzweifelt den Kopf. »Niemals!«

»Dann die Finger Ihres Buben, Philipp, der gerade in Rimini am Strand sitzt. Mit Tante und Oma. Erst ein Finger, dann zwei, dann fünf. Dann die andere Hand.«

Dem Bauern lief eine Träne über die Wange. Er nickte kaum merklich. Der Mann ließ von ihm ab. Sonnwieser stand auf, öffnete die knarzende Tür, trat hinaus. Die Marillenbäume warfen lange Schatten. Der Wald lag stumm und dunkel vor ihnen.

»Und jetzt bringen Sie mich zur Höhle, in der Sie damals die Marmorstücke gefunden haben.«

Langsam ging er voran, auf einem schmalen, kaum zu erkennenden Pfad zwischen den Bäumen, der sie tief ins Innere des Waldes führte. Als sie einen großen, mit Moos bewachsenen Stein erreichten, bog der Bauer links ab.

Der Mann mit dem Spitzbart blieb dicht hinter ihm, sein Herz klopfte. Nun war doch noch alles gut gelaufen. Hinterpichler, dieser eitle Strohmann, hatte so lange gelogen, bis es nicht mehr ging. Dann hatte er den Polizisten erzählt, was sie ihm aufgetragen hatten. Er habe Annabel Reiterer getötet, er habe es ganz allein getan.

Akulina Koloff hatte Zweifel gehabt, als sie den Fabrikbesitzer rekrutiert hatten. Unbegründet. Er war eine entscheidende Figur in diesem Spiel gewesen. Sich als Sekretärin des New Yorker Architekten zu tarnen, war wiederum ihre eigene Idee gewesen. Nachdem dieser Ispettore Saltapepe mit seiner Liebsten im Büro von Sean Moore aufgetaucht war, hatte sie sofort in Laas Bescheid gegeben. Verrückte, böse Akulina. Nun war sie auf dem Weg hierher. Der Ispettore? Verdammt, er lebte noch. Das Spiel? Würde weitergehen.

Das Herz des Mannes klopfte noch schneller, Schritt um Schritt marschierte er weiter – dem Bauern hinterher.

Nach etwa einer Viertelstunde tauchte hinter hohen Fichten eine kleine Felswand auf. Ein schwarzer Schlund tat sich vor ihnen auf. Die Höhle, von der in Laas nur gemutmaßt wurde, dass es sie gab. In der Peter Sonnwieser, wie er ihm zähneknirschend gestanden hatte, als Kind ein paar Mal hineingeschlichen war. Mit anderen Buben aus dem Dorf. Mutprobe.

»Hier ist es«, sagte der Bauer resigniert. »Da drin.«

Der Mann mit dem Spitzbart holte eine Taschenlampe hervor, schaltete sie an. Seine Augen funkelten. Sie traten ein.

Danke

Erich Tscholl, Sigrid Zagler, Fabian Hört und Hans Ferdinand Hauser vom ganz wunderbaren und beeindruckenden Unternehmen *Lasa Marmo.* Sie ließen mich zur Inspiration die Fabrik und den Bruch besichtigen, in dem – anders als in meinem Roman – alles mit rechten Dingen zugeht und noch viel weißes Gold schlummert. Meinen türkischen Freunden, die mich ins Marmorland nahe Afyonkarahisar geführt haben. Elvis! Für den Rock 'n' Roll. New York! Für die nie versiegende Sehnsucht. Ivan Bonora für den Einblick in die Welt der Architektur. Paolo Marchiodi für das polizeiliche Fachwissen. Dr. Anne Port für das Rechtsmedizinische. Mona, Nele, Thomas. Yade, Ilay, Nalân.

Hochspannung aus Südtirol